ARSÈNE LUPIN

MAURICE LEBLANC

ARSÈNE LUPIN
E O ESTILHAÇO DE OBUS

Tradução
Eric Heneault

Principis

Esta é uma publicação Principis, selo exclusivo da Ciranda Cultural
© 2021 Ciranda Cultural Editora e Distribuidora Ltda.

Traduzido do original em francês
L'Éclat d'obus

Diagramação
Linea Editora

Texto
Maurice Leblanc

Design de capa
Ciranda Cultural

Tradução
Eric Heneault

Imagens
Potapov Alexander/shutterstock.com;
Vertyr/shutterstock.com;
viewgene/shutterstock.com;
vadimmmus/shutterstock.com;
svekloid/shutterstock.com;
alex74/shutterstock.com;
YurkaImmortal/shutterstock.com;
Oleg Lytvynenko/shutterstock.com

Revisão
Karine Ribeiro

Produção editorial
Ciranda Cultural

Dados Internacionais de Catalogação na Publicação (CIP) de acordo com ISBD

L445a	Leblanc, Maurice
	Arsène Lupin e o estilhaço de obus / Maurice Leblanc ; traduzido por Eric Heneault. – Jandira, SP : Principis, 2021.
	256 p. ; 15,5cm x 22,6cm. - (Arsène Lupin)
	Tradução de: L'Éclat d'obus
	ISBN: 978-65-5552-464-2
	1. Literatura francesa. I. Heneault, Eric. II. Título. III. Série.
2021-1333	CDD 840
	CDU 821.133.1

Elaborado por Vagner Rodolfo da Silva - CRB-8/9410

Índice para catálogo sistemático:
1. Literatura francesa 840
2. Literatura francesa 821.133.1

1ª edição em 2021
www.cirandacultural.com.br
Todos os direitos reservados.
Nenhuma parte desta publicação pode ser reproduzida, arquivada em sistema de busca ou transmitida por qualquer meio, seja ele eletrônico, fotocópia, gravação ou outros, sem prévia autorização do detentor dos direitos, e não pode circular encadernada ou encapada de maneira distinta daquela em que foi publicada, ou sem que as mesmas condições sejam impostas aos compradores subsequentes.

SUMÁRIO

Primeira Parte 7

Cometeram um crime 9

O quarto fechado 20

Ordem de mobilização 31

Uma carta de Élisabeth...46

A camponesa de Corvigny..59

O que Paul viu no Castelo de Ornequin 71

H.E.R.M. 81

O diário de Élisabeth 94

Filho de imperador 105

Setenta e cinco ou cento e cinquenta e cinco?........................116

Segunda Parte 125

Yser… miséria 127

O major Hermann 136

A casa do canoeiro 147

Uma obra-prima da *Kultur*...162

O príncipe Conrad se diverte 175

A luta impossível..189

A Lei do vencedor...203

O esporão 132..214

Hohenzollern...226

Duas execuções 240

PRIMEIRA PARTE

COMETERAM UM CRIME

– Se eu lhe contasse que me deparei com ele há muito tempo, em próprio território francês!

Élisabeth olhou Paul Delroze com a expressão de ternura de uma recém-casada para quem qualquer palavra do amado é motivo de deslumbramento.

– Você viu Guilherme II na França? – disse ela.

– Com meus próprios olhos, e sem que seja possível esquecer nenhuma das circunstâncias que marcaram esse encontro. E, no entanto, faz muito tempo...

Ele falava com repentina gravidade e como se a evocação dessa lembrança tivesse despertado nele os mais penosos pensamentos.

Élisabeth lhe disse:

– Quer me contar tudo isso, Paul?

– Vou lhe contar – respondeu ele. – Aliás, embora eu ainda fosse criança na época, o incidente está ligado de maneira tão trágica à minha própria vida que eu não poderia deixar de lhe contar com todos os detalhes.

Desceram. O trem parara na Estação de Corvigny, terminal da linha local que sai da capital regional, alcança o vale do rio Liseron e termina seis léguas antes da fronteira, ao pé da pequena cidade lorena que Vauban[1] circundou, como disse em suas *Memórias*, em uma "das mais perfeitas meias-luas que se possam imaginar".

A estação apresentava extrema animação. Havia muitos soldados e inúmeros oficiais. Uma multidão de viajantes, famílias burguesas, camponeses, operários, banhistas das cidades termais vizinhas que Corvigny servia esperavam na plataforma, no meio de um amontoado de malas, a partida do próximo comboio para a capital regional.

Era a última quinta-feira de julho, a quinta-feira que antecedeu a mobilização.

Élisabeth achegou-se ansiosamente ao marido.

– Ah, Paul – disse, estremecendo –, tomara que não haja guerra…!

– Guerra! Que ideia estranha!

– No entanto, todas essas pessoas indo embora, todas essas famílias que se afastam da fronteira…

– Isso não prova…

– Não, mas você mesmo leu no jornal há pouco. As notícias são muito ruins. A Alemanha está se preparando. Organizou tudo… Ah! Paul, se ficarmos separados…! E se então eu não souber mais nada de você… e se estiver ferido… e se…

Ele lhe apertou a mão.

– Não tenha medo, Élisabeth. Nada disso irá acontecer. Para que haja guerra, é preciso que alguém a declare. Ora, qual o louco, o odiento criminoso, que ousaria tomar essa abominável decisão?

– Não tenho medo – disse ela –, e até tenho certeza de que seria muito corajosa se você tivesse que ir embora. Contudo… contudo, seria mais cruel para nós que para muitos outros. Pense, meu querido, acabamos de nos casar esta manhã.

Diante da recordação desse casamento tão recente, e em que havia tantas promessas de profunda e durável alegria, seu lindo rosto claro, que

---

[1] Sébastien le Prestre, conhecido sob o nome de Vauban (163-1707), foi um engenheiro, urbanista e arquiteto militar francês. Desenvolveu um estilo de fortificação que leva seu nome. (N.T.)

iluminava uma auréola de mechas douradas, já sorria com o mais confiante dos sorrisos, e ela sussurrou...

– Casados esta manhã, Paul... então, você entende que minha provisão de felicidade não seja bem grande.

Houve um movimento na multidão. Todo mundo se agrupou ao redor da saída. Era um general, acompanhado por dois oficiais superiores, que se dirigia para o pátio onde um carro esperava. Ouviu-se uma música militar: na avenida da estação passava um batalhão de caçadores a pé. Então passou, conduzida por artilheiros, uma parelha de dezesseis cavalos que arrastava uma enorme arma de cerco cuja silhueta, apesar do peso da carreta, parecia leve graças ao extremo comprimento do canhão. Foi seguida por uma boiada.

Com as duas sacolas de viagem em mãos, Paul, que não achara carregadores, permanecia na calçada quando um homem com polainas de couro, vestindo uma calça de veludo verde grosso e um paletó de caça com botões de chifre, aproximou-se dele e, tirando seu boné:

– Sr. Paul Delroze, não é? Sou o caseiro do castelo...

Tinha um rosto enérgico e franco, a pele enrijecida pelo sol e o frio, cabelos já grisalhos, e o ar um tanto rude que têm certos velhos criados cuja função lhes proporciona completa independência. Havia dezessete anos que ele habitava e dirigia para o conde de Andeville, o pai de Élisabeth, a vasta propriedade de Ornequin, acima de Corvigny.

– Ah, você é o Jérôme! – exclamou Paul. – Muito bem. Vejo que recebeu a carta do conde de Andeville. Nossos criados chegaram?

– Os três, hoje de manhã, senhor, e nos ajudaram, a mim e a minha mulher, a pôr um pouco de ordem no castelo para receber o senhor e a senhora.

Cumprimentou de novo Élisabeth, que lhe disse:

– Então, está me reconhecendo, Jérôme? Faz tanto tempo que não venho!

– A srta. Élisabeth tinha quatro anos. Foi com pesar que minha mulher e eu soubemos que não voltaria ao castelo... nem o senhor conde, por causa do falecimento de sua pobre mulher. E, então, o senhor conde não pretende dar uma volta por aqui este ano?

– Não, Jérôme, não creio. Apesar de tantos anos terem se passado, meu pai ainda sente muita tristeza.

Jérôme pegou as sacolas e as colocou na caleche alugada em Corvigny e que mandou avançar. Quanto às bagagens maiores, devia levá-las na charrete da fazenda.

O tempo estava bom. Levantaram a capota da caleche.

Paul e sua mulher se acomodaram.

– O caminho não é muito longo… – disse o caseiro – quatro léguas… Mas é íngreme.

– O castelo está mais ou menos habitável? – perguntou Paul.

– Ora! Não é igual a um castelo habitado, mas, mesmo assim, o senhor vai ver. Fizemos o possível. Minha mulher está tão feliz que os patrões estejam chegando…! O senhor e a senhora vão encontrá-la ao pé da escada. Avisei-a que o senhor e a senhora chegariam por volta das seis e meia, sete horas…

– Um bom homem – disse Paul a Élisabeth, uma vez que se puseram a caminho –, mas não deve ter muita ocasião de falar. Está compensando…

A estrada subia em uma ladeira íngreme até a parte mais alta de Corvigny e constituía, no meio da cidade, entre a dupla fileira de lojas, monumentos públicos e hotéis, a principal artéria, congestionada naquele dia por inusitadas aglomerações. Voltava a descer em seguida e contornava os antigos bastiões de Vauban. Então, havia leves ondulações no meio da planície que dominavam, à direita e à esquerda, os dois fortes, do Pequeno e do Grande Jonas.

Foi seguindo essa sinuosa estrada, que serpeava entre plantações de aveia e trigo, sob a sombreada abóbada formada acima dela por um alinhamento de álamos, que Paul Delroze voltou àquele episódio de sua infância que prometera narrar a Élisabeth.

– Como eu lhe disse, Élisabeth, o episódio se relaciona a um terrível drama, e tão estreitamente que só podia formar um acontecimento único em minha lembrança. Falou-se muito na época desse drama, do qual seu pai, que era amigo do meu, como sabe, tomou conhecimento pelos jornais. Se não lhe contou nada, foi a pedido meu, e porque eu queria ser o primeiro a lhe contar esses eventos... tão dolorosos para mim.

Juntou as mãos. Sabia que cada uma de suas frases seria recebida com fervor, e, após um silêncio, continuou:

– Meu pai era um desses homens que desperta a simpatia, afeto até, de todos aqueles que se aproximam dele. Entusiasta, generoso, repleto de sedução e de bom humor, exaltando-se por todas as belas causas e por todos os belos espetáculos, ele amava a vida e desfrutava dela com alguma ansiedade.

"Em 1870[2], alistado voluntário, ganhou nos campos de batalha sua divisa de tenente, e a existência heroica do soldado convinha tão bem à sua natureza, que se alistou uma segunda vez para combater em Tonquim[3] e uma terceira, para ir à conquista de Madagascar.

"Foi ao regressar dessa campanha, da qual voltou capitão e oficial da Legião de Honra, que se casou. Seis anos depois, ficou viúvo.

"Quando minha mãe morreu, eu tinha apenas quatro anos, e meu pai me manifestou um carinho ainda mais vivo porque a morte de sua mulher o atingira cruelmente. Fez questão de começar ele mesmo minha educação. Do ponto de vista físico, dedicava-se a me treinar em exercícios e me transformar em um rapaz robusto e corajoso. No verão, íamos para a beira-mar; no inverno, ficávamos nas montanhas da Savoia, na neve e no gelo. Eu o amava de todo o meu coração. Ainda hoje, não posso pensar nele sem real emoção.

"Com onze anos, acompanhei-o em uma viagem pela França, que ele adiara por anos porque queria que eu a fizesse com ele, e somente na idade em que eu pudesse entender todo o seu significado. Era uma

---

[2] Referência à Guerra Franco-Prussiana, travada em 1870-71 e vencida pela Prússia, aliada aos outros Estados alemães. (N.T.)

[3] Reino da antiga Indochina Francesa, hoje parte integrante do Vietnã. (N.T.)

peregrinação pelos próprios lugares e estradas em que lutara durante aquele terrível ano.

"Esses dias, que deviam acabar pela mais terrível catástrofe, deixaram-me profundas impressões. À beira do rio Loire, nas planícies da Champagne, nos maciços dos Vosges e, sobretudo, no meio das aldeias da Alsácia[4], quantas lágrimas derramei ao ver correr as suas! Palpitei de singela esperança ao ouvir suas palavras de esperança!

"– Paul – dizia-me ele –, não duvido que um dia ou outro você não se depare com o mesmo inimigo que combati. Desde agora, e apesar de todas as belas frases de conciliação que você possa ouvir, odeie esse inimigo com todo o seu ódio. Não importa o que digam, é um bárbaro, um bruto orgulhoso, um sanguinário e um predador. Esmagou-nos uma primeira vez, não descansará até que nos esmague de novo, e definitivamente. Naquele dia, Paul, lembre cada uma das etapas que percorremos juntos. Tenho certeza de que aquelas que for seguir serão etapas vitoriosas. Mas não esqueça um único instante os nomes destas, Paul, e que sua alegria de triunfar nunca apague esses nomes de dor e humilhação que são: Froeschwiller, Mars-la--Tour, Saint-Privat, e tantos outros! Não esqueça, Paul...

"Então, sorria.

"– Mas por que me preocupar? Fora ele mesmo que se encarregara de despertar ódio no coração de quem esqueceu e de quem não viu. Será que ele pode mudar? Você verá, Paul, você verá. Tudo o que posso lhe dizer não se compara à terrível realidade. São monstros."

Paul Delroze se calara. Sua mulher lhe perguntou, com voz um pouco tímida:

– Você acha que seu pai estava totalmente certo?

– Meu pai talvez tenha sido influenciado por lembranças muito recentes. Viajei muito pela Alemanha, até passei lá umas estadias, e creio que

---

[4] A Alsácia e a Lorena são duas regiões da França, na fronteira com a Alemanha. Sempre foram alvo de disputa entre os dois países, e mudaram de mãos, desde a Guerra Franco-Prussiana até as duas guerras mundiais. (N.T.)

o estado de espírito não seja o mesmo. E também confesso que, às vezes, tenho certa dificuldade em entender as palavras de meu pai... Contudo... contudo, elas me perturbam com frequência. Ademais, o que ocorreu depois é tão estranho.

A caleche diminuíra a velocidade. A estrada subia suavemente em direção às colinas que dominam o vale do Liseron. O Sol se inclinava do lado de Corvigny. Uma diligência cruzou-os, carregada de malas, e então dois automóveis em que se amontoavam passageiros e pacotes. Um destacamento a cavalo galopava pelos campos.

– Vamos andar – disse Paul Delroze.

Seguiram a caleche a pé, e Paul continuou:

– O que me resta lhe dizer, Élisabeth, surge na minha memória com detalhes muito precisos, que de certo modo emergem de uma espessa bruma em que não distingo nada. Apenas posso afirmar que, uma vez encerrada essa parte da viagem, deveríamos ir de Estrasburgo para a Floresta Negra. Por que nosso itinerário foi mudado? Não sei. Eu me vejo uma manhã na estação ferroviária de Estrasburgo e subindo em um trem que se dirigia para o maciço dos Vosges... sim, para os Vosges. Meu pai lia e relia uma carta que acabara de receber e que parecia lhe dar prazer. Teria essa carta modificado nossos projetos? Também não sei. Almoçamos no meio do caminho. Fazia um calor como o que precede uma tempestade e adormeci, de modo que me lembro somente da praça principal de uma cidadezinha alemã em que alugamos duas bicicletas, após deixarmos nossas malas no guarda-volumes... E então, como tudo isso é confuso! Rodamos por meio de uma área da qual não me resta nenhuma impressão. Em determinado momento, meu pai me disse:

– Veja, Paul, estamos passando a fronteira... Estamos na França...

"E mais tarde... quanto tempo depois...? Ele parou para perguntar o caminho a um camponês, que lhe indicou um atalho no meio dos bosques. Mas que caminho? E que atalho? Na minha mente, é uma escuridão impenetrável em que meus pensamentos estão como que aterrados.

"E de repente, a escuridão se rasga e vejo, mas com surpreendente nitidez, uma clareira, grandes árvores, um musgo que se parece com veludo e uma antiga capela. Começa a chover, grandes gotas, cada vez mais rápidas, e meu pai me diz:

"– Vamos procurar um abrigo, Paul.

"Como sua voz ecoa em mim! E como imagino exatamente a pequena capela, com paredes esverdeadas pela umidade! Atrás, sob o telhado, que avançava para além da nave, abrigamos nossas bicicletas. Foi então que o ruído de uma conversa chegou até nós de dentro da capela, e ouvimos também o ranger da porta, que se abria na lateral.

"Alguém saiu e disse em alemão:

"– Não há ninguém. Vamos depressa.

"Naquele momento, contornávamos a capela com o intuito de entrar ali por aquela porta, e ocorreu que meu pai, que andava na frente, deparou-se de repente com o homem que devia ter pronunciado as palavras em alemão.

De ambos os lados, houve um movimento de recuo, o estrangeiro parecendo muito contrariado e meu pai estupefato com esse insólito encontro. Um segundo ou dois, talvez, permaneceram imóveis, um diante do outro. Ouvi meu pai sussurrar:

"– Será que é possível? O imperador…

"E eu mesmo, surpreso por aquelas palavras, e tendo visto com frequência o retrato do cáiser, não podia duvidar: quem estava lá, diante de nós, era o imperador da Alemanha.

"O imperador da Alemanha na França! Rapidamente baixou a cabeça e ergueu, até as abas reclinadas de seu chapéu, a gola de veludo de uma ampla pelerine. Virou-se para a capela. Uma senhora saía de lá, seguida por um indivíduo que mal vi, com aparência de criado. A senhora era alta, ainda jovem, bastante bela e morena.

"O imperador a agarrou pelo braço com verdadeira violência e a puxou, dizendo-lhe, em tom de cólera, palavras que não conseguimos distinguir.

Retomaram o caminho pelo qual havíamos chegado e que levava à fronteira. O criado se precipitara no bosque diante deles.

"– A aventura é verdadeiramente bizarra – disse meu pai, rindo. – Por que diabos Guilherme II se arriscaria por aí? Em plena luz do dia! Será que a capela apresenta algum interesse artístico? Vamos ver, está a fim, Paul?

"Entramos. Somente um pouco de luz do dia passava pelo vitral escurecido pela poeira e as teias de aranha. Mas essa pouca luz foi suficiente para vermos pilares troncudos, paredes nuas, nada que parecesse merecer a honra de uma visita imperial, segundo a expressão de meu pai, que acrescentou:

"– É evidente que Guilherme II veio visitar isso como turista, pela aventura, e que está muito contrariado por ter sido surpreendido nessa escapada. Talvez a senhora que o acompanha tenha lhe assegurado que não corria risco nenhum. Daí sua irritação contra ela e suas censuras.

"– É curioso, não é, Élisabeth, que todos esses pequenos fatos, que na realidade tinham uma importância apenas relativa para uma criança de minha idade, eu os tenha registrado fielmente, ao passo que outros, mais essenciais, não ficaram gravados em mim. Contudo, eu lhe conto o que aconteceu, como se visse agora diante de meus olhos, e como se as palavras ecoassem ao meu ouvido. E vejo ainda, no instante em que lhe falo, tão nitidamente quanto a vi no momento em que saímos da capela, a companheira do imperador que está voltando e atravessa a clareira com passo apressado, e a ouço dizer a meu pai:

"– Poço lhe pedir um favor, senhor?

"Está ofegante. Deve ter corrido. E imediatamente, sem esperar a resposta, ela acrescenta:

"– A pessoa que encontrou aqui gostaria de ter uma conversa com o senhor.

"A desconhecida se expressa facilmente em francês. Sem nenhum sotaque.

"Meu pai hesita. Mas essa hesitação parece revoltá-la, como uma inconcebível ofensa contra a pessoa que a enviou, e ela diz em tom áspero:

"– Não suponho que tenha a pretensão de recusar!

"– E por que não? – disse meu pai, de quem adivinho a impaciência. – Não recebo ordem alguma.

"– Não se trata de ordem – disse ela, contendo-se. – É um desejo.

"– Que assim seja, aceito conversar. Fico aqui à disposição dessa pessoa.

"Ela pareceu indignada.

"– Não, não, é preciso que seja o senhor…

"– É preciso que seja eu que vá até lá – exclamou meu pai em voz alta –, e certamente que eu cruze a fronteira além da qual essa pessoa se digna a esperar por mim! Lamento muito, senhora, trata-se de uma iniciativa que não tomarei. A senhora dirá a essa pessoa que, se teme de minha parte uma indiscrição, pode ficar tranquila. E aí, Paul, vamos andando?

"Ele tirou o chapéu e se inclinou diante da desconhecida. Mas ela lhe bloqueou a passagem.

"– Não, não, o senhor vai me escutar. Será que uma promessa de discrição conta? Não, é preciso acabar com isso de uma maneira ou outra, e o senhor há de admitir…

"A partir desse momento, não ouvi mais nada. Ela estava diante de meu pai, hostil, veemente. Seu rosto se contraía com uma expressão verdadeiramente feroz que me dava medo. Ah, como não pude prever!?… Mas eu era tão jovem! E, então, tudo foi tão rápido! Avançando em direção a meu pai, ela o encurralou, por assim dizer, até o pé de uma grande árvore, à direita da capela. Ambos elevaram a voz. Ela fez um gesto ameaçador. Ele começou a rir. E tudo foi brusco, imediato: com uma facada só, ah! aquela lâmina cujo brilho vi de repente na sombra!, ela o golpeou em pleno peito, duas vezes… duas vezes, lá, em pleno peito. Meu pai caiu."

Paul Delroze se calou, todo pálido diante da lembrança do crime.

– Ah! – balbuciou Élisabeth. – Seu pai foi assassinado… Meu pobre Paul, meu pobre amigo…

E prosseguiu, ofegante de angústia:

– Então, Paul, o que aconteceu? Você gritou?

– Gritei, precipitei-me na direção dele, mas uma mão implacável me agarrou. Era o indivíduo, aquele criado, que surgiu do bosque e me apanhou. Vi a faca levantada acima de minha cabeça. Senti um choque terrível no ombro. E foi minha vez de cair.

O QUARTO FECHADO

A caleche esperava por Élisabeth e Paul a pouca distância. Ao chegarem à planície, sentaram-se à beira do caminho. O vale do rio Liseron se abria diante deles em curvas suaves e verdejantes, em que o riozinho sinuoso era escoltado por duas estradas brancas que seguiam todos os seus caprichos. Mais longe, sob o sol, aglomerava-se Corvigny, que, no máximo, ficava cem metros abaixo. Uma légua mais adiante, erguiam-se as torrezinhas de Ornequin e as ruínas de um antigo torreão.

A jovem mulher manteve o silêncio por muito tempo, aterrorizada que estava pela história de Paul. Finalmente, ela lhe disse:

– Ah, Paul, tudo isso é terrível! Você sofreu muito?

– Não me lembro de nada a partir desse momento, de nada até o dia em que despertei em um quarto que eu não conhecia, sob os cuidados de uma velha prima de meu pai e uma religiosa. Era o mais belo quarto de um albergue situado entre Belfort e a fronteira. Uma manhã, bem cedo, doze dias antes, o albergueiro descobrira dois corpos imóveis que haviam sido deixados lá durante a noite, dois corpos encharcados de sangue. Num primeiro exame, constatou que um desses corpos estava gelado. Era o de meu pobre pai. O outro era o meu, que mal conseguia respirar!

ARSÈNE LUPIN E O ESTILHAÇO DE OBUS

"A convalescência foi muito longa e entrecortada por recaídas e acessos de febre em que, tomado pelo delírio, eu queria fugir. Minha velha prima, única parente que me restara, foi admirável em dedicação e atenção. Dois meses depois, levou-me à casa dela quase curado de minha ferida, mas tão profundamente abalado pela morte de meu pai e as terríveis circunstâncias dessa morte que precisei de vários anos para recuperar a saúde. Quanto ao drama em si..."

– E então? – disse Élisabeth, que passara o braço em volta do pescoço de seu marido em um gesto de apaixonada proteção.

– Então – disse Paul –, nunca foi possível resolver esse mistério. No entanto, a justiça mostrou bastante zelo e minúcia, tentando verificar as únicas informações que podia utilizar, aquelas que eu lhe dava. Todos esses esforços fracassaram. Aliás, essas informações eram tão vagas! Fora o que acontecera na clareira e diante da capela, o que eu sabia? Onde procurar essa clareira? Onde descobrir essa capela? Em que lugar o drama havia ocorrido?

– Mas, no entanto, vocês fizeram uma viagem, você e seu pai, para chegar a esse lugar, parece-me que, se regressar à própria partida em Estrasburgo...

– Ah! Você bem que entende que não descartamos essa pista, e que a justiça francesa, não satisfeita em solicitar a ajuda da justiça alemã, enviou ao local seus melhores policiais. Mas foi isso precisamente que, mais tarde, quando estava na idade da razão, me pareceu mais estranho, o fato de que não encontraram nenhum rastro de nossa passagem em Estrasburgo. Nenhum, entende? Ora, se há algo de que estou absolutamente certo é que comemos e dormimos mesmo em Estrasburgo, pelo menos por dois dias inteiros. O juiz encarregado do inquérito que seguia o caso concluiu que minhas lembranças de criança, de criança ferida, abalada, deviam estar erradas. Mas eu sabia que não; sabia e ainda sei.

– E então, Paul?

– Então, não posso deixar de estabelecer uma relação entre a abolição total dos fatos incontestáveis, fáceis se serem controlados ou reconstituídos, como a estadia de dois franceses em Estrasburgo, a viagem que fizeram de trem, as malas deixadas no guarda-volumes, o aluguel de duas bicicletas em uma aldeia da Alsácia, uma relação, estava dizendo eu, entre esses fatos e o fato primordial: que o imperador foi envolvido diretamente, sim, diretamente no caso.

– Mas essa relação, Paul, deve ter prevalecido na mente do juiz, assim como na sua...

– Evidentemente; mas nem o juiz nem nenhum dos magistrados e oficiais que colheram os depoimentos quiseram admitir a presença do imperador na Alsácia naquele dia.

– Por quê?

– Porque os jornais alemães constataram sua presença em Frankfurt, no mesmo horário.

– Em Frankfurt!

– Ora, essa presença é constatada onde ele manda, e jamais onde ele não quer que seja. Em todo caso, nesse ponto ainda, fui acusado de estar enganado, e o inquérito esbarrava em um conjunto de obstáculos, de impossibilidades, de mentiras, de álibis, que, para mim, revelava a ação contínua e todo-poderosa de uma autoridade sem limites. Essa é a única explicação admissível. Veja, será que dois franceses podem se hospedar em um hotel de Estrasburgo sem que se anotem seus nomes no registro desse hotel? Ora, tendo tal registro sido confiscado, ou tal página arrancada, nossos nomes não foram anotados em lugar nenhum. Sendo assim, nenhuma prova, nenhum indício. Patrões e criados de hotel, de restaurantes, vendedores de cigarro nas estações, empregados da ferroviária, locadores de bicicletas, todos são subalternos, isto é, cúmplices, que receberam ordem de silêncio e à qual nenhum sequer desobedeceu.

– Mas, mais tarde, Paul, você deve ter procurado por conta própria?

– Sim, procurei! Quatro vezes já, desde minha adolescência, percorri a fronteira da Suíça até Luxemburgo, de Belfort a Longwy, interrogando as pessoas, estudando as paisagens! E, sobretudo, durante quantas horas cavei até o fundo de meu cérebro para extrair dele a mais ínfima lembrança que me trouxesse uma luz. Nada. Nessa escuridão, nenhuma claridade nova. Apenas três imagens surgiram por meio da espessa bruma do passado. A imagem dos lugares e das coisas que foram as testemunhas do crime: as árvores da clareira, a antiga capela, a trilha que corre entre os bosques. A imagem do imperador. E a imagem... a imagem da mulher que o matou.

Paul baixara a voz. A dor e o ódio contraíam seu rosto.

– Ah! Aquela mulher, eu poderia viver cem anos que a veria diante de meus olhos como vemos um espetáculo cujos detalhes estão todos em plena luz. A forma de sua boca, a expressão de seu olhar, as ondas de seu cabelo, o caráter especial de seu andar, o ritmo de seus gestos, o desenho de sua silhueta, tudo isso está em mim, não como visões que evoco quando quero, mas como coisas que fazem parte de meu próprio ser. É como se, durante meu delírio, todas as misteriosas forças de minha mente tivessem trabalhado na completa assimilação dessas odiosas lembranças. E se hoje não se trata mais da obsessão doentia de antes, é um sofrimento de certas horas, quando cai a noite e estou sozinho. Meu pai assassinado, e aquela que o matou ainda vive, impune, feliz, rica, honrada, perseguindo sua obra de ódio e destruição.

– Você a reconheceria, Paul?

– Se eu a reconheceria? Entre mil e mil mulheres! E mesmo que estivesse transformada pela idade, eu encontraria por baixo das rugas da velha mulher o exato rosto da jovem mulher que assassinou meu pai, num final de tarde do mês de setembro. Como não reconhecê-la! Mas até a própria cor do vestido eu notei! Não é incrível? Um vestido cinza com um lenço de renda em volta dos ombros, e na blusa, servindo de broche, um pesado camafeu emoldurado por uma serpente dourada com olhos feitos de rubis. Como pode ver mesmo, Élisabeth, não esqueci e nunca vou esquecer.

Calou-se. Élisabeth chorava. Assim como seu marido, esse passado a envolvia de horror e amargura. Ele a atraiu para si e beijou sua testa.

Ela lhe disse:

– Não esqueça, Paul. O crime será punido porque é assim que deve ser. Mas sua vida não deve se submeter a essa lembrança de ódio. Agora somos dois, e nós nos amamos. Olhe para o futuro.

O Castelo de Ornequin era uma bela e simples construção do século XVI, com quatro torrezinhas terminadas por pequenos campanários, altas janelas com pináculos serrilhados, e uma fina balaustrada saliente no primeiro andar.

Gramados regulares, emoldurando o retângulo do pátio de honra, formam uma esplanada e levam, à direita e à esquerda, aos jardins, aos bosques e aos pomares. Um dos lados desses gramados acaba em um largo terraço com vista sobre o vale do Liseron, e que acolhe, alinhadas com o castelo, as majestosas ruínas de um torreão quadrado.

O conjunto é muito imponente. Cercado por fazendas e campos, a propriedade, quando bem mantida, pressupõe um empreendimento ativo e bem-cuidado. É uma das maiores da região.

Dezessete anos antes, na venda que se seguira à morte do último barão de Ornequin, o conde de Andeville, pai de Élisabeth, comprara-o por desejo de sua mulher. Casado havia cinco anos, tendo pedido demissão de seu cargo de oficial da cavalaria para se dedicar à mulher que amava, viajava com ela quando o acaso os levou a visitar Ornequin no exato momento em que a venda, que acabara de ser anunciada nos jornais da região, ia acontecer. Hermine de Andeville se empolgou. O conde, que procurava uma propriedade cuja exploração ocupasse seu tempo livre, fez o negócio por intermédio de um homem de lei.

Durante todo o inverno seguinte, ele dirigiu, de Paris, as obras de restauração necessárias por causa do abandono em que o antigo proprietário deixara o castelo. Queria que a moradia fosse confortável, e, almejando também que fosse bonita, mandou para lá todos os bibelôs, as tapeçarias, os objetos de arte e quadros de mestres que enfeitavam sua casa de Paris.

Foi apenas em agosto que puderam se instalar no castelo. Viveram lá umas semanas deliciosas com a querida Élisabeth, então com quatro anos, e Bernard, um menino forte a que a condessa acabara de dar à luz.

ARSÈNE LUPIN E O ESTILHAÇO DE OBUS

Completamente dedicada aos filhos, Hermine de Andeville nunca saía do parque. O conde cuidava de suas fazendas e percorria suas propriedades com seu caseiro Jérôme.

Ora, no final de outubro, tendo a condessa ficado resfriada e o mal-estar decorrente tido consequências bastante graves, o conde de Andeville decidiu levá-la junto com seus filhos ao Sul da França. Duas semanas depois, houve uma recaída. Em três dias, ela faleceu.

O conde sentiu esse desespero que nos faz entender que a vida acabou e que, não importa o que acontecer, nunca mais provaremos nenhum tipo de alegria ou sossego. Viveu, nem tanto para seus filhos, mas para manter em si o culto da falecida e perpetuar uma lembrança que se tornava sua única razão de viver.

Incapaz de voltar a esse Castelo de Ornequin em que conhecera uma felicidade por demais perfeita, e, por outro lado, não aceitando que intrusos pudessem nele morar, deu a Jérôme a ordem de fechar as portas e as persianas e de trancar o *boudoir* e o quarto da condessa de modo que ninguém nunca pudesse entrar ali. Ademais, Jérôme teve por missão arrendar as fazendas a agricultores e receber os aluguéis.

Essa ruptura com o passado não foi suficiente para o conde. Estranhamente para um homem que não existia mais senão pela lembrança de sua mulher, tudo o que a rememorava, objetos familiares, moradia, lugares e paisagem, lhe era uma tortura, e seus próprios filhos lhe inspiravam um sentimento de mal-estar que ele não conseguia superar. Tinha, em Chaumont, cidade do interior da França, uma irmã mais velha e viúva. Confiou-lhe sua filha Élisabeth e seu filho Bernard, e foi viajar.

Ao lado de sua tia Aline, mulher do dever e da abnegação, Élisabeth teve uma infância carinhosa, grave e estudiosa, em que seu coração se formou ao mesmo tempo que sua mente e seu caráter. Recebeu uma excelente educação e uma disciplina moral muito rigorosa.

Aos vinte anos, era uma moça alta e bela, valente e destemida, cujo rosto, naturalmente um pouco melancólico, iluminava-se às vezes com o mais singelo e carinhoso dos sorrisos, um desses rostos em que se inscrevem de antemão as provas e os encantos que o destino reserva. Sempre úmidos, seus olhos pareciam se comover diante do espetáculo de todas as coisas. Os cabelos, com mechas claras, davam alegria à sua fisionomia.

O conde de Andeville que, a cada estadia que fazia junto dela, entre duas viagens, experimentava cada vez mais o encanto de sua filha, levou-a dois invernos seguintes para a Espanha e a Itália. Foi assim que em Roma ela encontrou Paul Delroze, que eles voltaram a se ver em Nápoles, depois em Siracusa, e depois em uma longa excursão pela Sicília, e que essa intimidade criou entre eles um laço cuja força sentiram logo que se separaram.

Assim como Élisabeth, Paul fora criado no interior da França e, como ela, na casa de uma parente dedicada, que tentou fazê-lo esquecer, com muitos cuidados e afeto, o drama de sua infância. Se o esquecimento não ocorreu, ao menos ela conseguiu continuar a obra de seu pai e fazer de Paul um rapaz direto, amante do trabalho, de ampla cultura, apaixonado pela ação e curioso da vida. Ele passou pela Escola Central e, após cumprir o serviço militar, permaneceu dois anos na Alemanha, estudando lá certos assuntos industriais e mecânicos pelos quais, antes de mais nada, era apaixonado.

De alta estatura, bem proporcionado, de cabelos pretos jogados para trás, rosto um pouco magro, queixo voluntarioso, dava uma impressão de força e energia.

Seu encontro com Élisabeth lhe revelou todo um mundo de sentimentos e emoções que até então ele desdenhara. Para ele, como para a moça, foi uma espécie de embriaguez mesclada de surpresa. O amor criava neles almas novas, livres, leves, cujo entusiasmo e desabrochamento contrastavam com os hábitos que lhes impusera o modo severo de sua existência. Assim que regressou à França, pediu a mão da moça. Foi-lhe concedida.

Ao contrato que ocorreu três dias antes do casamento, o conde de Andeville anunciou que acrescentava ao dote de Élisabeth o Castelo de Ornequin. Os noivos decidiram se estabelecer nele, e Paul procuraria então nos vales industriais dessa região algum negócio que pudesse adquirir e dirigir.

ARSÈNE LUPIN E O ESTILHAÇO DE OBUS

Em 30 de julho, casaram-se em Chaumont. A cerimônia foi bem íntima, já que se falava muito da guerra, embora, com base em informações a que dava o maior crédito, o conde de Andeville afirmasse que essa eventualidade não podia ser considerada. Durante o almoço de família que reuniu os padrinhos, Paul conheceu Bernard de Andeville, o irmão de Élisabeth, estudante de apenas dezessete anos cujas férias começavam, e que lhe agradou por seu belo ânimo e sua franqueza. Acertou-se que Bernard ia se juntar a eles poucos dias depois em Ornequin.

Finalmente, à uma hora, Élisabeth e Paul deixaram Chaumont de trem. De mãos dadas, iam rumo ao castelo em que deviam passar os primeiros anos de sua união, talvez até todo esse futuro de felicidade e quietude que se abre diante do olhar maravilhado dos amantes.

Eram seis e meia quando avistaram ao pé da escada a mulher de Jérôme, Rosalie, uma boa senhora gorda, de faces rosáceas e aspecto alegre. Às pressas, antes do jantar, deram uma volta pelo jardim e visitaram o castelo.

Élisabeth não segurava sua emoção. Embora nenhuma lembrança pudesse agitá-la, contudo parecia-lhe reencontrar algo dessa mãe que conhecera tão pouco, de cuja imagem não se lembrava, e que vivera lá seus últimos dias de felicidade. Para ela, a sombra da falecida caminhava pelas alamedas. Os grandes gramados verdejantes exalavam um cheiro especial. As folhas das árvores tremiam na brisa com um murmúrio que ela acreditava já ter percebido nesse mesmo lugar, nas mesmas horas, quando sua mãe o ouvia ao lado dela.

– Você está triste, Élisabeth? – perguntou Paul.

– Triste não, mas confusa. É minha mãe que nos recebe aqui, neste refúgio em que sonhara viver e aonde chegamos com o mesmo sonho. Então, uma leve inquietude me oprime. É como se eu fosse uma estranha, uma intrusa que perturba a paz e o descanso. Pense! Há tanto tempo que minha mãe mora neste castelo. Está sozinha. Meu pai nunca quis vir, e penso que talvez não tenhamos o direito de vir, com nossa indiferença por tudo que não se refere a nós.

Paul sorriu:

– Élisabeth, minha querida amiga, você simplesmente experimenta essa impressão de mal-estar que sentimos ao chegarmos ao fim do dia em um país novo.

– Não sei – disse ela. – Você deve estar certo... Contudo, não posso evitar certo mal-estar, que é contrário à minha natureza! Você acredita em pressentimentos, Paul?

– Não, e você?

– Bem, eu também não – disse, rindo e oferecendo-lhe seus lábios.

Ficaram surpresos ao descobrir, nos salões e quartos do castelo, um ar de cômodos que não deixaram de ser habitados. Conforme as ordens do conde, tudo mantivera a mesma disposição que nos distantes dias de Hermine de Andeville. Os antigos bibelôs estavam lá, nos mesmos lugares, e todos os bordados, todas as toalhinhas de renda, todas as miniaturas, todas as belas poltronas do século XVIII, todas as tapeçarias flamengas, todos os móveis antes colecionados pelo conde para embelezar sua moradia. Assim, à primeira vista, entravam em um ambiente de vida atraente e íntimo.

Após o jantar, voltaram aos jardins e passearam abraçados e silenciosos. Do terraço, viram o vale tomado pela escuridão em meio à qual brilhavam algumas luzes. O velho torreão erguia suas ruínas robustas no céu pálido, em que se demorava ainda um pouco da luz confusa do dia.

– Paul – disse Élisabeth em voz baixa –, você notou que, ao visitar o castelo, passamos perto de uma porta trancada por um grande cadeado?

– No meio do grande corredor – disse Paul – e bem perto de seu quarto, não é?

– Sim. Era o *boudoir* que minha pobre mãe ocupava. Meu pai exigiu que fosse trancado, assim como o quarto comunicante, e Jérôme pôs um cadeado e lhe enviou a chave. Assim, ninguém entrou nele desde então. Continua como era na época. Tudo de que minha mãe se servia, seus trabalhos de costura não acabados, os livros familiares, estão lá. E na parede da frente, entre as duas janelas sempre fechadas, está seu retrato que meu pai encomendara um ano antes de um grande pintor amigo seu, um retrato de pé e que é a imagem perfeita de mamãe, pelo que ele me disse. Ao lado, um genuflexório, o dela. Hoje de manhã, meu pai me deu a chave do *boudoir*, e prometi ajoelhar-me nesse genuflexório e rezar diante do retrato.

– Vamos, Élisabeth.

A mão da jovem mulher tremia na de seu marido quando subiram a escada que levava ao primeiro andar. Algumas luzes estavam acesas ao longo do corredor. Eles se imobilizaram.

A porta era larga e alta, encaixada em uma parede espessa, e coroada por um tremó com relevos dourados.

– Abra, Paul – disse Élisabeth, cuja voz tremia.

Ela lhe apresentou a chave. Ele abriu o cadeado e segurou a maçaneta. Mas, de repente, ela agarrou o braço de seu marido.

– Paul, Paul, um instante... Para mim é tão perturbador! Pense bem, estou aqui pela primeira vez diante de minha mãe, diante de sua imagem... e você está ao meu lado, meu bem-amado... parece-me que toda minha vida de menininha está recomeçando.

– Sim, de menininha – disse ele, pressionando-a apaixonadamente contra si –, e é sua vida de mulher também...

Ela se soltou, reconfortada por seu abraço, e murmurou:

– Vamos entrar, meu querido Paul.

Ele empurrou a porta e dirigiu-se para o corredor, em que pegou uma das lamparinas suspensas na parede, e voltou para colocá-la sobre uma mesinha.

Élisabeth já atravessara o cômodo e se encontrava diante do retrato.

Tendo o rosto de sua mãe permanecido na sombra, ela acomodou a luz de maneira que ficasse totalmente iluminado.

– Como é linda, Paul!

Ele se aproximou e levantou a cabeça. Abalada, Élisabeth se ajoelhou no genuflexório. Mas, após um momento, como Paul permanecia calado, ela o olhou, estupefata.

Ele não se movia, lívido, os olhos arregalados pela mais assustadora das visões.

– Paul! – exclamou ela. – O que você tem?

Ele começou a recuar em direção à porta, sem poder desviar os olhos do retrato da condessa Hermine. Titubeava como um homem embriagado, e seus braços batiam o ar ao seu redor.

– Essa mulher... Essa mulher... – balbuciou em voz rouca.

– Paul! – implorou Élisabeth. – O que quer dizer?

– Essa mulher, foi ela que matou meu pai.

ORDEM DE MOBILIZAÇÃO

À horrível acusação, seguiu-se um silêncio assustador. De pé diante de seu marido, Élisabeth procurava entender as palavras que, para ela, ainda não tinham um verdadeiro sentido, mas que contudo a atingiam como profundas feridas.

Deu dois passos na direção dele e, olhos nos olhos, articulou, tão baixo que ele mal ouviu:

– O que acaba de dizer, Paul? É tão monstruoso...!

Ele respondeu no mesmo tom:

– Sim, é monstruoso. Eu mesmo ainda não consigo acreditar... não quero acreditar...

– Então... deve ter se enganado, não? Enganou-se... confesse...

Ela o supliciava com todo seu desespero, como se esperasse que ele cedesse.

Por cima do ombro de sua mulher, voltou a prender o olhar no amaldiçoado retrato, e estremeceu da cabeça aos pés.

– Ah! É ela – afirmou, cerrando os punhos. – É ela... Eu a reconheço... Foi ela quem matou...

Um sobressalto de revolta sacudiu a jovem mulher, e batendo violentamente no próprio peito:

– Minha mãe! Minha mãe teria matado… Minha mãe! Aquela que meu pai adorava e nunca deixou de adorar…! Minha mãe que me acalentava e me beijava! Esqueci tudo dela, mas não isso, não a impressão de seus afagos e seus beijos. E ela é que teria matado!?

– É ela.

– Ah, Paul, não diga tamanha infâmia! Como pode afirmar, tanto tempo depois do crime? Era apenas uma criança e, essa mulher, você a viu tão pouco…! Alguns minutos apenas.

– Eu a vi mais de que se pode ver – exclamou Paul com força. – Desde o momento do crime sua imagem não me abandonou. Às vezes, já quis me livrar dela, como queremos nos livrar de um pesadelo. Não consegui. E essa imagem está aí na parede. Tão certo quanto existo, aí está ela, eu a reconheço como eu reconheceria sua imagem após vinte anos! É ela… Veja, mas veja, na blusa dela, esse broche envolto por uma serpente dourada… Um camafeu! Não foi o que eu lhe disse? E os olhos dessa serpente… são rubis! E o lenço de renda preta em volta dos ombros! É ela! É a mulher que vi!

Um crescente furor deixava-o superexcitado e, com o punho, ele ameaçava o retrato de Hermine de Andeville.

– Cale-se – exclamou Élisabeth, torturada por cada uma das palavras de Paul –, cale-se, eu o proíbo…

Quis tampar a boca dele com sua mão para que se calasse. Mas Paul teve um gesto de recuo como se recusasse sofrer o contato de sua mulher, e foi um movimento tão brusco, tão instintivo, que ela desmoronou aos prantos, ao passo que ele, exasperado, assolado de dor e ódio, tomado por uma espécie de aterrorizante alucinação que o fazia recuar até a porta, proferia:

– É ela! É sua boca malvada, são seus olhos implacáveis! Ela pensa no crime. Eu a vejo… eu a vejo… avança em direção a meu pai! Ele se deixa levar! Ela levanta o braço… e o mata! Ah, miserável…!

Ele saiu correndo…

Paul passou aquela noite no parque, correndo como um louco, ao acaso, pelas alamedas obscuras, ou jogando-se exausto na relva dos gramados, chorando, chorando indefinidamente.

ARSÈNE LUPIN E O ESTILHAÇO DE OBUS

Paul Delroze nunca sofrera senão pela lembrança do crime, sofrimento abafado, mas que, no entanto, em certas crises, tornava-se agudo, até lhe parecer a queimadura de uma nova ferida. Desta vez, a dor foi tamanha e tão imprevista que, apesar de seu costumeiro controle e do equilíbrio de seu raciocínio, ele realmente perdeu o juízo. Seus pensamentos, seus atos, suas atitudes, as palavras que criava na noite, foram de um homem que não está mais no controle de si.

Uma única ideia voltava sempre em sua mente tumultuada, em que ideias e impressões rodopiavam como folhas ao vento, um único pensamento terrível: "Conheço aquela mulher que matou meu pai, e a mulher que amo é filha dela!".

E ele, a amava ainda? Decerto chorava desesperadamente a felicidade que fora destruíra, mas será que ainda amava Élisabeth? Será que podia amar a filha de Hermine d'Andeville?

Ao amanhecer, quando entrou e passou diante do quarto de Élisabeth, seu coração não bateu mais depressa. Seu ódio da assassina abolia tudo o que pudesse palpitar nele de amor, de desejo, de ternura e até de simples e humana compaixão.

O entorpecimento em que caiu por algumas horas fez seus nervos relaxarem um pouco, mas não mudou a disposição de sua mente. Ao contrário, talvez, e até mesmo sem refletir, ele se recusava com mais força a encontrar Élisabeth. No entanto, queria saber, dar-se conta, cercar-se de todas as informações necessárias, e somente com total certeza tomar a decisão que ia desatar em um sentido ou outro o grande drama de sua vida.

Antes de mais nada, devia interrogar Jérôme e sua mulher, cujo testemunho adquiria um valor considerável pelo fato de eles terem conhecido a condessa de Andeville. Certas questões de data, por exemplo, podiam ser elucidadas imediatamente.

Encontrou-os em sua casa, ambos muito agitados, Jérôme com um jornal na mão e Rosalie gesticulando com pavor.

– É isso aí, senhor – exclamou Jérôme. – O senhor pode ter certeza: é para logo!

– O quê? – disse Paul.

– A mobilização! O senhor vai ver. Os policiais, amigos meus, alertaram-me. Os avisos estão prontos.

Paul observou distraidamente:

– Os avisos estão sempre prontos.

– Sim, mas vão colá-los daqui a pouco, o senhor vai ver. E, o senhor tem que ler o jornal. Aqueles porcos – o senhor que me desculpe, não há outra palavra – aqueles porcos querem a guerra. A Áustria bem que gostaria de negociar, mas enquanto isso eles se mobilizam, e já faz vários dias. Prova disso é que não podemos mais entrar no país deles. E mais ainda, ontem, não longe daqui, destruíram uma estação ferroviária francesa e explodiram os trilhos. O senhor tem que ler!

Paul percorreu com os olhos as notícias de última hora, mas, embora sentisse sua gravidade, a guerra lhe parecia algo tão inverossímil que só deu a elas uma atenção passageira.

– Tudo isso vai se resolver – concluiu –, é o jeito deles de falar, com a mão no cabo da espada, mas não quero crer…

– O senhor está muito errado – murmurou Rosalie.

Ele não ouvia mais, pensando somente na tragédia de seu destino e imaginando por que meio obteria de Jérôme as respostas de que precisava. Mas, incapaz de se conter mais, tocou diretamente no assunto.

– Talvez você saiba, Jérôme, que a senhora e eu entramos no quarto da condessa de Andeville.

Essa declaração provocou no caseiro e em sua mulher uma reação extraordinária, como se tivesse sido um sacrilégio entrar naquele quarto fechado havia tanto tempo, o quarto da senhora, assim como o chamavam entre si.

– Como é possível, por Deus! – balbuciou Rosalie.

E Jérôme acrescentou:

– Mas não, não, já que enviei ao conde a única chave do cadeado, uma chave de segurança.

– Ele a deu para nós ontem de manhã – disse Paul.

ARSÈNE LUPIN E O ESTILHAÇO DE OBUS

E imediatamente, sem se preocupar mais com o espanto deles, questionou:

– Entre as duas janelas está o retrato da condessa de Andeville. Em que época esse retrato foi trazido e colocado ali?

Jérôme não respondeu imediatamente. Refletia. Olhou para sua mulher e, após um instante, articulou:

– É bem simples, na época em que o conde mandou todos os seus móveis para o castelo, antes da instalação.

– O que significa?

Durante os três ou quatro segundos em que Paul esperou a resposta, sua angústia foi intolerável. Essa resposta era decisiva.

– E então? – perguntou.

– Então, foi na primavera do ano 1898.

– 1898!

Paul repetiu em voz abafada. Aquele era o ano em que seu pai fora assassinado!

Sem se dar tempo para refletir, com o sangue-frio de um juiz encarregado de um inquérito que não se desvia do plano que traçou, ele perguntou:

– Assim, portanto, o conde e a condessa de Andeville chegaram aqui…?

– O conde e a condessa chegaram ao castelo em 28 de agosto de 1898, e partiram para o sul em 24 de outubro.

Agora, Paul conhecia a verdade, já que o assassinato de seu pai ocorrera em 19 de setembro.

E todas as circunstâncias que dependiam dessa verdade, que a explicavam em seus principais detalhes, ou que decorriam dela, apareceram-lhe de repente. Lembrou que seu pai mantinha relações de amizade com o conde de Andeville. Disse-se que, durante sua viagem à Alsácia, seu pai devia ter sabido da estadia na Lorena de seu amigo de Andeville e projetara fazer-lhe a surpresa de uma visita. Avaliou a distância que separava Ornequin de Estrasburgo, distância que correspondia exatamente às horas passadas no trem.

Então, perguntou:

– Quantos quilômetros daqui à fronteira?

– Exatamente sete, senhor.

– Do outro lado, chegamos a uma pequena cidade alemã bastante próxima, não é?

– Sim, senhor, Ébrecourt.

– É possível seguir um atalho para chegar à fronteira?

– Até a metade da estrada que leva à fronteira, sim, senhor, uma trilha na parte alta do parque.

– Pelo meio dos bosques?

– Pelo meio dos bosques do conde.

– E nesses bosques…

Só restava, para adquirir a certeza total, absoluta, aquela que resultava não de uma interpretação dos fatos, mas dos próprios fatos, que, por assim dizer, tornaram-se visíveis e palpáveis, só restava a fazer a suprema pergunta: nos bosques não existe uma pequena capela no meio de uma clareira? Por que Paul não fez essa pergunta? Será que julgou que era tão precisa que podia levar o caseiro a refletir e a fazer conclusões que a própria natureza da conversa já motivava?

Limitou-se então a dizer:

– A condessa de Andeville não viajou durante os dois meses em que morou em Ornequin? Uma ausência de alguns dias…

– Olhe, não. A condessa não saiu de suas propriedades.

– Ah! Permaneceu no parque?

– Sim, senhor. O conde ia quase todas as tardes até Corvigny, ou para o lado do vale, mas a condessa não saía do parque ou dos bosques.

Paul já sabia o que queria saber. Indiferente àquilo que Jérôme e sua mulher poderiam pensar, não se deu ao trabalho de fornecer um pretexto a essa estranha série de perguntas, sem relação aparente entre si. Saiu da casa.

Não obstante a pressa que sentia para levar seu inquérito até o fim, resolveu adiar as investigações que queria fazer fora do parque. Parecia ter medo de se deparar com essa última prova, contudo bem inútil após aquelas que o acaso já lhe havia fornecido.

Arsène Lupin e o estilhaço de obus

Assim, voltou ao castelo e, quando chegou a hora do almoço, decidiu aceitar o inevitável encontro com Élisabeth.

Mas a camareira o alcançou no salão e lhe anunciou que sua mulher pedia desculpas. Sentindo-se um pouco adoentada, pedia a permissão de almoçar em seus aposentos. Entendeu que ela queria deixá-lo inteiramente livre, recusando-se a implorar em favor de uma mãe que respeitava para, no final das contas, submeter-se de antemão às decisões do marido.

Ele então teve que almoçar sozinho, sob os olhares das pessoas que o serviam, com a profunda sensação de que sua vida estava perdida e que Élisabeth e ele, no exato dia de seu casamento, tornavam-se, em decorrência de circunstâncias de que não eram responsáveis, inimigos que nada mais no mundo podia reaproximar. Decerto, não sentia ódio dela e não a censurava pelo crime de sua mãe, mas inconscientemente estava ressentido, como se fosse um defeito ser filha daquela mulher.

Durante duas horas, após o almoço, permaneceu recolhido no quarto do retrato, trágico encontro que ele queria ter com a assassina, para encher seus olhos da amaldiçoada imagem e dar às suas lembranças uma nova força.

Examinou os mínimos detalhes, estudou o camafeu, o cisne de asas abertas que nele era representado, as cinzelamentos da serpente dourada que servia de moldura, o espaçamento dos rubis, e também o movimento da renda em volta dos ombros, a forma da boca e as ondas dos cabelos e o desenho do rosto.

Era mesmo a mulher que ele vira, uma noite de setembro. Num canto do quadro, estava a assinatura do pintor e, abaixo, o título: *Retrato da condessa H.* Esse quadro fora provavelmente exposto, e limitaram-se a essa discreta designação: condessa Hermine.

– Olhe – disse-se Paul –, alguns minutos ainda e todo esse passado vai ressuscitar. Achei a culpada, só me resta encontrar o local do crime. Se a capela estiver mesmo lá, nos bosques, a verdade estará completa.

Dirigiu-se resolutamente a essa verdade. Temia-a menos, já que não podia escapar de seu abraço. E, no entanto, como eram dolorosas as batidas de seu coração e como era horrível a impressão que sentia enquanto percorria esse caminho que levava àquele que seu pai seguira dezesseis anos antes!

Com um gesto vago, Jérôme lhe ensinara a direção. Atravessou o parque do lado da fronteira, indo obliquamente para a esquerda, e passou perto de um pavilhão. À beira dos bosques, abria-se uma longa alameda bordada de pinheiros na qual entrou e que, quinhentos passos adiante, dividia-se em três alamedas mais estreitas. Duas delas, que explorou, davam em um matagal inextricável. A terceira levava ao cume de um montículo, de onde desceu, ainda à esquerda, por outra alameda de pinheiros.

E, ao escolher esta, Paul se deu conta de que o motivo de sua escolha era precisamente que essa alameda de pinheiros despertava nele, e não saberia dizer por que semelhanças de forma e disposição, reminiscências que guiavam seus passos.

Primeiramente reta por um tempo, a alameda fez uma brusca curva dentro de um bosque de altas faias, cujas folhagens se juntavam no alto; então, endireitou-se e, no final da escura abóbada sob a qual caminhava, Paul avistou aquele desabrochar de luz que indica a abertura de uma rotunda.

Verdade seja dita, a angústia lhe abalou as pernas e ele teve que se esforçar para seguir adiante. Era mesmo a clareira em que seu pai recebera o golpe fatal? À medida que seu olhar descobria um pouco mais do espaço luminoso, ele se sentia invadido por uma convicção mais profunda. Como no quarto do retrato, o passado retomava nele e diante dele o aspecto da realidade!

Era a mesma clareira, envolta por um círculo de árvores que ofereciam o mesmo quadro, e coberta por um tapete de relva e musgo que as mesmas trilhas dividiam em setores análogos. Era a mesma porção de céu que recortava a caprichosa massa das folhagens. E foi lá, à esquerda, vigiada por dois teixos, que Paul reconheceu a capela.

A capela! A pequena, velha e maciça capela cujas linhas haviam cavado como que sulcos na mente do jovem homem! As árvores crescem, alargam-se e mudam de formato. A aparência de uma clareira se modifica. Nela, as trilhas se entrelaçam de maneira diferente. É possível se enganar. Mas isso, uma construção de granito e cimento, isso é imutável. Séculos são necessários para lhe dar aquela coloração cinzenta e esverdeada que é a marca do tempo na pedra, essa pátina que não se altera mais.

A capela que se erguia ali, com a frente cavada por uma rosácea de vitrais empoeirados, era mesmo aquela de onde o imperador da Alemanha surgira, seguido da mulher que, dez minutos depois, assassinava...

Paul se dirigiu à porta. Queria rever o lugar no qual, pela última vez, seu pai se dirigira a ele. Que emoção! O mesmo pequeno telhado que abrigara suas bicicletas avançava além da parte traseira, e era a mesma porta de madeira com espessas fechaduras enferrujadas.

Ele subiu o único degrau. Levantou o trinco. Empurrou a porta. Mas, no exato momento em que entrava, dois homens escondidos na sombra, à direita e à esquerda, pularam em cima dele.

Um mirou-o no rosto com o revólver. Por que milagre Paul conseguiu avistar o cano da arma e se abaixar a tempo para que a bala não o atingisse? Um segundo tiro ecoou. Mas ele havia empurrado o homem e lhe arrancava a arma das mãos, ao passo que o segundo de seus agressores o ameaçava com um punhal. Recuou, saiu da capela, de braço estendido e mantendo-os à distância com o revólver.

– Mãos ao alto! – gritou.

Sem esperar o gesto que intimava, sem se dar conta, apertou o gatilho duas vezes. Em ambas as vezes não ouve estalo... nenhum disparo. Mas bastou que ele atirasse para que os dois miseráveis, assustados, dessem meia-volta às pressas e fugissem correndo.

Por um segundo, Paul ficou indeciso, estupefato pela brusquidão dessa armadilha. Depois, rapidamente, atirou de novo contra os fugitivos. Mas não adiantou! A arma, certamente carregada com duas únicas balas, estalava, mas não atirava.

Então, pôs-se a correr na direção que seus agressores seguiam, lembrando-se de que outrora o imperador e sua companheira, ao se afastarem da capela, haviam tomado essa mesma direção, que, obviamente, era a da fronteira.

Quase imediatamente os homens, vendo-se perseguidos, entraram no bosque e se esgueiraram entre as árvores. Porém Paul, mais ágil, diminuía a distância, e ainda mais rapidamente contornava uma depressão repleta de samambaias e plantas espinhosas aonde os fugitivos haviam se aventurado.

De repente, um deles soprou um apito estridente. Seria um sinal dirigido a algum cúmplice? Pouco depois, despareceram atrás de uma linha de arbustos folhudos. Após terem ultrapassado essa linha, Paul avistou cem passos adiante um muro elevado que parecia cercar os bosques por todos os lados. Os homens se encontravam a meio caminho, e ele percebeu que se dirigiam em linha reta para um trecho desse muro em que havia uma pequena porta baixa.

Paul redobrou os esforços para chegar antes que tivessem tempo de abri-la. O terreno descoberto lhe permitia manter um ritmo mais alerta, ao passo que os homens, visivelmente esgotados, iam mais devagar.

– Vou pegar aqueles bandidos – disse em voz alta. – Finalmente vou saber...

Ouviu-se um segundo apito, seguido de um grito rouco. Ele não estava a mais de trinta passos e ouvia-os falar.

– Vou pegá-los, vou pegá-los – repetia com alegria feroz.

Projetava acertar o primeiro no rosto com o cano de seu revólver e pular no pescoço do outro.

Mas, antes mesmo que tivessem alcançado o muro, a porta foi empurrada de fora. Um terceiro indivíduo apareceu, abrindo-lhes a passagem.

Paul soltou o revólver, e seu ímpeto foi tão forte, gastou tanta energia, que conseguiu agarrar a porta e puxá-la para si.

A porta cedeu. E o que ele viu então o espantou tanto que teve um movimento de recuo e não pensou em se defender contra esse novo ataque. O terceiro indivíduo, ô terrível pesadelo...! Aliás, seria possível que fosse outra coisa senão um pesadelo?, o terceiro indivíduo levantava uma faca contra ele, e Paul conhecia seu rosto... era um rosto semelhante àquele que vira antes, um rosto de homem e não de mulher, mas o mesmo tipo de rosto, incontestavelmente o mesmo tipo... Um rosto marcado por dezesseis anos a mais e por uma expressão mais dura e ainda mais malvada, mas o mesmo tipo de rosto, o mesmo...!

E o homem acertou Paul, como a mulher antigamente, como aquela que, morta desde então, acertara o pai de Paul.

Se Paul cambaleou foi mais por decorrência do abalo nervoso que lhe causou o aspecto desse fantasma, já que a lâmina do punhal, ao bater contra o botão que fechava a ombreira de pano de seu casaco, estilhaçou-se. Atordoado, olhos embaçados de bruma, ele percebeu o ruído da porta e o ranger da chave na fechadura, e finalmente o ronco de um automóvel que dava a partida do outro lado do muro. Quando Paul saiu de seu torpor, não havia mais nada que pudesse fazer. O indivíduo e seus dois cúmplices estavam fora de alcance.

Aliás, por enquanto, o mistério da incompreensível semelhança entre a pessoa do passado e a de hoje o absorvia inteiramente. Só pensava nisso: "A condessa de Andeville morreu, e eis que ressuscita sob a aparência de um homem cujo rosto é igual àquele que ela teria hoje. Rosto de algum parente? Rosto de um irmão desconhecido, um irmão gêmeo?".

Então, pensou:

"Afinal de contas, será que não estou enganado? Será que não sou vítima de alucinação, algo tão natural na crise pela qual estou passando? Quem me garante que existe a mais ínfima relação entre o passado e o presente? Eu precisaria de uma prova."

Essa prova estava à disposição de Paul, e era tão forte que ele não pôde mais duvidar.

Tendo avistado na relva os estilhaços do punhal, recolheu o cabo.

Neste, feito de chifre, quatro letras estavam gravadas como a ferro em brasa, um H, um E, um R e um M.

H.E.R.M... as quatro primeiras letras de Hermine!

Foi nesse exato momento, em que contemplava as letras que, para ele, tinham tamanho significado, foi nesse momento, e Paul não se esqueceria mais disso, que o sino de uma igreja vizinha começou a badalar da maneira mais estranha, um tinido regular, monótono, ininterrompido, ao mesmo tempo alegre e tão comovente!

– O rebate – murmurou ele, sem conectar essa palavra ao sentido que tinha.

E acrescentou:

– Algum incêndio, provavelmente.

Dez minutos depois, Paul conseguia, utilizando os galhos salientes de uma árvore, pular o muro. Outros bosques se estendiam, atravessados por uma trilha florestal. Nessa trilha, seguiu as marcas deixadas pelo automóvel e em uma hora chegou à fronteira.

Um posto de policiais alemães acampava ao pé do mastro, e avistava-se uma estrada branca em que desfilavam ulanos[5].

Mais adiante, um amontoado de telhados vermelhos e jardins. Era essa a pequena cidade em que outrora seu pai e ele haviam alugado bicicletas, a cidadezinha de Ébrecourt?

O sino melancólico não parara. Paul se deu conta de que o som vinha da França, e que outro sino tocava em algum lugar, também na França, e um terceiro ao lado do rio Liseron, e os três com a mesma pressa, como se lançassem ao redor um chamado desesperado.

Ele repetiu ansiosamente:

– O rebate… o rebate… que passa de igreja em igreja… Será?

Descartou esse terrível pensamento… Não, não estava ouvindo bem, ou então era o eco de um único sino que batia no fundo do vale e corria pelas planícies.

Contudo, olhava a estrada branca que saía da pequena cidade alemã, e observou que um fluxo contínuo de cavaleiros chegava por lá e se espalhava

---

[5] Originários dos mongóis e tártaros, cavaleiros armados originalmente de lanças e depois de pistolas ou carabinas, usados também por alemães e eslavos, semelhantes aos lanceiros franceses. (N.T.)

no campo. Ademais, um destacamento de dragões franceses surgiu no cume de uma colina. Com um binóculo, o oficial estudou o horizonte antes de ir embora com seus homens.

Então, sem poder ir mais além, Paul regressou até o muro que pulara, e constatou que esse muro cercava mesmo toda a propriedade, o bosque e o parque. Soube, aliás, por um velho camponês, que a construção datava de uns doze anos, o que explicava por que, em suas explorações ao longo da fronteira, Paul nunca encontrara a capela. Uma única vez, lembrou-se, alguém lhe falara de uma capela, mas localizada dentro de uma propriedade fechada. Como ele poderia ter se preocupado com isso?

Seguindo o recinto do castelo, aproximou-se da aldeia de Ornequin, cuja igreja surgiu de repente no fundo de uma clareira em meio aos bosques. O rebate de sinos, que não se ouvia mais um instante antes, voltou a tocar nitidamente. Era o sino de Ornequin. Era fraco, dilacerante como uma lamúria e, apesar de sua precipitação e leveza, mais solene que a badalada que anuncia a morte.

Paul foi em sua direção.

Uma linda aldeia, florida com gerânios e margaridas, agrupava-se ao redor da igreja. Grupos silenciosos de pessoas estacionavam diante de um cartaz branco afixado na prefeitura.

Paul avançou e leu:

ORDEM DE MOBILIZAÇÃO

Em qualquer outra época de sua vida, essas palavras teriam surgido diante dele com todo o seu formidável e lúgubre significado. Mas a crise que sofria era demasiadamente forte para que uma grande emoção tomasse conta dele. Mal se dignou a encarar as inelutáveis consequências dessa notícia. Pois então, havia mobilização. De noite, à meia-noite começava o primeiro dia da mobilização. Então, todos deviam partir. Assim, ele também partiria. E isso tomava em sua mente a forma de um ato tão imperioso, as proporções de um dever que se sobrepunha tanto a todas as pequenas obrigações e todas as pequenas necessidades individuais, que, ao contrário, ele experimentou uma espécie de alívio ao receber, por assim dizer de fora, a ordem que lhe ditava sua conduta. Não havia hesitação possível.

O dever estava chamando: partir.

Partir? Nesse caso, por que não partir imediatamente? Que sentido fazia voltar ao castelo, rever Élisabeth, procurar uma explicação dolorosa e vã, conceder ou recusar um perdão que sua mulher não lhe pedia, mas que a filha de Hermine de Andeville não merecia?

Diante do principal albergue, uma diligência esperava com a seguinte menção:

Corvigny–Ornequin – Serviço da estação ferroviária

Algumas pessoas se acomodavam nela. Sem mais refletir sobre uma situação que os próprios eventos davam um jeito de desfazer, ele subiu.

Na Estação de Corvigny, disseram-lhe que o trem só sairia dali a meia-hora, e que não havia outro, já que o trem noturno, que correspondia ao expresso noturno na linha principal, havia sido suprimido.

Paul reservou um lugar e, então, após se informar, foi até um locador de carros na cidade que possuía dois automóveis.

Acertou com esse locador e decidiram que o maior dos dois automóveis iria sem demora até o Castelo de Ornequin e ficaria à disposição da sra. Paul Delroze.

Então, escreveu à sua mulher as seguintes palavras:

Élisabeth,

As circunstâncias são suficientemente graves para que eu lhe peça que deixe Ornequin. As viagens de trem não estão mais garantidas; mando-lhe um automóvel que a levará esta noite até Chaumont, à casa de sua tia. Suponho que os criados queiram acompanhá-la, e

ARSÈNE LUPIN E O ESTILHAÇO DE OBUS

que, no caso de uma guerra, que apesar de tudo ainda me parece improvável, Jérôme e Rosalie fechem o castelo e fiquem em Corvigny.

Quanto a mim, vou me juntar ao regimento. Independentemente do futuro que nos espera, Élisabeth, jamais esquecerei aquela que foi minha noiva e carrega meu nome.

Paul Delroze.

UMA CARTA DE ÉLISABETH

Às nove horas, a posição não era mais sustentável.

O coronel estava furioso.

Desde o meio da noite, os fatos se passavam no primeiro mês da guerra[6], em 22 de agosto, levara seu regimento ao cruzamento dessas três estradas, entre as quais uma desembocava na província belga de Luxemburgo. Na véspera, o inimigo ocupava as linhas da fronteira, a cerca de doze quilômetros de distância. Segundo a ordem formal do general comandante da divisão, deviam contê-lo até o meio-dia, isto é, até que toda a divisão pudesse chegar. Uma bateria de calibre setenta e cinco milímetros auxiliava o regimento.

O coronel dispusera seus homens em uma vala do terreno. A bateria também estava escondida. Ora, desde os primeiros raios do dia, o regimento e a bateria tinham sido localizados pelo inimigo e copiosamente bombardeados por obuses.

Mudaram-se para dois quilômetros à direita. Cinco minutos depois, os obuses caíam e matavam meia dúzia de homens e dois oficias.

---

[6] Trata-se da Primeira Guerra Mundial (1914-1918), em que os inimigos eram o império Alemão, o Império Austro-Húngaro e o Império Otomano. (N.T.)

Arsène Lupin e o estilhaço de obus

Novo deslocamento. Dez minutos depois, novo ataque. O coronel se obstinou. Em uma hora, trinta homens estavam fora de combate. Um dos canhões foi destruído.

E eram apenas nove horas da manhã.

– Caramba! – exclamou o coronel. – Como podem nos localizar desse jeito? Deve ter alguma feitiçaria por baixo disso!

Escondera-se com seus comandantes, com o capitão da artilharia e alguns homens encarregados das ligações, atrás de uma escarpa por cima da qual descobria-se um horizonte bastante amplo de ondulosos planaltos. Perto daí, à esquerda, uma aldeia abandonada. À frente, fazendas esparsas, e, por toda uma extensão deserta, nenhum inimigo visível. Nada que pudesse indicar de onde provinha aquela chuva de obuses. Fora em vão que os setenta e cinco milímetros haviam "tateado" alguns pontos. A metralha ainda continuava.

– Mais três horas a aguentar – resmungou o coronel. – Vamos aguentar, mas perderemos um quarto do regimento.

Naquele momento, um obus assobiou entre os oficiais e os homens de ligação e fincou-se na terra. Todos fizeram um movimento de recuo, aguardando a explosão. Mas um dos homens, um cabo, lançou-se, pegou o obus e o examinou.

– Está louco, cabo! – berrou o coronel. – Largue isso, rápido.

O cabo devolveu cuidadosamente o projetil para dentro do buraco e, às pressas, aproximou-se do coronel, bateu continência, levando a mão ao quepe.

– Desculpe-me, coronel, quis ver no foguete a que distância se encontram os canhões inimigos. São cinco quilômetros e duzentos e cinquenta metros. A informação pode ter algum valor.

Sua calma confundiu o coronel, que exclamou:

– Caramba! E se tivesse explodido?

– Bem, coronel, quem não arrisca...

– Obviamente... mas, mesmo assim, é um pouco demais. Como se chama?

– Delroze, Paul, cabo da terceira companhia.

– Pois bem, cabo Delroze, eu o parabenizo por sua coragem, e creio que logo terá seus galões de sargento. Enquanto isso não chegar, um bom conselho: nunca faça isso de novo...

Sua frase foi interrompida pela explosão bem próxima de um *shrapnel*[7]. Um dos homens de ligação caiu, atingido no peito, ao passo que um oficial cambaleava sob o monte de terra que caiu por cima dele.

– Vamos – disse o coronel quando a ordem foi reestabelecida –, só nos resta esconder a cabeça da tempestade. Que cada um se abrigue como puder e vamos esperar.

Mais uma vez, Paul Delroze deu um passo adiante.

– Perdoe-me, coronel, por me intrometer no que não me diz respeito, mas creio que poderíamos evitar...

– Evitar a metralha? Diabo! Basta mudar de posição mais uma vez. E como seremos localizados imediatamente... Por favor, meu rapaz, volte ao seu posto.

Paul insistiu:

– Talvez, coronel, não se trate de mudar de posição, mas de mudar o tiro do inimigo.

– Ah, Ah! – fez o coronel um tanto irônico, porém impressionado pelo sangue-frio de Paul. – E você conhece uma maneira?

– Sim, coronel.

– Explique-se.

– Dê-me vinte minutos, coronel, e daqui a vinte minutos os obuses vão mudar de direção.

O coronel não pôde deixar de sorrir.

– Perfeito! E você provavelmente fará com que caiam onde quiser?

– Sim, coronel.

– Na plantação de beterrabas que fica lá, a mil e quinhentos metros à direita?

– Sim, coronel.

---

[7] Do nome de seu inventor, o artilheiro britânico Henry Shrapnel, trata-se de um obus antipessoal, pois solta balas que, ao caírem, podem atingir alvos individuais. (N.T.)

O capitão da artilharia, que ouvira a conversa, pôs-se também a gracejar:

– E aproveitando o ensejo, cabo, já que me forneceu a indicação da distância, e que conheço mais ou menos a direção, você poderia me precisar essa direção para que eu ajuste meu tiro e destrua as baterias alemãs?

– Será mais demorado, capitão, e bem mais difícil – respondeu Paul.

– Contudo, vou tentar. Às onze em ponto, faça a gentileza de examinar o horizonte, do lado da fronteira. Lançarei um sinal.

– Qual?

– Não sei. Três sinalizadores provavelmente.

– Mas seu sinal só terá valor se subir acima da posição exata do inimigo.

– Justamente.

– E para tanto, seria preciso conhecer essa posição.

– Vou conhecê-la.

– E chegar até lá.

– Vou chegar lá.

Paul os saudou, girou os calcanhares, e, antes que os oficiais tivessem tempo de aprovar ou objetar, correu agachado pelo talude, enfiou-se à esquerda em uma espécie de cavidade cujas bordas eram eriçadas de espinhos e desapareceu.

– Sujeito estranho – murmurou o coronel. – Onde quer chegar?

Tamanha decisão e audácia o predispunham favoravelmente com o jovem soldado e, embora tivesse uma confiança bastante limitada no resultado da empreiteira, não pôde deixar de consultar várias vezes seu relógio durante os minutos que passaram, junto com seus oficiais, atrás da frágil proteção de uma meda de feno. Terríveis minutos, em que o chefe do regimento não pensava um momento sequer no perigo que o ameaçava, mas no perigo que ameaçava a todos sob suas ordens, e que considerava como filhos.

Via-os ao seu redor, deitados na palha, com a cabeça coberta pela mochila e aninhados no matagal, ou ainda deitados nos sulcos do solo. A tempestade de ferro se enfurecia contra eles. Precipitava-se como um raivoso granizo que, a toda a pressa, pretende cumprir sua tarefa de destruição. Sobressaltos de homens que fazem uma pirueta e caem imóveis, berros de feridos, gritos de soldados que se interpelam, gracejos até... E por cima o estrondo ininterrompido das explosões...

E, de repente, o silêncio, um silêncio total, definitivo, uma infinita calma no espaço e no chão, uma espécie de inefável libertação.

O coronel manifestou sua alegria soltando uma risada.

– Caramba! O cabo Delroze é um homem corajoso. O cúmulo seria que aquela plantação de beterrabas recebesse uma chuvarada, como ele prometeu.

Mal acabara de falar e uma bomba explodia a mil e quinhentos metros à direita, não na plantação de beterrabas, mas adiante. Uma segundo foi mais além. Na terceira explosão, o local havia sido localizado e a descarga começou.

Havia no cumprimento da tarefa que o cabo se impusera algo tão prodigioso e de precisão tão matemática, que o coronel e seus oficiais de certa maneira não duvidaram que ele fosse até o final dessa tarefa, e que, apesar dos obstáculos insuperáveis, conseguisse dar o sinal combinado.

Sem trégua, perscrutaram o horizonte com seus binóculos, ao passo que o inimigo redobrava seus esforços contra o campo de beterrabas.

Às onze e cinco, avistaram um sinalizador vermelho.

Surgiu bem mais à direita de que imaginavam.

Então, seguiram dois outros.

Munido de sua luneta, o capitão de artilharia não demorou a descobrir um campanário de igreja que mal emergia do vale cuja depressão permanecia invisível entre as ondulações do planalto, e a flecha desse campanário se sobrepunha tão pouco que poderia ter sido confundida com uma árvore isolada. Com a ajuda de mapas, foi fácil constatar que era a aldeia de Brumoy.

Sabendo, pelo obus que o cabo havia examinado, a distância exata das baterias alemãs, o capitão telefonou ao seu tenente.

Meia hora depois, as baterias alemãs se calavam, e, como um quarto sinalizador fora lançado, os canhões de setenta e cinco milímetros continuaram a bombardear a igreja, junto com a aldeia e os arredores imediatos.

Arsène Lupin e o estilhaço de obus

Pouco antes do meio-dia, o regimento foi alcançado por uma companhia de ciclistas, que precedia a divisão. Foi dada a ordem de seguir adiante a qualquer preço.

O regimento foi em frente, apenas ameaçado, nas proximidades de Brumoy, por alguns tiros de espingarda. A retaguarda inimiga estava recuando.

Na aldeia em ruínas, e onde algumas casas ainda estavam em chamas, encontraram o maior caos de cadáveres, feridos, cavalos mortos, canhões demolidos, carretas e furgões destruídos. Uma brigada inteira havia sido pega de surpresa no momento em que, certa de ter limpado o terreno, ia seguir caminho.

Mas um chamado ecoou do alto da igreja, cuja nave e fachada desmoronadas não eram mais do que um caos indescritível. Apenas a torre do campanário, furada de lado a lado, e escurecida pelo incêndio de algumas vigas, mantinha-se e ainda carregava, graças a um milagre de equilíbrio, a fina flecha de pedra que a coroava. Meio debruçado para fora dessa flecha, um camponês agitava os braços e gritava para chamar a atenção.

Os oficiais reconheceram Paul Delroze.

Com prudência, entre os escombros, subiram pela escada que levava à plataforma da torre. Lá, amontoados contra a pequena porta escavada na flecha, estavam oito cadáveres de alemães, e a porta, derrubada, caída transversalmente, bloqueava a passagem de tal maneira que foi preciso quebrá-la a golpes de machado para liberar Paul.

No final da tarde, quando se constatou que a perseguição ao inimigo se deparava com obstáculos por demais sérios, o coronel juntou o regimento na praça e abraçou o cabo Delroze.

– Em primeiro lugar, a recompensa – disse-lhe ele. – Vou pedir a medalha militar e, com tamanha façanha, você a obterá. Agora, meu rapaz, explique-nos.

E Paul, no meio do círculo que formavam ao seu redor os oficiais e graduados de cada companhia, respondeu às perguntas.

– Meu Deus, é bem simples, coronel. Estávamos sendo espionados.

– Obviamente, mas quem era o espião e onde se encontrava?

– Coronel, fui informado por acaso. Ao lado do local que ocupávamos de manhã, não havia, à nossa esquerda, uma aldeia com uma igreja?

– Sim, mas mandei evacuar a aldeia assim que cheguei, não havia ninguém na igreja.

– Se não havia ninguém na igreja, por que motivo o galo que coroa o campanário indicava que o vento vinha de Leste, ao passo que vinha de Oeste? E por que, quando mudávamos de posição, a direção do galo apontava para nós?

– Tem certeza?

– Sim, coronel. É por isso que, após ter obtido sua permissão, não hesitei em ir às escondidas até a igreja e entrar no campanário o mais disfarçadamente possível. Eu não estava errado. Estava lá um homem que, não sem dificuldade, consegui dominar.

– O miserável! Um francês?

– Não, coronel, um alemão disfarçado de camponês.

– Será fuzilado.

– Não, coronel, prometi que teria a vida salva.

– Impossível.

– Coronel, era preciso saber como ele informava o inimigo.

– E então?

– Ah! Não era complicado. Do lado Norte, a igreja possui um relógio cujo mostrador não podíamos ver. De dentro, nosso homem manobrava os ponteiros de maneira que o maior, alternativamente posto em três ou quatro números, enunciasse a que distância exata estávamos da igreja, e isso na direção do galo. É o que eu mesmo fiz, e imediatamente o inimigo, corrigindo seu tiro segundo minhas indicações, metralhou conscienciosamente o campo de beterrabas.

– De fato – disse o coronel, rindo.

– Só me restava ir até o segundo posto de observação, em que coletavam as mensagens do espião. De lá eu saberia, porque o espião ignorava esse detalhe essencial, onde se escondiam as baterias inimigas. Assim, corri até aqui, e foi somente ao chegar que constatei, ao pé mesmo da igreja que servia de observatório, a presença dessas baterias de uma brigada alemã inteira.

– Mas foi uma imprudência completa! Não atiraram em você?

– Coronel, vesti as roupas do espião, do espião *deles*, falo alemão, eu sabia a senha, e um só entre eles conhecia esse espião, o oficial de observação. Sem a menor desconfiança, o general que comandava a brigada mandou-me então para ele assim que soube por mim que os franceses me desmascararam e que eu acabava de escapar deles.

– E você teve essa audácia?

– Era necessário, coronel, e realmente eu tinha todos os trunfos em mãos. Esse oficial não desconfiava de nada; quando cheguei à plataforma da torre de onde ele transmitia suas indicações, não tive dificuldade para atacá-lo e silenciá-lo. Minha tarefa estava encerrada, só restava lhe fazer o sinal combinado.

– Só isso! E no meio de seis ou sete mil homens!

– Eu lhe havia prometido, coronel, e eram onze horas. Na plataforma estava todo o equipamento necessário para enviar sinais de dia e de noite. Como não aproveitar? Acendi um sinalizador, então outro, e um terceiro e um quarto, e a batalha começou.

– Mas esses sinalizadores eram avisos que dirigiam nossos tiros para o mesmo campanário em que você estava! Era contra você que atirávamos!

– Ah, juro, coronel, que esse tipo de ideia não vem à mente nesses momentos. O primeiro obus que atingiu a igreja me pareceu bem-vindo. Ademais, o inimigo não me deixava tempo para refletir! Logo, meia dúzia de soldados escalava a torre. Acertei alguns com meu revólver, mas em seguida houve outro assalto, e mais tarde outro ainda. Precisei me refugiar atrás da porta, que fecha o acesso à flecha. Uma vez que a derrubaram, serviu-me de barricada, e, como eu dispunha das armas e munições deixadas pelos primeiros assaltantes, que era inacessível e quase invisível, foi fácil aguentar o cerco.

– Enquanto nossos canhões de setenta e cinco milímetros o bombardeavam.

– Enquanto nossos canhões de setenta e cinco milímetros me libertavam, coronel, pois pode imaginar que, uma vez a igreja demolida e a estrutura em chamas, eles não ousaram mais se aventurar na torre. Só tive que esperar pacientemente até sua chegada.

Paul Delroze contara sua história da maneira mais simples e como se se tratassem de fatos totalmente naturais. O coronel, após parabenizá-lo de novo, confirmou sua nomeação à patente de sargento e lhe disse:

– Não a nada que queira me pedir?

– Sim, coronel, gostaria de interrogar o espião alemão que deixei naquela igreja e, ao mesmo tempo, recuperar meu uniforme, que escondi.

– Autorizado, você vai jantar conosco, e depois lhe daremos uma bicicleta.

Às sete da noite, Paul voltava à primeira igreja. Uma grande decepção o esperava. O espião havia cortado as amarras e fugido.

Todas as buscas de Paul, na igreja e na aldeia, foram inúteis. Contudo, em um dos degraus da escada, perto do lugar em que se lançara sobre o inimigo, encontrou o punhal com o qual o adversário tentara esfaqueá-lo.

Esse punhal era exatamente semelhante àquele que encontrara na relva três semanas antes, diante da pequena porta do bosque de Ornequin. A mesma lâmina triangular. O mesmo cabo de chifre marrom e, no cabo, as quatro letras: H. E. R. M.

O espião e a mulher que se parecia tão estranhamente com Hermine de Andeville, a assassina de seu pai, serviam-se de uma arma idêntica.

No dia seguinte, a divisão a que pertencia o regimento de Paul continuava sua ofensiva e entrava na Bélgica após ter derrotado o inimigo. Mas, de noite, o general recebia ordem de recuar.

A retirada começava. Dolorosa para todos, talvez o tenha sido ainda mais para aqueles de nossos soldados que haviam conhecido a vitória. Paul e seus camaradas da terceira companhia continuavam enfurecidos. Durante a metade do dia que passaram na Bélgica, viram as ruínas de uma pequena cidade aniquilada pelos alemães, os cadáveres de oitenta mulheres fuziladas, idosos enforcados pelos pés, muitas crianças degoladas. E era preciso recuar diante desses monstros!

Alguns soldados belgas haviam se misturado ao regimento e, com o rosto ainda assombrados pelas visões infernais, contavam coisas que nem a imaginação podia conceber. E era preciso recuar. Era preciso recuar com ódio no coração e um furioso desejo de vingança que enrijecia as mãos ao segurar as armas.

E por que recuar? Não era a derrota, já que uma retirada se fazia em ordem, com bruscas paradas e violentos ataques contra o inimigo desconcertado. Mas o número arruinava qualquer resistência. O fluxo dos bárbaros se refazia. Dois mil vivos substituíam mil mortos. E recuávamos.

Uma noite, Paul soube, por um jornal da semana anterior, uma das causas daquela retirada, e a notícia lhe foi dolorosa. Em 20 de agosto, após umas horas de bombardeio realizado nas mais inexplicáveis condições, Corvigny havia sido invadida, ao passo que se esperava dessa praça-forte que se defendesse pelo menos durante alguns dias, o que teria dado mais energia às nossas operações no flanco esquerdo dos alemães.

Assim Corvigny havia sucumbido, e o Castelo de Ornequin, provavelmente abandonado, como Paul o desejava, por Jérôme e Rosalie, agora devia ter sido destruído e saqueado com o requinte e o método que os bárbaros aplicavam à sua obra de devastação. E, ainda desse lado, hordas furiosas se precipitavam.

Dias sinistros do fim de agosto, talvez os mais trágicos que a França já viveu. Paris ameaçada. Doze departamentos invadidos[8]. O vento da morte soprava sobre a heroica nação.

Foi na manhã de um desses dias que Paul ouviu, atrás de si, em um grupo de jovens soldados, uma voz alegre que o interpelava.

– Paul! Paul! Finalmente consegui o que queria. Que felicidade!

Esses jovens soldados eram alistados voluntários, mobilizados nesse regimento e, entre eles, Paul reconheceu imediatamente o irmão de Élisabeth, Bernard de Andeville.

Não teve tempo de pensar na atitude que devia tomar. Seu primeiro movimento teria sido de se afastar, mas Bernard segurou suas mãos, apertando-os com um carinho e um afeto que mostravam que o rapaz ainda não sabia da ruptura que ocorrera entre Paul e sua mulher.

---

[8] O território da França é dividido administrativamente em 96 departamentos. (N.T.)

– Sim, Paul, sou eu – disse alegremente. – Posso chamá-lo de você, certo? Sim, sou eu, e isso o surpreende, não é? Você pensa num encontro providencial, um acaso como não existe? Os dois cunhados reunidos no mesmo regimento...! Pois bem, não, foi a meu pedido expresso. "Quero me alistar", eu disse mais ou menos assim às autoridades, "quero me alistar, como é meu dever e meu prazer. Mas, na qualidade de atleta mais que completo e premiado de todas as academias de ginástica e de preparo militar, desejo ser enviado imediatamente para a linha de frente e no regimento de meu cunhado, o cabo Paul Delroze." E como não podiam abrir mão de meus serviços, mandaram-me aqui. E, então, o que há? Você não parece muito feliz?

Paul mal escutava. Pensava: "Eis o filho de Hermine de Andeville. Aquele que está me tocando é o filho da mulher que matou...". Mas o rosto de Bernard expressava tamanha franqueza e ingênua alegria, que ele articulou:

– Sim, sim... Mas você é tão jovem!

– Eu? Já sou bem velho. Dezessete anos no dia de meu alistamento.

– Mas e seu pai?

– Papai me deu sua autorização. Sem a qual, aliás, eu não teria lhe dado a minha.

– Como?

– Pois é, ele se alistou.

– Na idade dele?

– Como? É muito jovem. Cinquenta anos no dia de seu alistamento! Foi recrutado como intérprete no estado-maior inglês. A família toda se alistou, como pode ver... Ah! Já ia me esquecendo, tenho uma carta de Élisabeth para você.

Paul estremeceu. Até agora, não quisera interrogar o cunhado a respeito de sua mulher. Murmurou, segurando a carta.

– Ah! Ela lhe entregou isso...

– Claro que não, mandou-a para nós de Ornequin.

– De Ornequin, mas é impossível! Élisabeth foi embora no dia mesmo da mobilização. Ia para Chaumont, na casa de sua tia.

ARSÈNE LUPIN E O ESTILHAÇO DE OBUS

– De jeito nenhum. Fui me despedir de nossa tia: não tinha nenhuma notícia de Élisabeth desde o início da guerra. Aliás, olhe o envelope. *"Paul Delroze, aos cuidados do sr. de Andeville, em Paris"*… E tem o carimbo de Ornequin e de Corvigny.

Após ter olhado, Paul balbuciou:

– Sim, você tem razão, e a data é visível no carimbo do correio: "18 de agosto". E Corvigny caiu no poder dos alemães em 20 de agosto, dois dias depois. Portanto, Élisabeth ainda estava lá.

– Claro que não, claro que não – exclamou Bernard –, Élisabeth não é mais uma criança. Você deve entender que ela não terá esperado os boches, a dez passos da fronteira! No primeiro tiro vindo daqueles lados, deve ter deixado o castelo. E é isso que ela lhe anuncia. Leia a carta, Paul.

Paul, ao contrário, não duvidava do que ia ficar sabendo ao ler essa carta, e foi com arrepio que abriu o envelope.

Élisabeth lhe escrevera:

Paul,

Não consigo me decidir a deixar Ornequin. Um dever me segura aqui, e não pretendo falhar, o de restabelecer a memória de minha mãe. Entenda-me bem, Paul: para mim, minha mãe permanece a mais pura das pessoas. A que me embalou em seus braços, para quem meu pai guarda todo o seu amor, não pode ser suspeita. Mas você a acusa, e é contra você que quero defendê-la.

As provas, de que não preciso para acreditar nela, vou encontrá-las para obrigá-lo a acreditar. E essas provas, ao que me parece, só poderei encontrá-las aqui. Portanto, vou ficar.

Jérôme e Rosalie também vão ficar, embora saibam que o inimigo está se aproximando. Têm coração generoso, e você não precisa temer nada, já que não estarei sozinha.

Élisabeth Delroze.

Paul dobrou a carta, estava muito pálido.

Bernard lhe perguntou:

– Ela não está mais lá, certo?

– Sim, está lá.

– Mas é uma loucura! Como! Mas com esses monstros…! Um castelo isolado. Olhe, Paul, ela não pode ignorar os terríveis perigos que a ameaçam! O que pode tê-la retido? Ah, é pavoroso…!

O rosto contraído, os punhos cerrados, Paul permanecia em silêncio…

A CAMPONESA DE CORVIGNY

Três semanas antes, ao saber que a guerra havia sido declarada, Paul sentira surgir nele, imediata e implacável, a resolução de querer ser morto.

O desastre de sua vida, o horror de seu casamento, com uma mulher que, no fundo, ele não deixara de amar, as certezas adquiridas no Castelo de Ornequin, tudo isso o confundira de tal modo que a morte lhe aparecia como uma bênção.

Para ele, a guerra era a morte, instantaneamente e sem conversa. Tudo o que podia admirar de emocionante e grave, de reconfortante e magnífico, nos eventos dessas primeiras semanas, a ordem perfeita da mobilização, o entusiasmo dos soldados, a admirável unidade da França, o despertar da alma nacional, nenhum desses grandes espetáculos chamou sua atenção. No mais profundo de si mesmo, decretara que, ao cumprir tais atos, nem a sorte mais inverossímil poderia salvá-lo.

Foi assim que acreditou encontrar, logo no primeiro dia, a ocasião desejada. Dominar o espião que suspeitava estar no campanário da igreja e então penetrar no próprio cerne das tropas inimigas para sinalizar sua posição era entregar-se a uma morte certa. Mostrou coragem. E, como tinha uma consciência muito nítida de sua missão, cumpriu-a com prudência e valentia. Morrer, que fosse, mas morrer após obter êxito. E experimentou, na ação e no sucesso, uma singular alegria que não esperava.

A descoberta do punhal utilizado pelo espião o impressionou muito. Que relação podia estabelecer entre esse homem e aquele que tentara esfaqueá-lo? Que relação existia entre esses dois e a condessa de Andeville, que falecera dezesseis anos antes? E como, e por que invisíveis vínculos, os três faziam parte dessa mesma manobra de traição e espionagem cujas diferentes manifestações Paul descobrira?

Mas, acima de tudo, a carta de Élisabeth atingiu-o de forma mais brutal. Assim, a jovem mulher estava lá, no meio dos bombardeios, das balas, das sangrentas lutas ao redor do castelo, do delírio e da fúria dos vencedores, do incêndio, dos fuzilamentos, das torturas e atrocidades! Estava lá, jovem e bela, quase sozinha, sem defesa! E porque ele, Paul, não tivera a energia de revê-la e de levá-la consigo!

Esses pensamentos provocavam em Paul crises de abatimento, das quais saía de repente para se jogar à frente de qualquer perigo, perseguindo suas loucas empreitadas até o fim, sem se importar com o que ocorresse, com tranquila coragem e feroz obstinação que inspiravam aos seus camaradas tanto surpresa quanto admiração. E, talvez menos que a morte, ele agora procurava essa inefável embriaguez que sentimos ao desafiá-la.

E chegou o dia 6 de setembro; o dia do incrível milagre em que o grande chefe, dirigindo aos seus exércitos imortais palavras, finalmente deu a ordem de se lançar contra o inimigo. A retirada, cruel porém tão valentemente suportada, encerrava-se. Esgotados, sem fôlego, lutando um contra dois dias a fio, sem ter tempo para dormir e comer, conseguindo andar graças ao prodígio de esforços de que não tinham mais consciência, sem saber por que não se deitavam nas valas das estradas para esperar a morte… foi a esses homens que disseram: "Alto! Deem meia-volta! E agora, em direção ao inimigo!".

E deram meia-volta. Esses moribundos reencontraram forças. Do mais humilde ao mais ilustre, cada um retesou sua vontade e lutou como se a salvação da França dependesse dele só: Tantos soldados, tantos heróis sublimes. Pediam-lhes para vencer ou morrer. Foram vitoriosos.

Arsène Lupin e o estilhaço de obus

Entre os mais intrépidos, Paul brilhou na primeira fila. O que ele fez e aguentou, o que tentou e conseguiu, ele próprio tinha consciência de que isso ultrapassava os limites da realidade. Nos dias 6, 7 e 8, e então do dia 11 ao dia 13, apesar do excesso de cansaço e da falta de sono e comida à qual não imaginamos que seja possível resistir, ele não teve outra sensação senão a de avançar, mais e sempre. Fosse à sombra ou à luz do Sol, nas margens do rio Marne ou nos corredores do Argonne, fosse rumo ao Norte ou a Leste, quando mandaram sua divisão reforçar as tropas da fronteira, fosse deitado de bruços e arrastando-se pelas lavouras, ou de pé atacando com a baioneta, ele seguia adiante, e cada passo era uma libertação, e cada passo era uma conquista.

E também cada passo exasperava seu ódio. Ah, como seu pai tivera razão ao execrar esses homens! Agora, Paul via-os agir. Por todo lugar só havia devastação estúpida e aniquilação insensata. Por todo lugar, incêndio, saque e morte. Reféns fuzilados, mulheres assassinadas à toa, pelo prazer. Igrejas, castelos, mansões e casebres, não sobrava nada. As próprias ruínas haviam sido destruídas e os cadáveres torturados.

Que alegria lutar contra tamanho inimigo! Embora reduzido à metade de seus membros, o regimento de Paul, lançado como uma matilha, mordia incessantemente a besta selvagem. Ela parecia mais agressiva e temível à medida que se aproximava da fronteira, e, no entanto, ainda disparavam contra ela com a louca esperança de lhe dar o golpe de misericórdia.

E um dia, no poste que marcava a bifurcação de duas estradas, Paul leu:

Corvigny: 14 km
Ornequin: 31,4 km
Fronteira: 38,3 km

Corvigny! Ornequin! Foi com emoção por todo o seu ser que ele leu essas sílabas imprevistas! Habitualmente absorto no ardor da luta e em inúmeras preocupações, ele prestava pouca atenção ao nome dos lugares que atravessava e que somente o acaso lhe ensinava. E eis que se encontrava bem perto do Castelo de Ornequin! Corvigny, catorze quilômetros... Era em direção a Corvigny que se dirigiam as tropas francesas, em direção à pequena praça-forte que os alemães haviam invadido e ocupado em condições tão estranhas?

Naquele dia, lutavam desde o amanhecer contra um inimigo que parecia resistir mais frouxamente. Paul, liderando um pelotão, fora enviado por seu capitão até a aldeia de Bléville com a ordem de entrar nela se o inimigo já tivesse se retirado, porém sem seguir mais adiante. E foi atrás das últimas casas dessa aldeia que avistou o poste de sinalização.

Naquele momento, estava bastante inquieto. Um taube[9] acabara de sobrevoar a área. Uma emboscada era de se esperar.

– Vamos voltar à aldeia – disse ele. – E nos proteger nela enquanto esperamos.

Mas um ruído repentino estalou atrás de uma colina arborizada que cortava a estrada do lado de Corvigny, um ruído cada vez mais nítido e no qual Paul, em poucos instantes, reconheceu o ronco enorme de um veículo, certamente uma autometralhadora.

– Joguem-se na vala – gritou aos seus homens. – Escondam-se nas medas de feno. Preparem as baionetas. E ninguém se mexa!

Ele entendera o perigo, aquele veículo atravessando a aldeia, arremessando-se no meio da companhia, provocando pânico, para então escapar por outro caminho qualquer.

Rapidamente, escalou o tronco rachado de um velho carvalho e acomodou-se no meio dos galhos, a uma altura que dominava a estrada de alguns metros. Quase instantaneamente o veículo apareceu. Era um carro blindado, formidável e monstruoso sob sua carapaça, porém de modelo bastante antigo e que deixava à mostra, acima das placas de aço, o capacete e a cabeça dos homens.

Vinha em velocidade alta, prestes a se lançar em caso de alerta. Os homens curvavam as costas. Paul contou uma meia dúzia. Dois canhões de metralhadoras se salientavam.

---

[9] Avião de guerra monoplano utilizado pela Alemanha durante a Primeira Guerra Mundial. (N.T.)

Arsène Lupin e o estilhaço de obus

Apoiou o fuzil no ombro e mirou o motorista, um alemão gordo cujo rosto vermelho parecia tingido de sangue. Então, com calma e no momento propício, atirou.

– Ao ataque, rapazes! – gritou, enquanto pulava da árvore.

Mas nem lhe foi preciso dar a ordem de atacar. O motorista, atingido no peito, ainda tivera a presença de espírito de frear e parar o carro. Vendo-se cercados, os alemães levantaram os braços.

– *Kamerad! Kamerad!*

E um deles, pulando o carro após ter jogado suas armas, precipitou-se em direção a Paul.

– Alsaciano, sargento! Alsaciano de Estrasburgo! Ah! Sargento, estou esperando este dia há tanto tempo!

Enquanto seus homens levavam os prisioneiros pela aldeia, Paul, apressado, interrogou o alsaciano:

– De onde vem o carro?

– De Corvigny.

– Tem soldados em Corvigny?

– Bem poucos. Uma retaguarda de duzentos e cinquenta vindos de Baden, no máximo.

– E nos fortes?

– Quase o mesmo. Não achamos por bem consertar as torres e fomos pegos por surpresa. Será que vão tentar manter a posição ou vão recuar em direção à fronteira? Estão hesitando, é por isso que nos mandaram fazer um reconhecimento.

– Então, podemos seguir adiante?

– Sim, mas tem que ser agora, do contrário vão receber importantes reforços, duas divisões.

– Que chegarão...?

– Amanhã. Devem atravessar a fronteira amanhã, por volta do meio-dia.

– Caramba! Não podemos perder tempo – disse Paul.

Ao passo que examinava a autometralhadora e mandava desarmar e revistar os prisioneiros, Paul refletia sobre as medidas a serem tomadas. Foi quando um de seus homens, que permanecera na aldeia, veio lhe anunciar a chegada de um pelotão francês, comandado por um tenente.

Paul se apressou em deixar esse oficial a par da situação. Os eventos requeriam uma ação imediata. Ofereceu-se para ir descobrir informações no carro mesmo que haviam capturado.

– Pois bem – disse o oficial. – Do meu lado, vou ocupar a aldeia e fazer com que a divisão seja informada o mais cedo possível.

O automóvel correu em direção de Corvigny. Oito homens haviam se amontoado nele. Dois deles, especialmente encarregados das metralhadoras, estudavam seu mecanismo. O prisioneiro alsaciano, de pé de modo que seu capacete e uniforme fossem vistos por todo lugar, vigiava o horizonte.

Tudo isso foi decidido e executado em poucos minutos, sem discussão e sem que esmiuçassem os detalhes da operação.

– Estamos nas mãos de Deus! – exclamou Paul, quando sentou no volante. – Vocês estão prontos para levar essa aventura até o fim, meus amigos?

– E até além, sargento – disse ao seu lado uma voz que ele reconheceu.

Era Bernard de Andeville, o irmão de Élisabeth. Já que Bernard pertencia à nona companhia, Paul conseguira evitá-lo desde que se encontraram, ou ao menos não falar com ele. Mas sabia que o rapaz lutava bem.

– Ah, é você! – disse ele.

– Em carne e osso – exclamou Bernard. – Vim com meu tenente, e quando o vi subir no carro e levar quem se apresentava, você entende que aproveitei a ocasião!

E acrescentou, constrangido:

– A ocasião de dar um belo golpe sob suas ordens, e a ocasião de falar com você, Paul… porque não tive chance até então… achei que você não estava agindo comigo… como eu esperava…

– Sim, claro que sim – articulou Paul. – … É que, as preocupações…

– A respeito de Élisabeth, não é?

– Sim.

– Compreendo. Mesmo assim, isso não explica por que há entre nós… como que um mal-estar…

Arsène Lupin e o estilhaço de obus

Naquele momento, o alsaciano alertou:

– Não podemos nos mostrar... são ulanos...!

Uma patrulha desembocava de um caminho transversal, na curva de uma floresta. Ele gritou para eles, quando passavam perto:

– Vão embora, camaradas! Depressa! Os franceses estão chegando...!

Paul aproveitou o incidente para não responder ao cunhado. Aumentara a velocidade, e o carro corria com ruído de trovão, escalando ladeiras e novamente descendo em disparada.

Os destacamentos inimigos eram cada vez mais numerosos. O alsaciano os interpelava ou, mediante sinais, incitava-os a uma retirada imediata.

– Como é engraçado vê-los! – disse, rindo. – É um corre-corre desenfreado atrás de nós.

E acrescentou:

– Preciso alertá-lo, sargento, que nessa velocidade vamos aterrissar no meio de Corvigny. É isso que quer?

– Não – retrucou Paul –, vamos parar quando avistarmos a cidade.

– E se formos cercados?

– Por quem? Em todo caso, não são esses bandos de fugitivos que poderiam se opor ao nosso regresso.

Bernard de Andeville declarou:

– Paul, estou suspeitando que você não esteja nem pouco pensando em nosso regresso.

– Nem um pouco, de fato. Está com medo?

– Ah! Que palavra feia!

Mas, após um silêncio, Paul continuou em voz menos rude:

– Lamento que tenha vindo, Bernard.

– Será que o perigo é maior para mim do que para você e os outros?

– Não.

– Então, faça-me o favor de não lamentar nada.

Ainda de pé, debruçado por cima de sargento, o alsaciano indicou:

– A ponta do campanário diante de nós, atrás da cortina de árvores, é Corvigny. Penso que se formos para a área elevada à esquerda, poderemos ver o que acontece na cidade.

– Veremos bem melhor entrando nela – comentou Paul. – Mas o risco é grande... Sobretudo para você, alsaciano. Se for preso, será fuzilado. Quer descer antes de Corvigny?

– O senhor não me olhou bem, sargento.

A estrada alcançou a linha ferroviária. Então, apareceram as primeiras casas da periferia. Alguns soldados se mostravam.

– Nem uma palavra a estes – ordenou Paul. – Não devemos assustá-los... Do contrário, poderiam nos encurralar no momento decisivo.

Ele reconheceu a estação ferroviária e constatou que estava fortemente ocupada. Ao longo da avenida que subia para a cidade, capacetes pontiagudos iam e vinham.

– Vamos em frente! – exclamou Paul. – Se as tropas se juntaram, só pode ser na praça. As metralhadoras estão prontas? E os fuzis? Prepare o meu, Bernard. E, ao primeiro sinal, fogo à vontade!

O carro desembocou violentamente no meio da praça. Como previra, cerca de cem homens estavam lá, agrupados diante do pórtico da igreja, perto de feixes de baionetas. A igreja não era mais que um monte de escombros, e quase todas as casas da praça haviam sido destruídas pelo bombardeio.

Os oficiais, que ficavam a distância, soltaram exclamações alegres e fizeram sinais ao avistarem aquele carro que haviam enviado em reconhecimento e cujo retorno obviamente esperavam antes de tomar uma decisão sobre a defesa da cidade. Eram numerosos, já que a eles haviam se juntado oficiais de ligação. Um general dominava a todos pelo tamanho. A certa distância, alguns automóveis estavam estacionados.

A rua era de paralelepípedos, mas nenhuma calçada a separava do próprio terreno da praça. Paul a seguiu e então, a vinte metros dos oficiais, girou brutalmente o volante e a terrível máquina correu direto para o grupo, derrubando, atropelando, antes de virar levemente para acertar todos os feixes de fuzis e penetrar como uma irresistível marreta no meio do destacamento. E houve morte, correria e fuga desesperada, e vociferações de dor e terror.

– Fogo à vontade! – gritou Paul, que parou o veículo.

E, desse irredutível blocause que surgira de repente no centro da praça, o tiroteio começou, enquanto se embalava o sinistro estalido das duas metralhadoras.

No espaço de cinco minutos, a praça ficou abarrotada de mortos e feridos. O general e vários oficiais jaziam inertes. Os sobreviventes fugiram.

– Cessar fogo! – ordenou Paul.

Levou o veículo para o fim da avenida que descia até a estação. Atraídas pelos estrondos, as tropas da estação acorriam. Alguns tiros de metralhadoras as dispersaram.

Por três vezes, em alta velocidade, Paul deu a volta na praça para vigiar os acessos. Por todos os lados, o inimigo fugia pelas estradas e trilhas que levavam à fronteira. E de todos os lados, os habitantes de Corvigny saíam das casas e manifestavam sua alegria.

– Levantem os feridos e cuidem deles – ordenou Paul. – E chamem o sineiro da igreja ou alguém que saiba tocar o sino. É urgente!

E imediatamente, ao velho sacristão que se apresentou:

– O rebate, meu bom homem, o rebate a toda a força! E quando estiver cansado, que um camarada tome seu lugar! Vá... o rebate, sem um segundo de descanso!

Era o sinal que Paul acertara com o tenente francês e que devia anunciar à divisão que a empreitada fora bem-sucedida e que era preciso marchar para a frente.

Eram duas horas. Às cinco horas, o estado-maior e uma brigada tomavam posse de Corvigny, e nossos canhões de setenta e cinco milímetros lançavam alguns obuses. Às dez da noite, tendo chegado o resto da divisão, os alemães foram expulsos do Grand-Jonas e do Petit-Jonas e se concentraram mais perto da fronteira. Decidiu-se removê-los assim que amanhecesse.

– Paul – disse Bernard ao cunhado, com quem se encontrou após a chamada da noite. – Paul, preciso lhe contar algo... que me deixa intrigado... algo muito suspeito... você vai ver por si mesmo. Há pouco, eu estava passando por uma das ruas próximas da igreja quando fui abordado por uma mulher... uma mulher de quem, de início, não distingui as feições, nem a roupa porque a escuridão era quase completa, mas que, contudo, pelo ruído de seus tamancos nos paralelepípedos, pareceu-me ser um camponesa. Ela me disse, e, para uma camponesa, sua maneira de se expressar me surpreendeu um pouco:

"– Meu amigo, talvez o senhor possa me dar uma informação...

"E, como me coloquei à disposição dela, continuou:

"– É o seguinte. Moro em uma pequena aldeia perto daqui. Mais cedo, soube que seu corpo militar estava aqui. Então, vim porque queria ver um soldado que faz parte desse corpo militar. Só que não sei o número de seu regimento... Sei que houve mudanças... suas cartas não estão chegando... ele provavelmente não recebeu as minhas... Ah! Será que o senhor não o conhece, por acaso...! Um bom rapaz, tão corajoso!

"Eu lhe respondi:

"– De fato, o acaso pode ajudá-la, senhora. Qual é o nome desse soldado?

"– Delroze, o cabo Paul Delroze."

Paul exclamou:

– Como? Tratava-se de mim?

– Tratava-se de você, Paul, e a coincidência me pareceu tão curiosa que lhe dei apenas o número de seu regimento e o de sua companhia, sem revelar nosso parentesco.

"– Ah, bem – ela disse –, e esse regimento está em Corvigny?

"– Sim, desde esta tarde.

"– E o senhor conhece Paul Delroze.

"– Somente de nome – respondi.

"E realmente, não sei explicar por que respondi dessa maneira e por que, depois, continuei a conversa de modo que ela não adivinhasse minha surpresa.

"– Foi patenteado a sargento e citado na ordem do dia, foi assim que ouvi falar dele. A senhora quer que eu me informe e a leve até ele?

"– Ainda não – disse ela –, ainda não, eu ficaria emocionada demais.

"Emocionada demais? Tudo isso me parecia cada vez mais estranho. Essa mulher que o procurava com tanta ansiedade e adiava o momento de vê-lo!

Eu lhe perguntei:

"– A senhora tem grande interesse por ele?

"– Sim, muito grande.

"– É de sua família, talvez?

"– É meu filho.

"– Seu filho!

"Com certeza, até então, ela não suspeitara por um segundo sequer que eu estava conduzindo um interrogatório. Mas sua estupefação foi tamanha que ela recuou na escuridão como se estivesse se pondo na defensiva.

"Pus a mão no bolso e peguei a pequena lanterna elétrica que sempre carrego comigo. Apertei o interruptor e lancei a luz para seu rosto, enquanto avançava em sua direção. Meu gesto a desconcertou, e ela ficou imóvel por uns segundos. Então, com violência, baixou o lenço que lhe cobria a cabeça, e com vigor imprevisível golpeou meu braço, de modo que soltei a lanterna. E foi um silêncio imediato, absoluto. Onde estava? Diante de mim? À direita? À esquerda? Como fazia para que nenhum ruído me revelasse sua presença ou partida? A explicação me foi dada quando, após ter encontrado e reacendido minha lanterna elétrica, avistei no chão seus dois tamancos, que ela abandonara para fugir. Desde então, eu a procurei, porém em vão. Ela desapareceu."

Paul escutara o relato do cunhado com atenção crescente.

Perguntou-lhe:

– Então, você viu seu rosto?

– Ah! Bem nitidamente. Um rosto enérgico… sobrancelhas e cabelos pretos… um ar malvado… quanto às roupas, um traje de camponesa, mas limpo e arrumado demais, e parecia um disfarce.

– Que idade, mais ou menos?

– Quarenta anos.

– Você a reconheceria?

– Sem hesitação.

– Você me falou de um lenço. De que cor?

– Preto.

– Amarrado como? Por um nó?

– Não, por um broche.

– Um camafeu?

– Sim. Um camafeu largo cingido de ouro. Como você sabe?

Paul ficou calado bastante tempo, e então murmurou:

– Eu lhe mostrarei amanhã, em um dos cômodos do Castelo de Ornequin, um retrato que deve ter uma impressionante semelhança com a mulher que o abordou, a semelhança que pode existir entre duas irmãs, talvez... ou então... ou então...

Agarrou seu cunhado pelo braço e, puxando-o:

– Escute Bernard, houve ao nosso redor, no passado e no presente, coisas estarrecedoras... que pesam sobre minha vida e sobre a vida de Élisabeth... sobre a sua também, por consequência. São trevas terríveis, no meio das quais eu me debato e em que, há vinte anos, inimigos que desconheço perseguem um plano que não consigo entender. Bem no início dessa luta meu pai morreu, vítima de um assassinato. Hoje, é a mim que estão atacando. Minha união com sua irmã se rompeu, e não há nada que possa nos aproximar um do outro, assim como não há nada também pode fazer com que exista, entre você e eu, a amizade e a confiança que tínhamos o direito de esperar. Não me pergunte, Bernard, não procure saber mais. Um dia, e não desejo que isso ocorra, talvez você saiba por que lhe peço silêncio.

O QUE PAUL VIU NO CASTELO DE ORNEQUIN

Logo ao amanhecer, Paul Delroze foi despertado por toques de clarim. E imediatamente, no duelo dos canhões que se iniciava, reconheceu o som breve e seco do canhão de setenta e cinco milímetros e o latido rouco do alemão de setenta e sete milímetros.

– Você vem, Paul? – chamou Bernard. – O café está servido embaixo.

Os dois cunhados haviam encontrado dois quartos acima de um comércio de vinhos. Ao mesmo tempo que fazia as honras a uma refeição substancial, Paul, que, na véspera de noite, recolhera informações sobre a ocupação de Corvigny e Ornequin, contou:

– Na quarta-feira, 19 de agosto, Corvigny, para a maior satisfação de seus moradores, ainda podia acreditar que os horrores da guerra lhe seriam poupados. Lutava-se na Alsácia e na frente de Nancy. Lutava-se na Bélgica, mas o esforço alemão parecia desprezar a rota de invasão, de fato estreita e aparentemente de interesse secundário, que oferecia o vale do Liseron. Em Corvigny, uma brigada francesa ativava obras de defesa. O Grand e o Petit--Jonas estavam prontos sob sua cúpula de concreto. Agora só restava esperar.

– E Ornequin? – perguntou Bernard.

– Em Ornequin, havia uma companhia de caçadores a pé cujos oficiais moravam no castelo. Dia e noite, apoiada por um destacamento de dragões, ela patrulhava a fronteira.

"Em caso de alarme, a ordem era alertar imediatamente os fortes e se retirar enquanto resistiam energicamente.

"A tarde dessa quarta-feira foi absolutamente tranquila. Uma dúzia de dragões havia atravessado a fronteira até avistar a pequena cidade alemã de Ébrecourt. Nenhum movimento de tropas se desenhava desse lado, nem na linha ferroviária que chega a Ébrecourt. A noite foi tranquila também. Nenhum tiro de fuzil. Constatou-se que à duas da manhã nenhum soldado alemão havia atravessado a fronteira. Ora, foi às duas horas em ponto que uma formidável explosão ressoou. Foi seguida por quatro outras a interva-los bem próximos. Essas cinco detonações decorriam da explosão de cinco obuses de quatrocentos e vinte milímetros, que, *já na primeira tentativa*, destruíram as três cúpulas do Grand-Jonas e as duas cúpulas do Petit-Jonas."

– Como! Mas Corvigny fica a vinte e quatro quilômetros da fronteira, e os quatrocentos e vinte milímetros não têm esse alcance!

– Isso não impede que mais seis grandes obuses tenham caído em Corvigny, todos na igreja e na praça. E esses seis obuses caíram vinte minutos depois, isto é, no momento que seria possível pensar que, dado o alarme, a guarnição de Corvigny haveria se agrupado na praça. De fato, foi o que ocorreu, e você pode imaginar a carnificina que resultou disso.

– Que seja, mas, de novo, a fronteira fica a vinte e quatro quilômetros. Tamanha distância deve ter deixado às nossa tropas tempo suficiente para se recomporem e se prepararem para os ataques que esse bombardeio anunciava. Ao menos, tinham três ou quatro horas pela frente.

– Nem quinze minutos. O bombardeio ainda não havia terminado quando o ataque começou. Um ataque? Não exatamente. Nossas tropas, as de Corvigny, como aquelas que acorriam dos dois fortes, nossas tropas, dizimadas e em debandada, eram cercadas por inimigos, massacradas ou obrigadas a se render, antes que se pudesse organizar um pouco de resistência. Tudo isso ocorreu de repente, sob a luz ofuscante de projetores postos não se sabe onde nem como. E o desfecho foi imediato. Pode-se dizer que em dez minutos Corvigny foi invadida, atacada, tomada e ocupada pelo inimigo.

– Mas de onde vinha? De onde saía?

– Não sabemos.

– E as patrulhas noturnas na fronteira? Os postos de sentinelas? O destacamento do Castelo de Ornequin?

– Nada. Nenhuma notícia. Desses trezentos homens cuja missão era vigiar e alertar, nunca se ouviu falar, entende, nunca. Podemos reconstituir a guarnição de Corvigny seja com os soldados que escaparam, seja com os mortos que os moradores identificaram e enterraram. Mas os trezentos caçadores de Ornequin desapareceram sem deixar qualquer rastro. Não há fugitivos, ou feridos, ou cadáveres. Nada.

– É inacreditável. Você perguntou?

– A dez pessoas ontem à noite, dez pessoas que, aliás, há um mês, sem estarem incomodados por alguns soldados do *Landsturm*[10] aos quais foi confiada a guarda de Corvigny, procederam a um minucioso inquérito sobre todos esses problemas, e não conseguiram estabelecer uma só hipótese plausível. A única certeza: a empreitada havia sido preparada com antecedência e nos mínimos detalhes. Os fortes, as cúpulas, a igreja, a praça, tudo fora exatamente localizado, e os canhões do cerco dispostos de antemão e rigorosamente apontados de modo que os onze obuses pudessem atingir os onze alvos que queriam alcançar. É isso. Quanto ao resto, mistério.

– E o Castelo de Ornequin? E Élisabeth?

Paul se levantara. Os clarins tocavam a chamada da manhã. O bombardeio redobrava de intensidade. Ambos os homens se dirigiram para a praça, e Paul prosseguiu:

– Lá também o mistério é avassalador, e ainda mais, talvez. Uma das estradas transversais que cortam a planície entre Corvigny e Ornequin foi designada pelo inimigo como um limite que ninguém, aqui, pôde atravessar, sob pena de morte.

---

[10] Unidade militar composta por tropas de escalão mais baixo. (N.T.)

– Então, para Élisabeth...? – disse Bernard.

– Não sei, não sei nada mais. E é terrível, essa sombra de morte que se estende sobre todas as coisas e todos os eventos. Ao que parece, não consegui controlar a origem desse rumor, a aldeia de Ornequin, localizada perto do castelo, não existe mais. Foi inteiramente destruída, mais ainda, suprimida, e seus quatrocentos morados levados em cativeiro. E então...

Paul baixou a voz e disse, estremecendo:

– E então, o que fizeram do castelo? Dá para ver o castelo. Avistam-se ainda, de longe, as torres, as paredes. Mas, atrás dessas paredes, o que aconteceu? O que ocorreu com Élisabeth? Já faz quatro semanas que ela vive no meio desses brutamontes, sozinha, exposta a todas as ofensas. Pobre dela...!

O dia mal começava a raiar quando chegaram à praça. Paul foi chamado pelo coronel, que lhe transmitiu os calorosos parabéns por parte do general comandante da divisão, e lhe anunciou que era indicado para a cruz e a patente de subtenente, e que desde já estava encarregado do comando de seu esquadrão.

– É só isso – acrescentou o coronel, rindo. – A menos que queira algo mais...?

– Duas coisas, coronel.

– Pode falar.

– Primeiramente, que meu cunhado Bernard de Andeville, aqui presente, seja incorporado agora mesmo ao meu esquadrão como cabo. Ele fez por merecer.

– Aprovado. Que mais?

– Que, daqui a pouco, quando formos enviados em direção à fronteira, que meu esquadrão seja direcionado para o Castelo de Ornequin, que se situa na própria estrada.

– Quer dizer, que seja designado para atacar o castelo?

– Como, para atacar? – disse Paul, inquieto. – Mas o inimigo se concentrou ao longo da fronteira, seis quilômetros além do castelo.

– É o que acreditávamos ontem. Na realidade, a concentração ocorreu no Castelo de Ornequin, excelente posição de defesa à qual o inimigo se agarra desesperadamente enquanto espera reforços. A melhor prova disso é que ele contra-ataca. Veja, lá, à direita, esse obus que está explodindo... e mais adiante, aquele *shrapnel*... dois... três *shrapnels*. Foram eles que localizaram as baterias que instalamos nas áreas elevadas dos arredores e as bombardeiam conscientemente. Devem ter cerca de vinte canhões.

– Mas, então – balbuciou Paul, assolado por uma terrível ideia –, mas então o tiro de nossas baterias se dirige para...

– Se dirige para eles, obviamente. Já faz mais de uma hora que nossos canhões de setenta e cinco milímetros bombardeiam o Castelo de Ornequin.

Paul soltou um grito.

– O que está dizendo, coronel? O Castelo de Ornequin está sendo bombardeado...

E, perto dele, Bernard de Andeville, repetia com angústia:

– Bombardeado, como é possível?

Surpreso, o oficial perguntou:

– Vocês conhecem esse castelo? Será que lhes pertence? Sim? Ainda têm parentes morando lá?

– Minha mulher, coronel.

Paul estava muito pálido. Embora, para dominar sua emoção, ele se esforçasse por manter uma imobilidade rígida, suas mãos tremiam um pouco e seu queixo tinha convulsões.

Em direção ao Grand-Jonas, três peças de artilharia pesada, três Rimailhos[11], içados por tratores, começaram a trovoar. E isso, junto à manobra tenaz dos canhões de setenta e cinco milímetros, assumia, conforme as palavras de Paul Delroze, um terrível significado. O coronel e, ao seu redor, os oficiais que assistiram à conversa, ficavam calados. A situação era daquelas em que as fatalidades da guerra se desencadeiam no seu trágico horror, mais fortes que as próprias forças da natureza e, como elas, cegas, injustas e implacáveis. Não havia nada que se pudesse fazer. Nenhum desses homens teria pensado em interceder para que a ação da artilharia cessasse ou diminuísse sua intensidade. Nem Paul pensou nisso.

---

[11] Do nome do engenheiro e artilheiro francês Émile Rimailho (1864-1954). (N.T.)

Ele murmurou:

– Parece que o fogo do inimigo está diminuindo. Talvez estejam se retirando...

Três obuses que estouraram na parte baixa da cidade, atrás da igreja, desmentiram essa esperança. O coronel meneou com a cabeça.

– Uma retirada? Ainda não. O local é importante demais para eles, estão esperando reforços, e só o abandonarão quando nossos regimentos entrarem em ação... o que não deve demorar.

De fato, a ordem de avançar foi trazida poucos instantes depois ao coronel. O regimento seguiria a estrada e se poria em formação nas planícies localizadas à direita.

– Vamos, senhores – disse ele aos seus oficiais. – O esquadrão do sargento Delroze andará na frente. Sargento, ponto de chegada: o Castelo de Ornequin. Existem dois pequenos atalhos. Vocês vão segui-los.

– Bem, coronel.

Toda a dor e toda a raiva de Paul se exasperavam em uma imensa necessidade de agir, e quando se pôs a caminho com seus homens, sentiu forças inesgotáveis e o poder de conquistar sozinho a posição inimiga. Ia de um ao outro com a incansável pressa de um cão pastor guiando seu rebanho. Multiplicava os conselhos e os incentivos.

– Você, meu amigo, é um rapaz robusto, eu o conheço e sei que não vai falhar... Você também não... só que pensa demais na própria pele, e resmunga quando deveria rir... Digam, rapazes, estamos rindo, não é? Precisamos dar uma bela de uma arrancada, e vamos dá-la em cheio, sem olhar para trás, não é mesmo?

Acima deles, os obuses seguiam seu caminho no espaço, assobiando, gemendo, explodindo, formando como uma abóbada de metralha e ferro.

– Abaixem a cabeça! Deitem no chão! – gritava Paul.

Ele permanecia de pé, indiferente aos projéteis do inimigo. Mas com que pavor ele ouvia os nossos, aqueles que vinham de trás, de todas as colinas dos arredores que levavam adiante a destruição e a morte. Onde ia cair este? E aquele, onde irromperia sua chuva fatal de balas e estilhaços?

Várias vezes ele murmurou:

– Élisabeth! Élisabeth...!

A visão de sua mulher, ferida, agonizando, o obcecava. Há alguns dias, desde o dia em que soubera que Élisabeth havia se recusado a deixar o Castelo de Ornequin, ele não conseguia pensar nela sem uma emoção que não era mais contrariada por resquícios de revolta ou movimentos de cólera. Não misturava mais as abomináveis lembranças do passado e as encantadoras realidades de seu amor. Quando pensava na mãe execrada, a imagem da filha não vinha mais à sua mente. Eram dois seres de raças diferentes e sem relação um com o outro. Valente, arriscando a própria vida para obedecer a um dever cujo valor ela julgava mais importante que sua vida, Élisabeth assumia aos olhos de Paul uma nobreza singular. Era mesmo a mulher que ele amara e prezara, e a mulher que ele ainda amava.

Paul parou. Ele e seus homens haviam se aventurado em um terreno mais descoberto, e provavelmente vigiado, que o inimigo metralhava constantemente. Vários soldados foram derrubados.

– Parem! – ordenou. – Todos deitados de bruços no chão.

Ele agarrou Bernard.

– Deite-se, menino! Por que se expor inutilmente...? Fique aí... Não se mexa...

Segurava-o no chão com gesto amigável, abraçando-o pelo pescoço, e lhe falava com doçura, como se quisesse manifestar ao irmão toda a ternura que voltava a sentir no coração por sua querida Élisabeth. Esquecia as duras palavras que dissera a Bernard na noite anterior, e dizia-lhe outras bem diferentes, em que palpitava um afeto que ele havia renegado.

– Não se mexa, menino. Veja, eu não deveria tê-lo escolhido e trazido comigo, desse jeito, nessa fornalha. Sou responsável por você e não quero... Não quero que seja ferido.

O fogo diminuiu. Arrastando-se, os homens alcançaram uma dupla fileira de álamos ao longo das quais progrediram e que os levou por uma leve ladeira em direção a um cume cortado por uma trilha encovada. Paul, tendo escalado a escarpa e dominando o planalto de Ornequin, avistou ao longe as ruínas da aldeia, a igreja destruída, e, mais à esquerda, um caos de pedras e árvores de onde emergiam alguns pedaços de parede. Era o castelo.

Por todo lugar ao redor, fazendas, medas de feno e celeiros estavam em chamas...

Para trás, as tropas francesas se espalhavam por todos os lados. Uma bateria que viera se abrigar num bosque próximo atirava sem interrupção. Paul via ao longe a erupção dos obuses acima do castelo e entre as ruínas.

Incapaz de suportar tamanho espetáculo, Paul, liderando o esquadrão, retomou o caminho. O canhão inimigo, provavelmente reduzido ao silêncio, havia deixado de trovoar. Mas, quando estavam a três quilômetros de Ornequin, as balas assobiaram ao redor deles, e Paul avistou ao longe um destacamento alemão que, embora atirando, se retirava em direção a Ornequin.

E os canhões de setenta e cinco milímetros e os Rimailhos ainda rugiam. Era horrível.

Paul agarrou Bernard pelo braço e pronunciou em voz trêmula:

– Se o pior me acontecer, diga a Élisabeth que lhe peço perdão, certo, que lhe peço perdão...

De repente, tinha medo que o destino não lhe permitisse rever sua mulher, e dava-se conta de que havia agido em relação a ela com inexcusável crueldade, abandonando-a como alguém culpado de uma falta que ela não cometera, entregando-a a todos os desesperos e todas as torturas. Andava depressa, seguido de longe por seus homens.

Mas no lugar em que o atalho desemboca na estrada, com vista para o Liseron, ele foi alcançado por um ciclista. O coronel dava ao esquadrão ordem de esperar os reforços do regimento para um ataque conjunto.

Foi a mais dura das provas.

Paul, tomado por uma exaltação crescente, tremia de febre e de cólera.

– Olhe, Paul – dizia-lhe Bernard –, não se deixe abalar desse jeito! Vamos chegar a tempo.

– A tempo... para fazer o quê? – retrucou ele. – Para encontrá-la morta ou ferida...? Para não encontrá-la de jeito nenhum? E que mais? Nossos malditos canhões não podem se calar? O que estão bombardeando agora, que o inimigo parou de responder? Alguns cadáveres... umas casas destruídos...

– E a retaguarda, protegendo a retirada dos alemães?

– E daí? Nós, da infantaria, não estamos aqui? É nossa tarefa. Um destacamento de atiradores e então uma investida com baionetas...

Finalmente, o esquadrão retomou seu curso, com o reforço do resto da terceira companhia, sob o comando do capitão. Um destacamento de hussardos, a cavalaria ligeira, passou galopando, dirigindo-se para a aldeia de maneira a bloquear a retirada dos fugitivos. A companhia desviou-se em direção ao castelo.

Diante deles, só havia o grande silêncio da morte. Uma armadilha, talvez? Como não acreditar que as forças inimigas, solidamente entrincheiradas e protegidas por barricadas, se preparassem para a resistência máxima?

Na alameda dos velhos carvalhos que levava ao pátio principal, nada de suspeito. Nenhuma silhueta, nenhum ruído.

Paul e Bernard seguiam na liderança, o dedo sobre o gatilho do fuzil, perscrutando com olhar meticuloso a claridade opaca que vinha dos bosques. Por cima do muro, bem próximas e repletas de brechas escancaradas, subiam colunas de fumaça.

Ao se aproximarem, ouviram gemidos, e então uma aflitiva agonia de estertor. Eram alemães feridos.

E de repente a terra tremeu, como se um cataclismo interno tivesse rompido sua crosta, e do outro lado do muro houve uma formidável explosão, e mais, uma série de explosões, como estrondos sucessivos. O espaço se obscureceu sob uma nuvem de areia e poeira, de onde jorrava todo tipo de materiais e destroços. O inimigo acabara de explodir o castelo.

– Isso certamente estava destinado a nós – disse Bernard –, devíamos explodir ao mesmo tempo. Erraram o cálculo.

Quando passaram pelo portão, o espetáculo do pátio revirado, das torres arruinadas, do castelo destruído, das dependências em chamas, dos agonizantes que se convulsionavam, dos cadáveres amontoados, assustou-os tanto que fizeram um movimento de recuo.

– Para a frente! Para a frente! – gritou o coronel, que acorria a galope. – Algumas tropas devem certamente ter escapado pelo parque.

Paul conhecia o caminho, já que o percorrera poucas semanas antes, em circunstâncias tão trágicas. Lançou-se em meio aos gramados, aos blocos de pedras e às árvores arrancadas. Mas, como passava perto de um pequeno pavilhão que se erguia na entrada do bosque, imobilizou-se, incapaz de dar um passo a mais. Bernard e todos os homens permaneceram lá estupefatos, boquiabertos diante do horror.

Contra a parede do pavilhão estavam de pé dois cadáveres amarrados com elos à mesma corrente que lhes cingia a barriga. Os bustos se debruçavam sobre a corrente e os braços pendiam até o chão.

Corpos de homem e de mulher. Paul reconheceu Jérôme e Rosalie.

Haviam sido fuzilados.

Ao lado deles, a corrente continuava. Um terceiro elo estava fixado na parede. Havia sangue manchando o gesso e marcas de tiros eram visíveis. Sem dúvida, havia uma terceira vítima cujo corpo fora retirado.

Aproximando-se, Paul notou no gesso um estilhaço de obus nele incrustado. À beira do buraco, entre o gesso e o fragmento de projetil, via-se um punhado de cabelos, cabelos loiros com reflexos dourados, cabelos arrancados da cabeça de Élisabeth.

H.E.R.M.

Mais que desespero e horror, naquele momento Paul sentiu a imensa necessidade de se vingar, e imediatamente, a qualquer preço. Olhou ao redor, como se todos os feridos que agonizavam no parque fossem culpados pelo monstruoso crime...

– Covardes! – esganiçava ele. – Assassinos...!

– Tem certeza...? – balbuciou Bernard... – Tem certeza de que são os cabelos de Élisabeth?

– Sim, sim, eles a fuzilaram como aos dois outros. Eu os reconheci, é o caseiro e sua mulher. Ah, os miseráveis...

Paul levantou a coronha em direção de um alemão que se arrastava na relva, ia golpeá-lo quando o coronel chegou perto dele.

– E aí, Delroze, o que está fazendo? E sua companhia?

– Ah, se soubesse, coronel...!

Paul avançou em direção a seu chefe. Parecia um demente, e articulou, erguendo seu fuzil:

– Eles a mataram, coronel; sim, fuzilaram minha mulher... Veja, contra essa parede, com as duas pessoas que estavam a seu serviço... eles os fuzilaram... ela tinha vinte anos, coronel... Ah! Precisamos massacrar todos eles, como cães.

Mas Bernard já o levava embora.

– Não devemos perder tempo, Paul, vamos nos vingar contra os que estão lutando... Dá para ouvir tiros ao longe. Alguns devem estar cercados.

Paul mal tinha consciência dos próprios atos. Retomou o caminho, embriagado de fúria e dor.

Dez minutos depois, juntava-se à sua companhia e, avistando a capela, atravessava o cruzamento em que seu pai havia sido esfaqueado. Mais adiante, no lugar da pequena porta que antes se abria na parede, fora aberta uma ampla brecha, por onde deviam entrar e sair os comboios de abastecimento destinados ao castelo. A oitocentos metros de lá, na planície, no cruzamento da trilha com a estrada principal, retumbava uma violenta fuzilada.

Dezenas de fugitivos tentavam abrir uma passagem no meio dos hussardos que haviam seguido na estrada. Atacados por trás pela companhia de Paul, conseguiram se refugiar em um quadrado de relva e arbustos, em que se defenderam com feroz energia. Recuavam passo a passo, caindo um após o outro.

– Por que estão resistindo? – murmurou Paul, que atirava sem pausa e a quem o ardor da luta acalmava aos poucos. – Parece que querem ganhar tempo.

– Olhe! – articulou Bernard, cuja voz parecia alterada.

Debaixo das árvores, vindo da fronteira, surgia um automóvel, repleto de soldados alemães. Eram reforços? Não. O automóvel girou quase ao chegar na praça, e, entre ela e os últimos combatentes do pequeno bosque, lá estava, de pé com o casaco cinza, um oficial que, de revólver na mão, exortava-os a resistir, ao passo que se retirava em direção ao carro que fora enviado para resgatá-lo.

– Veja, Paul, veja – repetiu Bernard.

Paul ficou estupefato. O oficial que Bernard lhe indicava, era... Mas não, não era possível. E, no entanto...

Ele perguntou:

– O que quer dizer, Bernard?

ARSÈNE LUPIN E O ESTILHAÇO DE OBUS

– O mesmo rosto – murmurou Bernard –, o mesmo rosto de ontem, sabe, Paul, o rosto dessa mulher que me questionou ontem sobre você, Paul.

E, de seu lado, Paul reconhecia, sem hesitação possível, a pessoa misteriosa que tentara matá-lo perto da pequena porta do parque, a pessoa que apresentava uma semelhança tão inconcebível com a assassina de seu pai, com a mulher do retrato, com Hermine de Andeville, com a mãe de Élisabeth e de Bernard.

Bernard encostou o fuzil no ombro.

– Não, não atire! – gritou Paul, assustado pelo gesto.

– Por quê?

– Vamos tentar pegá-lo vivo.

Lançou-se, movido pelo ódio, mas o oficial havia corrido até o carro. Os soldados alemães já lhe estendiam a mão e o içavam junto deles. Atirando, Paul atingiu aquele que estava no volante. O oficial então agarrou o volante no instante em que o automóvel ia bater contra uma árvore e, endireitando-o, dirigiu por meio dos obstáculos com grande habilidade, levando o carro até uma descida do terreno e, de lá, em direção à fronteira.

Estava salvo.

Logo que ele ficou fora do alcance das balas, os inimigos que ainda lutavam se renderam.

Paul tremia de impotente fúria. Para ele, aquela pessoa representava o mal sob todas as suas formas e, desde o primeiro até o último minuto dessa longa série de dramas, assassinatos, espionagens, atentados, traições, fuziladas, que se multiplicavam em um mesmo sentido e um mesmo espírito, aparecia como o gênio do crime.

Apenas a morte daquela pessoa poderia saciar o ódio de Paul. Paul não duvidava que fosse ele o monstro que mandara fuzilar Élisabeth. Ah, que ignomínia! Élisabeth fuzilada! Visão infernal que o martirizava...

– Quem é? – exclamou ele. – Como saber? Como chegar até ele, torturá-lo e degolá-lo...?

– Interrogue os prisioneiros – disse Bernard.

A uma ordem do capitão, que achava prudente não seguir adiante, a companhia se retirou para permanecer em contato com o resto do regimento, e Paul foi designado especialmente para ocupar o castelo com seu esquadrão e levar para lá os prisioneiros.

A caminho, apressou-se em questionar dois ou três graduados e alguns soldados. Mas não tirou nada deles senão informações confusas, porque haviam chegado a Corvigny na véspera e tinham passado uma única noite no castelo.

Ignoravam até o nome do oficial de casaco cinza, por quem haviam se sacrificado. Era chamado de major, e só.

– Contudo... contudo – insistiu Paul –, era o chefe imediato de vocês.

– Não. O chefe do destacamento de retaguarda ao qual pertencemos é um *Oberleutnant*[12], que foi ferido pela explosão das minas, enquanto fugíamos. Queríamos levá-lo conosco. O major se recusou veementemente, e, de revólver na mão, mandou que andássemos diante dele, ameaçando de morte o primeiro que o abandonasse. E, há pouco, enquanto lutávamos, ele estava dez passos atrás e ainda nos ameaçava com seu revólver, para nos obrigar a defendê-lo. Três dos nossos caíram sob suas balas.

– Ele contava com o resgate do automóvel, não é?

– Sim, e com reforços que deviam salvar a todos nós, segundo ele. Mas apenas o automóvel veio, e o resgatou sozinho.

– O *Oberleutnant* certamente sabe seu nome, não? Foi gravemente ferido?

– O *Oberleutnant*? Quebrou uma perna. Nós o deixamos deitado em um dos pavilhões do parque.

– O pavilhão contra o qual fuzilaram pessoas?

– Sim.

Ora, estavam se aproximando desse pavilhão, uma espécie de pequena estufa em que se guardavam as plantas durante o inverno. Os corpos de Jérôme e Rosalie haviam sido retirados. Mas a sinistra corrente ainda

---

[12] Patente alemã equivalente à de primeiro tenente. (N.T.)

pendia ao longo da parede, amarrada aos três elos de ferro e, com arrepio de pavor, Paul voltou a ver as marcas das balas, e o pequeno estilhaço de obus que prendia no gesso os cabelos de Élisabeth.

Um obus francês! Isso tornava a atrocidade do crime ainda mais apavorante.

Assim, na véspera, o próprio Paul, ao capturar o automóvel blindado e liderar o audacioso ataque até Corvigny, abrira caminho às tropas francesas e determinara os eventos que levaram ao assassinato de sua mulher! O inimigo se vingava de sua retirada fuzilando os moradores do castelo! Élisabeth, encostada na parede, amarrada a uma corrente, havia sido crivada de balas! E, por uma terrível ironia, seu corpo ainda receberia os estilhaços dos primeiros obuses que os canhões franceses atiraram antes do anoitecer, do alto das colinas dos arredores de Corvigny.

Paul retirou o estilhaço de obus e desprendeu as mechas douradas, que recolheu cuidadosamente. Em seguida, com Bernard, entrou no pavilhão onde os enfermeiros já haviam instalado uma ambulância provisória. Encontrou o *Obterleutnant* deitado em um leito de palha, sendo bem tratado e em estado de responder às perguntas.

Logo um ponto se esclareceu, de maneira bem nítida: é que a guarnição alemã deixada no Castelo de Ornequin não tinha tido, por assim dizer, nenhum contato com as tropas que, na véspera, haviam recuado para além de Corvigny e dos fortes contíguos. Como se alguém tivesse medo que uma indiscrição fosse cometida relativamente ao que acontecera durante a ocupação do castelo, a guarnição fora evacuada antes da chegada das tropas de combate.

– Naquele momento – contou o *Oberleutnant*, que fazia parte dessas últimas –, eram sete da noite, seus canhões de setenta e cinco milímetros já haviam localizado o castelo, e só encontramos um grupo de generais e oficiais superiores. As carretas com as bagagens já iam embora e os automóveis estavam prontos para levá-los. Deram-me a ordem de segurar o lugar o quanto possível e de explodir o castelo. Aliás, o major já havia organizado tudo, em consequência.

– O nome desse major?

– Não sei. Andava junto de um jovem oficial a quem até mesmo os generais falavam com respeito. Foi esse mesmo oficial que me chamou e me pediu para obedecer ao major "como ao imperador".

– E esse jovem oficial, quem era?

– O príncipe Conrad.

– Um dos filhos do cáiser?

– Sim. Ele deixou o castelo ontem, no final do dia.

– E o major passou a noite aqui?

– Suponho que sim. Em todo caso, estava aqui de manhã. Pusemos fogo nas minas e fomos embora. Tarde demais, já que fui ferido perto deste pavilhão... perto da parede...

Paul se controlou e disse:

– Perto da parede diante da qual fuzilaram três franceses, não foi?

– Sim.

– Quando foram fuzilados?

– Ontem à noite, por volta das seis, creio, antes de nossa chegada de Corvigny.

– Quem mandou fuzilá-los?

– O major.

Paul sentia as gotas de suor que escorriam de sua cabeça para a testa e a nuca. Não estava errado: Élisabeth havia sido fuzilada por ordem desse homem inominável e inconcebível, cujo rosto evocava, a ponto de se enganar, o próprio rosto de Hermine de Andeville, a mãe de Élisabeth!

Continuou, em voz trêmula:

– Assim, três franceses fuzilados, tem certeza?

– Sim, os moradores do castelo. Haviam traído.

– Um homem e duas mulheres, não é isso?

– Sim.

– Contudo, só encontramos dois corpos amarrados ao pavilhão.

– Sim, dois. Por ordem do príncipe Conrad, o major mandou enterrar a senhora do castelo.

– Onde?

– O major não me disse.

– Mas talvez saiba por que ela foi fuzilada?

– Disseram que havia descoberto segredos muito importantes.

– Poderiam tê-la levado como prisioneira...?

– Obviamente, mas o príncipe Conrad não queria mais nada dela.

– Hein!

Paul estremecera. O oficial continuou, com um sorriso ambíguo:

– Diabo! Todos conhecem o príncipe. É o dom-joão da família. Morava no castelo havia semanas, tivera tempo, não é, de seduzir... e então... e então de se cansar... Aliás, o major supõe que essa mulher e os dois criados tentaram envenenar o príncipe. Então, não é?

Não terminou sua frase. Paul se debruçava sobre ele com o rosto convulso, agarrava-o pela garganta e articulava:

– Mais uma palavra e o estrangulo... Ah! Tem sorte de estar ferido... do contrário... do contrário...

E Bernard, fora de si, também o sacudia:

– Sim, você tem sorte. E, sabe, seu príncipe Conrad, bem, é um porco... e faço questão de lhe dizer na cara... um porco como toda a sua família e como vocês todos...

Deixaram o *Oberleutnant* totalmente desconcertado e sem nada entender daquele furor repentino.

Mas, lá fora, Paul teve uma crise de desespero. Seus nervos relaxavam. Toda a sua fúria e todo o seu ódio se transformavam em um infinito abatimento. Mal conseguia segurar as lágrimas.

– Olhe, Paul – exclamou Bernard –, você não deve acreditar numa única palavra...

– Não, mil vezes não! Mas adivinho o que ocorreu. Esse bruto desse príncipe quis se pavonear diante de Élisabeth e aproveitar que era ele quem mandava... Pense bem! Uma mulher sozinha, indefesa, é uma conquista que vale a pena. Quantas torturas ela deve ter sofrido, coitada! Quantas humilhações! Uma luta a cada dia... ameaças, brutalidades... E então, no último momento, para puni-la por sua resistência, a morte...

– Vamos vingá-la, Paul – disse Bernard em voz baixa.

– Com certeza, mas nunca vou esquecer que foi por mim que ela ficou aqui... por minha culpa. Mais tarde, vou lhe explicar e você vai entender o quanto fui duro e injusto... E, contudo...

Ficou pensativo. A imagem do major o assombrava, e ele repetiu:

– E contudo... contudo... há coisas tão estranhas...

A tarde toda, tropas francesas continuaram a chegar pelo vale do Liseron e pela aldeia de Ornequin, para se oporem a uma volta de ofensiva do inimigo. Estando o esquadrão de Paul de folga, ele aproveitou para fazer com Bernard buscas minuciosas no parque e nas ruínas do castelo. Mas nenhum indício lhes revelou onde o corpo de Élisabeth havia sido enterrado.

Por volta das cinco horas, deram a Rosalie e a Jérôme uma sepultura decente. Duas cruzes foram erguidas no alto de um pequeno outeiro coberto de flores. Foi com emoção que Paul se ajoelhou no túmulo dos dois fiéis criados cuja dedicação havia sido fatal.

A esses dois também, Paul prometeu vingá-los. E seu desejo de vingança evocava nele, com intensidade quase dolorosa, a execrada imagem daquele major, imagem que agora não podia mais separar da lembrança que guardava da condessa de Andeville.

Levou Bernard com ele.

– Tem certeza de não estar enganado ao fazer um paralelo entre o major e a suposta camponesa que o questionou em Corvigny?

– Absolutamente certo.

– Então, venha. Eu lhe falei de um retrato de mulher. Vamos vê-lo e você me dará sua impressão imediata.

Paul notara que a parte do castelo em que se situavam o quarto e o *boudoir* de Hermine de Andeville não havia sido totalmente demolida pela explosão das minas e dos obuses. Assim, talvez o *boudoir* ainda estivesse em seu estado primitivo.

ARSÈNE LUPIN E O ESTILHAÇO DE OBUS

Já que a escada não existia mais, precisaram escalar as pedras de alvenaria desabadas para alcançar o primeiro andar. O corredor ainda se adivinhava em certos trechos. Todas as portas haviam sido arrancadas e os quartos ofereciam um caos lamentável.

– É aqui – disse Paul, mostrando um espaço vazio entre dois pedaços de parede que se mantinham por milagre.

Era mesmo o *boudoir* de Hermine de Andeville, arrasado, esburacado, coberto por reboco e destroços, mas perfeitamente reconhecível e repleto de móveis que Paul entrevira na noite de seu casamento. As persianas das janelas obstruíam parcialmente a luz do dia. Mas a luz era suficiente para que Paul adivinhasse a parede oposta. E logo exclamou:

– O quadro foi removido!

Para ele, foi uma grande decepção e, ao mesmo tempo, uma prova da considerável importância que o adversário dava a esse retrato. Se havia sido retirado, não era porque constituía um testemunho arrasador?

– Eu lhe juro – disse Bernard – que isso não muda em nada minha opinião. A certeza que tenho a respeito do major e da camponesa de Corvigny não precisa ser averiguada. O que esse retrato representava?

– Já lhe disse, uma mulher.

– Que mulher? Era um quadro que meu pai pusera aqui, um dos quadros de sua coleção?

– Justamente – afirmou Paul, querendo iludir seu cunhado.

Tendo desprendido uma das persianas, avistou na parede nua o grande retângulo que antes o quadro cobria, e pôde constatar, por certos detalhes, que a remoção havia sido precipitada. Assim, a cartela arrancada da moldura estava no chão. Paul a pegou furtivamente, de modo que Bernard não pudesse ver a inscrição nela gravada.

Mas, como examinava mais atentamente o painel e Bernard desprendera a outra persiana, soltou uma exclamação.

– O que há? – disse Bernard.

– Aí… está vendo… essa assinatura na parede… no exato lugar do quadro… uma assinatura e uma data.

Estava escrito a lápis, em duas linhas que riscavam o gesso branco à altura de um homem. A data: quarta-feira à noite, 16 de setembro de 1914. A assinatura: major Hermann.

Major Hermann! Antes mesmo que Paul percebesse, seus olhos se detiveram em um detalhe onde se concentrava todo o significado dessas linhas e, enquanto Bernard se debruçava e olhava por sua vez, murmurou com infinita surpresa:

– Hermann… Hermine…

Eram quase as mesmas palavras! Hermine começava pelas mesmas letras que o nome ou o sobrenome que o major escrevera depois de sua patente na parede. Major Hermann! A condessa Hermine! H. E. R. M… as quatro letras gravadas no punhal com que quiseram matá-lo. H. E. R. M… as quatro letras gravadas no punhal do espião que ele capturara no campanário de uma igreja! Bernard afirmou:

– Na minha opinião, trata-se de uma letra de mulher… Mas então…

E, pensativamente, prosseguiu:

– Mas, então… O que devemos concluir? Ou a camponesa de ontem e o major Hermann são uma única e mesma pessoa, isto é, essa camponesa é um homem, e aí é o major que não é… ou então… então estamos lidando com duas pessoas distintas, uma mulher e um homem, e creio que seja assim, apesar da semelhança sobrenatural que existe entre esse homem e essa mulher… porque, enfim, como admitir que uma mesma pessoa tenha conseguido assinar isso ontem à noite, atravessar as linhas francesas e, disfarçada de camponesa, abordar-me em Corvigny… e então, hoje de manhã, ela tenha voltado aqui disfarçada de major alemão, mandado explodir o castelo, fugido e, após ter matado alguns de seus soldados, desaparecido de automóvel?

Paul não respondeu, absorto em suas reflexões. Após um momento, foi para o quarto vizinho, que separava o *boudoir* do apartamento que sua mulher Élisabeth havia ocupado.

Do apartamento não sobrava nada senão escombros. Mas o cômodo intermediário não havia sofrido demais e, olhando a pia, a cama coberta por lençóis desarrumados, era fácil constatar que servira de quarto a alguém que dormira nele na noite anterior.

Na mesa, Paul encontrou jornais alemães e um jornal francês, datado de 10 de setembro, em que o comunicado que narrava a vitória no rio Marne fora riscado com dois grandes traços vermelhos, com a seguinte anotação em vermelho: "Mentira, mentira!", e a assinatura H.

– Estamos mesmo nos aposentos do major Hermann – disse Paul a Bernard.

– E esta noite – declarou Bernard – o major Hermann queimou papéis comprometedores. Vê na lareira esse montinho de cinzas?

Abaixou-se e pegou alguns envelopes e umas folhas meio queimadas que, aliás, só apresentavam palavras soltas e frases incoerentes.

Mas, tendo por acaso virado os olhos em direção à cama, avistou debaixo dela uma trouxa de roupas escondidas, ou talvez esquecidas na pressa da partida. Puxou-a para si e então exclamou:

– Ah! Essa é demais!

– O quê? – disse Paul, que examinava o outro lado do quarto.

– Estas roupas... roupas de camponesa... aquelas que vi na mulher em Corvigny. Não há erro possível... era mesmo essa cor marrom com esse pano de lã grosseiro. E, veja, esse lenço de renda preta de que lhe falei...

– O que está dizendo!? – exclamou Paul, vindo logo para perto dele.

– Diabo! Veja só, é um tipo de lenço e que não é de ontem. Está bem usado e rasgado. E ainda tem, preso nele, aquele broche que lhe mencionei, está vendo?

Enquanto se aproximava, Paul havia notado esse broche com pavor! Que terrível sentido dava à descoberta das roupas no próprio quarto do major Hermann, e perto do *boudoir* de Hermine de Andeville! O camafeu, gravado com um cisne de asas abertas, e cingido uma serpente de ouro com os olhos feitos de rubis! Desde sua infância, Paul conhecia esse camafeu por tê-lo visto na blusa da mulher que matara seu pai, e o conhecia por tê-lo visto de novo em seus mínimos detalhes no retrato da condessa Hermine. E eis que o encontrava ali, preso no lenço de renda preta, misturado com as roupas da camponesa de Corvigny, e esquecido no quarto do major Hermann!

Bernard disse:

– Agora, a prova é concludente. Já que as roupas estão aqui, isso significa que a mulher que me questionou sobre você voltou aqui esta noite; mas que relação existe entre ela e o oficial que é tão parecido com ela? Será que a pessoa que me questionou sobre você é aquela que, duas horas antes, mandava fuzilar Élisabeth? Quem são essas pessoas? Com que bando de assassinos e espiões estamos lidando?

– Com alemães, nada mais – declarou Paul. – Assassinar e espionar, para eles são formas naturais e permitidas de guerra, e de uma guerra que começaram em pleno período de paz. Eu já lhe disse, Bernard, há quase vinte anos somos as vítimas dessa guerra. O assassinato de meu pai foi o início do drama. E agora é nossa pobre Élisabeth que choramos. E não acabou.

– No entanto – disse Bernard –, ele fugiu.

– Vamos vê-lo de novo, pode ter certeza. Se não vier, serei eu que irei buscá-lo. E nesse dia…

Havia duas poltronas naquele quarto. Paul e Bernard decidiram passar a noite ali, e sem demora puseram seu nome na parede do corredor. Então, Paul foi encontrar seus homens para verificar como estavam instalados, entre os estábulos e as dependências ainda de pé. Lá, o soldado que lhe servia de ordenança, um corajoso auvérnio chamado Gériflour, informou-o que encontrara dois pares de lençóis e colchões limpos no fundo de uma casinha anexa ao pavilhão do caseiro. As camas já estavam arrumadas.

Paul aceitou. Combinaram que Gériflour e um de seus camaradas dormiriam no castelo, onde se acomodariam nas poltronas.

A noite correu sem alertas, noite de febre e insônia para Paul, assombrado pela lembrança de Élisabeth.

De manhã, caiu em um sono profundo, agitado por pesadelos, interrompidos de repente pelo despertador do relógio.

Bernard estava esperando por ele.

A chamada foi feita no pátio do castelo. Paul constatou que seu ordenança Gériflour e seu camarada estavam ausentes.

– Devem estar dormindo – disse a Bernard –, vamos acordá-los.

Refizeram, no meio das ruínas, o caminho que levava ao primeiro andar e ao longo dos quartos demolidos.

No cômodo que o major Hermann ocupara, encontraram, na cama, o soldado Gériflour deitado, coberto de sangue, morto. Em uma das poltronas jazia seu camarada, morto também.

Em volta dos corpos, nada desarrumado, nenhum rastro de luta. Os dois soldados deviam ter sido mortos enquanto dormiam.

Quanto à arma, Paul a avistou imediatamente. Era um punhal com cabo de madeira que levava as letras H. E. R. M.

O DIÁRIO DE ÉLISABETH

Havia nesse duplo assassinato, que se seguia a uma série de trágicos eventos, todos vinculados uns aos outros pela mais rigorosa relação, havia tamanha acumulação de horrores e de revoltante fatalidade que os dois homens não falaram uma única palavra sequer nem fizeram nenhum gesto.

Nunca a morte, cujo sopro já tinham sentido tantas vezes durante as batalhas, lhes aparecera sob um aspecto mais sinistro e odioso.

A morte! Viam-na não como um mal dissimulado que escolhe suas vítimas ao acaso, mas como um espectro que se introduz na sombra, espia o adversário, escolhe seu momento, e ergue o braço com determinado propósito. E, para eles, esse espectro tomava a própria aparência e o rosto de major Hermann.

Paul articulou, e sua voz tinha verdadeiramente esse tom abafado, assustado, que parece evocar as forças más das trevas:

– Ele veio de noite. Veio e, como havíamos marcado nossos nomes na parede, esses nomes Bernard de Andeville e Paul Delroze, que representam aos seus olhos os nomes de dois inimigos, aproveitou a ocasião para se livrar deles. Convencido de que quem dormia nesse quarto era você e eu, ele atacou... e aqueles que acertou foram esse pobre Gériflour e seu camarada, que morreram em nosso lugar.

Após um longo silêncio, murmurou:

– Morreram como meu pai morreu... e como Élisabeth morreu... e também o caseiro e sua mulher... pela mesma mão... a mesma, entende, Bernard! É inaceitável, não é? E minha razão se recusa a admiti-lo... Contudo, é a mesma mão que ainda segura o punhal... o de antes, e este.

Bernard examinou a arma. Disse, ao ver as quatro letras:

– Hermann, não é? Major Hermann.

– Sim – afirmou Paul rapidamente... – Não sei se é seu nome real e qual é sua verdadeira personalidade. Mas a pessoa que cometeu todos esses crimes deve ser mesmo aquela que assina com estas quatro letras: H. E. R. M.

Após ter alertado os homens de seu esquadrão e mandado chamar o capelão e o médico-chefe, Paul resolveu pedir uma conversa particular a seu coronel e lhe contar toda a história secreta que poderia trazer alguma luz sobre a execução de Élisabeth e o assassinato dos dois soldados. Mas foi informado que o coronel e seu regimento estavam travando uma batalha do outro lado da fronteira, e que a terceira companhia havia sido chamada às pressas, exceto um destacamento que devia permanecer no castelo sob as ordens do sargento Delroze. Assim, Paul decidiu conduzir o inquérito por conta própria com seus homens.

Não lhe revelou nada. Foi impossível encontrar qualquer indício sobre a maneira como o assassino entrara, primeiramente no recinto do parque, depois nas ruínas e finalmente no quarto. Já que nenhum civil passara, seria possível deduzir que o autor do duplo crime era um dos soldados da terceira companhia? Obviamente, não. E, no entanto, que suposição adotar fora essa?

E Paul não descobriu nada também que o informasse sobre a morte de sua mulher e o lugar onde fora enterrada. E essa era a mais dura provação.

Junto aos feridos alemães, deparou-se com a mesma ignorância que entre os prisioneiros. Todos sabiam da execução de um homem e duas mulheres, mas todos haviam chegado após essa execução e após a partida das tropas de ocupação.

Foi até a aldeia de Ornequin. Talvez lá soubessem de algo. Talvez os moradores tivessem ouvido falar da castelã, da vida que ela levava no castelo, de seu martírio, de sua morte...

Ornequin estava vazia. Nenhuma mulher, nenhum idoso. O inimigo devia ter enviado os moradores para a Alemanha, e provavelmente desde o início, já que sua meta clara havia sido eliminar qualquer testemunha de seus atos durante a ocupação e esvaziar toda a área ao redor do castelo.

Assim, Paul dedicou três dias a fazer buscas em vão.

– E, no entanto – dizia ele a Bernard –, Élisabeth não pode ter desaparecido completamente. Se eu não encontrar seu túmulo, não deveria ao menos achar algum rastro de sua estadia aqui? Viveu no castelo. Uma lembrança dela seria tão preciosa!

Acabara por reconstituir a localização exata do quarto que ela ocupava, e até, no meio dos escombros, o monte de pedras e reboco que sobrava desse quarto.

Estavam misturados com os escombros dos salões, no térreo, sobre os quais haviam desmoronado os tetos do primeiro andar, e foi nesse caos, debaixo de um amontoado de paredes pulverizadas e móveis despedaçados, que uma manhã encontrou um pequeno espelho quebrado e então uma escova feita de tartaruga, um canivete de prata e um estojo de tesouras, todos objetos que haviam pertencido a Élisabeth.

Mas o que o deixou ainda mais confuso foi a descoberta de uma agenda espessa, em que, como sabia, a jovem mulher anotava antes de seu casamento suas despesas, a lista de compras ou visitas a fazer e, às vezes, comentários mais íntimos sobre sua vida.

Ora, dessa agenda só restava uma divisória com a data 1914, e a parte relativa aos sete primeiros meses do ano. Todos os fascículos dos cinco últimos meses haviam sido, se não arrancados, ao menos destacados um por um dos cordões que os prendiam na encadernação.

Imediatamente Paul pensou:

"Teriam sido destacados por Élisabeth, e sem pressa, em um momento em que nada a apressava ou inquietava, e ela simplesmente desejava utilizar essas folhas para escrever dia após dia... ou o quê? O que senão essas anotações mais íntimas que antes ela punha na agenda, entre um extrato de contas e uma receita. E como, após minha partida, não houve mais contas e, para ela, a existência não passou do mais terrível dos dramas, foi certamente a essas páginas sumidas que ela confessou seu desespero... suas queixas... e sua revolta contra mim."

Naquele dia, na ausência de Bernard, Paul redobrou seus esforços. Vasculhou por baixo de todas as pedras e em todos os buracos. Levantou os mármores quebrados, os lustres retorcidos, os tapetes rasgados, as vigas escurecidas pelas chamas. Durante horas, obstinou-se em buscas.

Organizou as ruínas em setores aos quais interrogou pacientemente, e, já que as ruínas não respondiam às suas perguntas, voltou a fazer minuciosas investigações no parque.

Esforços inúteis, e cuja inutilidade Paul sentia. Élisabeth devia dar demasiado valor a essas páginas para não tê-las ou destruído ou escondido perfeitamente... a não ser...

– A não ser que alguém as tenha roubado – disse a si mesmo. – O major devia vigiá-la o tempo todo. E, nesse caso, quem sabe...?

Uma hipótese se desenhava na mente de Paul.

Após ter descoberto a roupa de camponesa e o lenço de renda preta, ele os deixara, sem dar-lhes maior importância, na própria cama do quarto, e se perguntava se o major, na noite em que assassinara os dois soldados, não havia voltado com a intenção de reaver as roupas ou, ao menos, o conteúdo dos bolsos, o que não pudera fazer, já que o soldado Gériflour, deitado por cima, as ocultava de sua vista.

Ora, Paul acreditava lembrar que, ao desdobrar a saia e a blusa de camponesa, sentira em um dos bolsos um farfalhar de papéis. Daí, não era possível deduzir que fosse o diário de Élisabeth, encontrado e roubado pelo major Hermann?

Paul correu até o quarto em que o duplo crime fora cometido. Apanhou as roupas e procurou.

– Ah – logo exclamou, com verdadeira alegria –, aqui estão!

As folhas destacadas da agenda ocupavam um grande envelope amarelo. Estavam todas soltas umas das outras, amassadas e rasgadas em alguns pontos, e, logo na primeira olhada, Paul percebeu que essas correspondiam somente aos meses de agosto e setembro, e que algumas até faltavam na sequência desses dois meses.

Viu a letra de Élisabeth.

À primeira vista, não era um diário muito detalhado. Eram anotações simples, anotações singelas em que se exalava um coração ferido, e que, às vezes mais longas, haviam precisado de uma folha a mais. Anotações escritas de dia ou de noite, às vezes a caneta ou a lápis, às vezes mal legíveis, e que davam a impressão de uma mão trêmula, de dois olhos embaçados por lágrimas, e de alguém desesperado de dor.

E nada podia comover Paul mais profundamente.

Estava sozinho, e leu:

Domingo, 2 de agosto.

Ele não deveria ter escrito essa carta. É cruel demais. E ademais, por que me propõe deixar Ornequin? A guerra? Então, já que a guerra é possível, não teria eu coragem de ficar aqui e cumprir meu dever? Ele me conhece bem pouco! Será que acha que sou covarde ou capaz de suspeitar de minha pobre mãe...? Paul, meu querido Paul, você não deveria ter me deixado...

Segunda-feira, 3 de agosto.

Desde que os criados foram embora, Jérôme e Rosalie redobram seus cuidados comigo. Rosalie também insistiu para que eu fosse embora. "E vocês, Rosalie", eu lhe disse, "irão embora também?" "Ah, somos pessoas sem importância, e não temos nada a temer. Além disso, aqui é nosso lugar." Eu lhe respondi que era o meu também. Mas vi muito bem que ela não podia entender.

Quando encontro Jérôme, ele meneia a cabeça e me olha com olhos tristes.

Terça-feira, 4 de agosto.

Meu dever? Não o contesto. Eu preferiria morrer a renunciar a ele. Mas como cumprir esse dever? E como chegar à verdade? Estou cheia de coragem, e contudo não paro de chorar, como se não tivesse nada melhor a fazer. É que, acima de tudo, penso em Paul. Onde estará? O que estará acontecendo com ele? Quando hoje de manhã Jérôme me disse que a guerra havia sido declarada, pensei que fosse desmaiar. Assim, Paul vai à luta. E talvez fique ferido! Morto! Ah, meu Deus, será que meu lugar não deveria ser realmente ao lado dele, em uma cidade próxima de onde está combatendo? O que posso esperar ao permanecer aqui? Sim, meu dever, sei... minha mãe. Ah! Mamãe, peço-lhe perdão. Mas, sabe, é que amo Paul e temo que lhe aconteça algo.

Quinta-feira, 6 de agosto.

Sempre lágrimas. Estou cada vez mais infeliz. Mas sinto que, mesmo que tivesse de sê-lo ainda mais, eu não cederia. Aliás, como poderia ir atrás dele, já que não quer mais saber de mim e nem me escreve? Seu amor? Mas ele me detesta! Sou a filha de uma mulher para a qual seu ódio não tem limites. Ah, que horror! Como é possível? Mas, então, se pensa isso de mamãe e se eu não for bem-sucedida em minha tarefa, nunca mais poderemos nos rever, ele e eu? Essa é a vida que me espera?

Sexta-feira, 7 de agosto.

Fiz muitas perguntas a Jérôme e Rosalie sobre mamãe. Eles a conheceram apenas durante poucas semanas, mas lembram-se bem dela, e tudo que me disseram me deixou tão feliz! Dizem que era muito boa e muito bonita! Todo mundo a adorava.

– Nem sempre estava alegre – disse-me Rosalie. – Não sei se já era por causa do mal que a minava, mas quando sorria era de mexer com o coração.

Minha pobre mãe querida...!

Sábado, 8 de agosto.

Hoje de manhã ouvimos o canhão bem longe. Estão lutando a dez léguas daqui.

Mais cedo, uns franceses vieram aqui. Eu já avistara alguns com frequência do alto do terraço, que passavam no vale do Liseron. Estes vão se acomodar no castelo. O capitão deles pediu desculpas. Por medo de me incomodar, seus tenentes e ele se alojaram e tomam as refeições no pavilhão em que Jérôme e Rosalie moravam.

Domingo, 9 de agosto.

Ainda sem notícias de Paul. E eu também nem tento lhe escrever. Não quero que ouça nada a meu respeito até o momento em que eu esteja com todas as provas.

Mas o que fazer? E como ter provas de algo que ocorreu há dezesseis anos? Procuro, estudo, reflito. Nada.

Segunda-feira, 10 de agosto.

O canhão não para de ecoar ao longe. Mas o capitão me disse que nenhum movimento deixa prever um ataque inimigo deste lado.

Terça-feira, 11 de agosto.

Mais cedo, um soldado de vigia nos bosques, perto da pequena porta que dá para o campo, foi morto a facadas. Supõem que ele tenha querido bloquear a passagem a um indivíduo que procurava sair do parque. Mas como esse indivíduo entrou?

Quarta-feira, 12 de agosto.

O que está acontecendo? Esse fato me impressionou vivamente e me parece inexplicável. De resto, existem outros que são igualmente desconcertantes, embora eu não saiba dizer por quê. Estou muito surpresa que o capitão e todos os soldados que encontro pareçam tão despreocupados e cheguem até a brincar entre si. Quanto a mim, *experimento essa impressão que nos oprime quando os estrondos se aproximam. É provável que seja o nervosismo.*

Então, hoje de manhã...

Paul interrompeu a leitura. A parte inferior da página em que essas linhas haviam sido escritas, e a página seguinte, tinham sido arrancadas. Dever-se-ia concluir que o major, após ter roubado o diário de Élisabeth, retirara, por motivos quaisquer, as páginas em que a jovem dava certas explicações? No entanto, o diário continuava:

Sexta-feira, 14 de agosto.

Não tive outro jeito senão confiar no capitão. Levei-o até a árvore morta, envolta de hera, e pedi que se deitasse e ouvisse. Mostrou muita paciência e dedicação em seu exame. Mas não ouviu nada e, de fato, fazendo eu de novo a experiência por minha vez, tive de reconhecer que ele estava certo.

– Como pode ver, senhora, tudo está absolutamente normal.

– Capitão, eu lhe juro que há dois dias saía dessa árvore um ruído confuso. E isso durou alguns minutos.

Ele me respondeu, não sem deixar de sorrir um pouco:

– Seria fácil mandar derrubar essa árvore. Mas a senhora não pensa que, no estado de tensão nervosa em que todos estamos, possamos estar sujeitos a certos erros, a algum tipo de alucinação? Porque, enfim, de onde viria esse ruído...?

Sim, evidentemente, estava certo. E contudo eu ouvi... e vi...

Sábado, 15 de agosto.

Ontem à noite, trouxeram dois oficiais alemães que foram trancados na lavanderia, no final das dependências.

Hoje de manhã não encontraram ninguém nessa lavanderia, somente os uniformes deles.

Que tenham arrombado a porta, tudo bem. Mas o inquérito do capitão mostrou que fugiram vestindo uniformes franceses e passaram diante das sentinelas dizendo ser encarregados de uma missão em Corvigny.

Quem lhes forneceu esses uniformes? Ademais, precisavam conhecer a senha... quem lhes revelou essa senha...?

Dizem que uma camponesa veio nos dias seguintes trazer ovos e leite, uma camponesa um tanto arrumada demais e que não foi vista hoje... Mas nada comprova que seja cúmplice.

Domingo, 16 de agosto.

O capitão me incentivou a ir rapidamente embora. Deixou de sorrir, agora. Parece muito preocupado.

– Estamos cercados por espiões – disse-me ele. – Além disso, há sinais que nos levam a crer que poderíamos ser atacados daqui a pouco. Não um ataque grande, com o intuito de forçar a passagem em Corvigny, mas uma operação contra o castelo. É meu dever avisá-la, senhora, que a qualquer momento podemos ser obrigados a recuar para Corvigny e que, para a senhora, seria imprudente ficar aqui.

Respondi ao capitão que nada ia mudar minha resolução.

Jérôme e Rosalie me imploraram também. Para quê? Não vou partir.

Mais uma vez, Paul parou de ler. Naquela passagem da agenda, havia uma página a menos, e a seguinte, a de 18 de agosto, rasgada do começo ao fim, só tinha um fragmento do diário escrito pela jovem naquela data:

... e é o motivo pelo qual não falei disso na carta que acabo de mandar a Paul. Ele saberá que fico em Ornequin e os motivos de minha decisão, e só. Mas deve ignorar minha esperança.

E essa esperança é ainda tão confusa, baseada em um detalhe tão insignificante! Todavia, estou muito alegre. Não entendo a significação desse detalhe e, independentemente de mim, sinto sua importância. Ah, o capitão pode se agitar e multiplicar as patrulhas, todos os soldados podem conferir suas armas e clamar sua vontade de ir à luta! O inimigo pode se instalar em Ébrecourt, como dizem! O que me importa? Uma única ideia conta! Será que encontrei o ponto de partida? Estou no caminho certo?

Pois bem, preciso refletir…

A página estava rasgada no exato lugar em que Élisabeth ia entrar em explicações detalhadas. Será que a medida havia sido tomada pelo major Hermann? Sem dúvida, mas por quê?

A primeira metade da quarta-feira, 19 de agosto, também estava rasgada. Em 19 de agosto, na véspera do dia em que os alemães haviam investido e conquistado Ornequin, Corvigny e toda a região… Que linhas escrevera a jovem mulher na tarde dessa quarta-feira? O que descobria? O que se tramava na sombra?

O medo dominava Paul. Ele recordava que às duas da manhã, na quinta-feira, o primeiro tiro de canhão ressoara acima de Corvigny, e foi com o coração apertado que leu a segunda parte da página:

Onze da noite.

Levantei da cama e abri a janela. Por todo lado, ouvem-se latidos de cães. Respondem entre si, param, parecem escutar e recomeçam a uivar como eu nunca os ouvi antes. Quando se calam, o silêncio se torna impressionante, e então, é minha vez de prestar ouvidos para surpreender os ruídos indistintos que os mantêm acordados.

E, para mim também, esses ruídos parecem existir. É algo diferente do farfalhar das folhas. Não tem nenhuma relação com o que costuma animar a grande calma das noites. Vem não sei de onde, e minha impressão ao mesmo tempo é tão forte e tão confusa, que me pergunto se não perco tempo ouvindo os batimentos de meu próprio coração ou se não estou prenunciando o ruído de todo um exército marchando.

Vamos! Estou ficando louca. Um exército marchando! E nossos postos avançados na fronteira? E nossas sentinelas ao redor do caste-lo...? Haveria uma batalha, troca de tiros de fuzis...

Uma da manhã.

Não saí de perto da janela. Os cães não latiam mais, tudo estava dormindo. E de repente vi alguém saindo dentre as árvores e atravessando o gramado. Pude crer que era um de nossos soldados. Mas, quando a sombra passou sob minha janela, havia luz suficiente no céu para que eu pudesse distinguir uma silhueta de mulher. Pensei em Rosalie. Mas não, a silhueta era alta, o passo leve e rápido.

Estive prestes a acordar Jérôme e dar o alarme, mas não o fiz. A sombra havia desaparecido do lado do terraço. E, de repente, houve um grito de pássaro que me pareceu estranho... e um clarão no céu, como uma estrela cadente surgindo da própria terra.

E então, mais nada. De novo o silêncio, a imobilidade das coisas. Mais nada. E, no entanto, desde então, receio me deitar. Tenho medo, sem saber do quê. Todos os perigos surgem de todos os cantos do horizonte. Avançam, e me cercam, me aprisionam, me sufocam, me esmagam. Não consigo mais respirar. Tenho medo... tenho medo...

FILHO DE IMPERADOR

Paul segurava em suas mãos crispadas o lamentável diário ao qual Élisabeth confiara suas angústias.

"Ah, coitada", pensou, "como deve ter sofrido! E isso só foi o início do caminho que a levaria à morte…"

Temia seguir adiante. As horas do suplício se aproximavam para Élisabeth, ameaçadoras e implacáveis, e ele teria querido lhe gritar: "Vá embora! Não enfrente o destino! Eu esqueço o passado. Eu a amo".

Tarde demais! Era ele mesmo, por sua crueldade, que a condenara ao suplício e, até o fim, devia assistir a todos os passos do martírio, cuja etapa final e aterrorizante ele já conhecia.

Com gesto brusco, virou as folhas.

Primeiramente, havia três páginas em branco, as que mencionavam as datas de 20, 21 e 22 de agosto… dias de grande confusão, durante os quais ela não conseguira escrever. Faltavam as páginas dos dias 23 e 24. Estas, certamente, relatavam os eventos e continham revelações sobre a inexplicável invasão.

O diário retomava no meio de uma folha rasgada, a da terça-feira, 25 de agosto.

... sim, Rosalie, estou me sentindo perfeitamente bem e lhe agradeço pela maneira como cuidou de mim.

– Então, não tem mais febre?

– Não, Rosalie, acabou.

– A senhora já me disse isso ontem e a febre voltou... talvez por causa dessa visita... mas essa visita não vai acontecer hoje... apenas amanhã... recebi a ordem de avisar a senhora... Amanhã, às cinco horas...

Não respondi. De que serve se revoltar? Nenhuma das humilhantes palavras que terei de ouvir me machucará mais que aquilo que está diante de meus olhos: o gramado invadido, os cavalos acorrentados, caminhões e caixas nas alamedas, metade das árvores derrubada, oficiais deitados na grama, que bebem e cantam, e bem na minha frente, pendurada na própria sacada de minha janela, a bandeira alemã. Ah, os miseráveis!

Fecho os olhos para não ver. E é ainda mais horrível... Ah! a lembrança daquela noite... e daquela manhã, quando o sol raiou, a visão de todos aqueles corpos. Havia esses coitados que ainda viviam e ao redor dos quais os monstros dançavam, e eu percebia os gritos dos agonizantes, que imploravam para serem mortos.

E então... e então... Mas não quero mais pensar nisso e em nada que possa destruir minha coragem e minha esperança.

Paul, é pensando em você que escrevo este diário. Algo me diz que você o lerá, se algo acontecer comigo, e assim preciso ter forças para prosseguir e mantê-lo informado de cada dia. Talvez já esteja entendendo, segundo meu relato, o que, para mim, ainda está bem obscuro. Que relação existe entre o passado e o presente, entre o antigo crime e o inexplicável ataque da outra noite? Não sei. Eu lhe expus os fatos em detalhes, junto com minhas hipóteses. Você é quem deverá concluir e ir até o fundo da verdade.

Quarta-feira, 26 de agosto.

Há muito barulho no castelo. Pessoas indo e vindo em todos os sentidos e sobretudo nos salões abaixo de meu quarto. Faz uma hora que meia dúzia de caminhões e carros surgiram no gramado. Os caminhões estavam vazios. Duas ou três senhoras saíram de cada limusine, eram alemãs que faziam gestos largos e riam ruidosamente. Os oficiais correram ao seu encontro, houve manifestações de alegria. Então, todo esse mundo se dirigiu para o castelo. Com que finalidade?

Mas me parece que alguém está andando no corredor... já são cinco horas...

Alguém está batendo...

Cinco homens entraram, ele primeiro, e mais quatro oficiais obsequiosos e que se inclinaram diante dele.

Ele lhes disse secamente em francês:

– Estão vendo, senhores. Peço que não toquem no que está neste quarto e no apartamento reservado à senhora. Quanto ao resto, com exceção dos dois grandes salões, é de vocês. Mantenham aqui o que for necessário e levem embora o que quiserem. É a guerra, é o direito da guerra.

Com que acento de estúpida convicção ele pronunciou essas palavras: "É o direito da guerra!". E repetiu:

– Quanto ao apartamento da senhora, está certo? Nenhum móvel pode sair daqui. Conheço as conveniências.

Agora, estava olhando para mim e pareceu me dizer:

– Hein! Como sou cavalheiro! Eu poderia levar tudo. Mas sou alemão e, como tal, conheço as conveniências.

Estava esperando um agradecimento. Eu lhe disse:

– Estão começando a saquear? Isso explica a chegada dos caminhões.

– Não se saqueia aquilo que é seu pelo direito da guerra – respondeu ele.

– Ah... e o direito da guerra não se estende ao móveis e o objetos de arte dos dois salões?

Ele corou. Então, comecei a rir.

– Entendo, esta é sua parte. Boa escolha. Só coisas preciosas e de grande valor. As sobras, seus criados vão dividi-las entre si.

Os oficiais se voltaram, furiosos. Ele corou ainda mais. Tinha rosto redondo, cabelos loiros demais, engomados, e divididos ao meio por uma risca impecável. A testa era baixa, e por trás dela adivinho o esforço que fez para encontrar uma resposta. Finalmente, aproximando-se de mim, disse em voz triunfante:

– Os franceses foram derrotados em Charleroi, em Morhange, em todo lugar. Estão recuando por toda a linha da frente. A sorte da guerra está decidida.

Por mais violenta que seja minha dor, não retruquei, meus olhos o desafiaram e murmurei:

– Cafajeste!

Ele estremeceu. Seus companheiros ouviram, e vi um deles levando a mão à espada. Mas ele, o que ia fazer? O que ia dizer? Senti que estava muito incomodado e que seu prestígio fora abalado.

– Senhora – disse ele –, com certeza, não sabe quem sou?

– Sei com certeza, senhor. É o príncipe Conrad, um dos filhos do cáiser. E daí?

Novo esforço de dignidade. Ele se aprumou. Aguardei ameaças e a expressão de sua fúria; mas não, foi com uma gargalhada que ele me respondeu, um riso afetado de grande senhor despreocupado, demasiadamente desdenhoso para se ofuscar, inteligente demais para se aborrecer.

– Essa francesinha! É encantadora, senhores! Vocês ouviram? Quanta impertinência! É a parisiense, senhores, com toda a sua graça e a sua jocosidade.

E, saudando-me com um gesto largo, sem mais uma única palavra, foi embora brincando:

– Francesinha! Ah, senhores, essas francesinhas...!

ARSÈNE LUPIN E O ESTILHAÇO DE OBUS

Quinta-feira, 27 de agosto.

Transportaram objetos o dia todo. Os caminhões estão indo em direção à fronteira, sobrecarregados com o espólio.

Era o presente de núpcias de meu pobre pai, todas as suas coleções, tão paciente e amorosamente adquiridas, e era o precioso ambiente em que Paul e eu devíamos viver. Que dor!

As notícias da guerra são ruins, chorei muito.

O príncipe Conrad veio. Fui obrigada a recebê-lo, porque mandou Rosalie me avisar que se eu não aceitasse suas visitas, os moradores de Ornequin sofreriam as consequências!

Nessa altura do diário, Élisabeth de novo havia parado de escrever. Dois dias depois, na data de 29, retomou:

Ele veio ontem. E hoje também. Esforça-se para se mostrar espirituoso, cultivado, fala de literatura e música, Goethe, Wagner... Fala sozinho, aliás, e isso o deixa tão furioso que acaba gritando:

– Mas responda! O quê, não há nada de desonroso, nem para uma francesa, conversar com o príncipe Conrad!

– Uma mulher não conversa com seu carcereiro.

Ele protestou rapidamente.

– Mas, diabos, não está presa!

– Posso sair do castelo?

– Pode passear... no parque...

– Portanto, entre quatro paredes, como uma prisioneira.

– Mas, enfim. O que quer?

– Ir embora daqui, e viver... onde exigir, em Corvigny, por exemplo.

– Isso quer dizer longe de mim!

Como eu ficasse em silêncio, ele se debruçou um pouco e continuou em voz baixa:

– Está me odiando, não é? Ah, é algo que não ignoro! Estou acostumado com as mulheres. Só que não é o príncipe Conrad que odeia,

não é? É o alemão... O vencedor... Porque não há motivo para que o homem em si lhe seja... antipático... E, neste momento, é o homem que está em jogo... que procura agradar... Entende...? Então...

Levantei-me diante dele. Não pronunciei uma única palavra, mas ele deve ter visto, em meus olhos, tamanho desgosto, que se calou no meio de sua frase, com ar absolutamente estúpido. Então, sua natureza falando mais alto, com grosseria mostrou-me o punho e saiu batendo a porta e resmungando ameaças...

Faltavam ao diário as duas páginas seguintes. Paul estava lívido. Jamais nenhum sofrimento o consumira dessa maneira. Parecia-lhe que sua pobre Élisabeth querida ainda vivia e lutava diante de seus olhos, que se sentia olhada por ele. E nada podia perturbá-lo mais profundamente que o grito de desespero e de amor anotado na folha de 1º de setembro.

Paul, meu Paul, não tenha medo. Sim, rasguei essas duas páginas porque não queria que soubesse de coisas tão feias. Mas isso não o afastará de mim, não é? Não é porque um bárbaro se autorizou a me ultrajar que sou menos digna de ser amada, não é? Ah, tudo o que ele me disse, Paul... Ontem mesmo... suas ofensas, suas odiosas ameaças, suas promessas ainda mais infames... e toda a sua raiva... não, não quero lhe repetir isso. Ao me confiar a esse diário, eu pensava lhe confiar meus pensamentos e atos de cada dia. Eu acreditava trazer nele nada mais que o testemunho de minha dor. Mas isso é outra coisa, e não tenho coragem... Perdoe meu silêncio. Basta que saiba da ofensa para poder me vingar mais tarde. Não me peça nada mais além disso...

De fato, nos dias seguintes, a jovem mulher não contou mais os detalhes das visitas cotidianas do príncipe Conrad, mas sentia-se em seu relato a presença obstinada do inimigo ao redor dela! Eram breves anotações, em que não ousava mais se entregar como antes, e que lançava ao acaso das

ARSÈNE LUPIN E O ESTILHAÇO DE OBUS

páginas, marcando os dias por conta própria, sem se preocupar com as datas eliminadas.

E Paul lia, trêmulo. E novas revelações aumentavam seu pavor:

Quinta-feira.

Todas as manhãs, Rosalie procura informações. Os franceses ainda estão recuando. Diz-se até que a derrota é total e que Paris foi abandonada. O governo teria fugido. Estamos perdidos.

Sete da noite.

Está passeando sob minhas janelas como de costume. É acompanhado por uma mulher que já vi de longe várias vezes e que sempre está envolta em uma grande capa de camponesa, e usa um lenço de renda que lhe esconde o rosto. Mas a maior parte do tempo seu companheiro de passeio no gramado é um oficial que chamam de major. Este também mantém a cabeça oculta atrás da gola levantada de seu casaco cinza.

Sexta-feira.

Os soldados estão dançando no gramado, ao passo que a música toca hinos alemães e os sinos de Ornequin soam sem parar. Estão celebrando a entrada das tropas em Paris. Como duvidar que não seja verdadeiro? Infelizmente! A alegria deles é a maior prova da verdade.

Sábado.

Entre meu apartamento e o boudoir onde fica o retrato de mamãe, há um quarto que ela ocupava. Nele está morando o major. É um amigo íntimo do príncipe, e alguém muito importante, ao que dizem, que os soldados só conhecem sob o nome de major Hermann. Ele não se humilha como os demais oficiais diante do príncipe. Ao contrário, parece se dirigir a ele com certa familiaridade.

Neste momento, estão andando um ao lado do outro, na alameda. O príncipe se apoia no braço do major Hermann. Adivinho que falam de mim e não concordam. Parece até que o major Hermann está furioso.

Dez horas da manhã.

Eu não estava enganada. Rosalie me informou que houve entre eles uma cena violenta.

Terça-feira, 8 de setembro.

Há algo estranho no comportamento de todos. O príncipe, o major, os oficiais, parecem nervosos. Os soldados pararam de cantar. Ouvem-se ruídos de briga. Será que os eventos estão ao nosso favor?

Quinta-feira.

A agitação está crescendo. Dizem que chegam cartas o tempo todo. Os oficiais mandaram de volta para a Alemanha parte de sua bagagem. Tenho muita esperança. Mas, por outro lado...

Ah, meu querido Paul, se soubesse a tortura dessas visitas...! Não é mais o homem afável dos primeiros dias. Jogou fora a máscara... Mas não, não, preciso manter o silêncio sobre isso...

Sexta-feira.

Toda a aldeia de Ornequin foi evacuada para a Alemanha. Não querem que haja uma única testemunha daquilo que ocorreu na terrível noite que lhe contei.

Domingo à noite.

É a derrota, o recuo longe de Paris. Ele me confessou isso, esganiçando de raiva e proferindo ameaças contra mim. Sou a refém contra quem está se vingando...

Terça-feira.

Paul, se por acaso você o encontrar nessa batalha, mate-o como a um cão. Mas será que essas pessoas sabem lutar? Ah! Não sei mais o que digo... Estou perdendo a cabeça. Por que fiquei no castelo? Deveria ter me levado à força, Paul.

Paul, sabe o que ele imaginou? Ah, covarde... Mantiveram doze moradores de Ornequin como reféns, e agora sou responsável pela existência deles. Compreende o horror? Conforme minha conduta, viverão ou serão fuzilados, um por um... como acreditar em tamanha infâmia? Ele quer me assustar? Ah, que ameaça sórdida! Que inferno! Eu preferiria morrer...

Nove da noite.

Morrer? Mas não, por que morrer? Rosalie veio. Seu marido se entendeu com uma das sentinelas que estarão de guarda esta noite na portinhola do parque, para além da capela.

Às três da manhã, Rosalie vai me acordar e fugiremos até uns grandes bosques em que Jérôme conhece um refúgio inacessível... Meu Deus, tomara que consigamos!

Onze da noite.

O que aconteceu? Por que levantei? Tenho certeza de que tudo isso não passa de um pesadelo... e, no entanto, estou tremendo de febre e mal consigo escrever... E esse copo d'água na minha mesa...? Por que não ouso beber essa água, como costumo fazer quando sofro de insônia?

Ah, que pesadelo abominável! Como esquecerei o que vi enquanto dormia? Porque tenho certeza de que eu estava dormindo; deitei-me para descansar um pouco antes de fugir, e foi em sonho que vi esse fantasma de mulher! Um fantasma...? Sim, só fantasmas conseguem atravessar portas trancadas, e seu passo era tão abafado ao deslizar no soalho que eu só ouvia o imperceptível farfalhar de sua saia.

O que veio fazer? À luz de minha lâmpada noturna, eu a vi contornar a mesa e vir em direção de minha cama, com precaução, a cabeça escondida na escuridão. Tive tanto medo que fechei os olhos para que acreditasse que eu estava dormindo. Mas a sensação de sua presença e aproximação crescia em mim, e eu acompanhava com a maior nitidez tudo o que ela fazia. Após debruçar-se sobre mim, olhou-me por muito tempo, como se não me conhecesse e quisesse estudar meu rosto. Como, então, não ouviu os batimentos desordenados de meu coração? Eu ouvia os dela, assim como o movimento regular de sua respiração. Como eu sofria! Quem era essa mulher? Qual era sua finalidade?

Parou de me examinar e se afastou. Não para muito longe. Através de minhas pálpebras, eu a adivinhava curvada perto de mim e ocupada com alguma tarefa silenciosa, e, com o tempo, tive tanta certeza de que não me observava mais que, aos poucos, cedi à tentação de abrir os olhos. Eu queria ver, mesmo que por um segundo, ver seu rosto, ver seu gesto...

E olhei.

Meu Deus, por que milagre tive força para segurar o grito que saía de mim? A mulher que estava lá, e cujo rosto eu distinguia nitidamente, era... Ah, não vou escrever tamanha blasfêmia! Se essa mulher tivesse estado ao meu lado, ajoelhada, rezando, e eu tivesse avistado um suave rosto sorrindo entre as lágrimas, não, eu não teria tremido diante dessa visão inesperada daquela que já morreu. Mas essa expressão convulsa, atroz, de ódio e maldade, selvagem, infernal... nenhum espetáculo no mundo podia desencadear em mim maior medo. E talvez tenha sido por causa disso, daquilo que tamanho espetáculo tinha de excessivo e sobrenatural, que não gritei e que agora estou quase calma. No momento em que meus olhos a miravam, entendi que eu era vítima de um pesadelo.

Mamãe, mamãe, você nunca teve nem pode ter essa expressão, não é? Era boa, não é? Sorria? E se vivesse ainda teria sempre o mesmo ar de bondade e doçura? Mamãe querida, desde aquela terrível noite em que Paul reconheceu seu retrato, entrei frequentemente nesse quarto, para decorar seu rosto de mãe que eu esquecera, eu era tão jovem quando morreu, mamãe!, e se eu sofria que o pintor tivesse lhe dado uma expressão diferente daquela que eu desejava, ao menos não era a expressão maldosa e feroz de há pouco. Por que me odiaria? Sou sua filha. Papai me disse com frequência que tínhamos o mesmo sorriso, você e eu, e que, ao me olhar, seus olhos lacrimejavam de ternura. Então... então... você não me odeia, não é? Ou será que sonhei?

Ou, ao menos, se não sonhei ao ver uma mulher em meu quarto, estava sonhando quando essa mulher me pareceu ter seu rosto. Alucinação... delírio... de tanto olhar seu retrato e pensar em você, dei a essa desconhecida o rosto que eu conhecia, e é ela, e não você, quem tinha essa expressão de ódio.

E então não vou beber essa água. Aquela que ela serviu deve provavelmente estar envenenada... ou talvez haja algo para me fazer dormir profundamente e me entregar ao príncipe... E penso naquela mulher que, às vezes, passeia com ele.

Mas não sei nada... não entendo nada... as ideias rodopiam em minha mente exausta...

Logo mais serão três horas... estou esperando Rosalie. A noite está calma. Nenhum ruído no castelo ou nos arredores.

Três horas estão soando. Ah, fugir daqui! Estar livre!

SETENTA E CINCO OU CENTO E CINQUENTA E CINCO?

Ansiosamente, Paul Delroze virou a página, como se esperasse que esse projeto de fuga pudesse ter um final feliz, e foi, por assim dizer, o choque de uma nova dor que recebeu ao ler as primeiras linhas escritas, na manhã seguinte, com letra quase ilegível:

Fomos denunciados, traídos. Vinte homens nos espiavam... Pularam sobre nós, como brutamontes... Agora, estou trancada no pavilhão do parque. Ao lado, um pequeno quarto serve de prisão para Jérôme e Rosalie. Estão amarrados e amordaçados. Eu estou solta, mas há soldados na porta. Eu os ouço falar.

Meio-dia.
Tenho muita dificuldade para lhe escrever, Paul. A cada instante o soldado de guarda abre a porta e me vigia. Não me revistaram, de modo que conservei as páginas de meu diário, e lhe escrevo rapidamente, por pedaços, na escuridão...

... Meu diário...! Será que o encontrará, Paul? Que saberá tudo o que ocorreu e o que foi feito de mim? Tomara que não o arranquem de mim...!

Trouxeram pão e água. Ainda estou separada de Rosalie e Jérôme. Não lhes deram comida.

Duas horas.

Rosalie conseguiu se livrar de sua mordaça. Do quartinho onde está, fala comigo à meia-voz. Ouviu o que diziam os soldados alemães que nos vigiam, e eu soube que o príncipe Conrad foi embora ontem à noite para Corvigny, que os franceses estão se aproximando e que todos aqui estão muito preocupados. Vão se defender? Vão recuar em direção à fronteira...? Foi o major Hermann que impediu nossa fuga. Rosalie diz que estamos perdidos...

Duas e meia.

Rosalie e eu tivemos que interromper nossa conversa. Acabo de lhe perguntar o que ela queria dizer... Por que estamos perdidos...? Ela afirma que o major Hermann é uma pessoa diabólica.

— Sim, diabólica — repetiu —, e como tem motivos especiais para agir contra a senhora...

— Que motivos, Rosalie?

— Logo mais, eu lhe explicarei... Mas tenha certeza de que, se o príncipe Conrad não voltar de Corvigny a tempo para nos salvar, o major Hermann vai se aproveitar da situação para mandar nos fuzilar, os três...

Paul soltou um verdadeiro berro ao ver essa terrível palavra traçada pela mão de sua pobre Élisabeth. Estava na última página. Depois disso, só havia algumas frases escritas ao acaso, aleatoriamente no papel, visivelmente às apalpadelas. Entre essas frases ofegantes como soluços de agonia...

O rebate de sinos... O vento o traz de Corvigny... O que isso signi-
fica...? As tropas francesas...? Paul, Paul... Talvez esteja com elas...!
Dois soldados entraram, rindo:

– Kaputt, senhora...! Kaputt, os três...! O major Hermann disse
kaputt...

Sozinha mais uma vez... vamos morrer... Mas Rosalie quer falar
comigo... Ela não ousa...

Cinco horas.

... O canhão francês... obuses explodem ao redor do castelo... Ah,
se um deles pudesse me atingir...! Ouço a voz de Rosalie... O que tem
a me dizer? Que segredo descobriu...?

... Ah, que horror! Ah, que terrível verdade! Rosalie falou. Meu
Deus, eu lhe peço, dê-me tempo de escrever... Paul, você nunca poderá
supor... É preciso que saiba, antes que eu morra... Paul...

O resto da página havia sido arrancado, e as páginas seguintes até o fim do mês estavam em branco. Tivera Élisabeth tempo e força para transcrever as revelações de Rosalie?

Era uma pergunta que Paul nem se fez. O que lhe importavam essas revelações e as trevas que envolviam de novo e para sempre uma verdade que ele não podia mais descobrir? O que lhe importavam a vingança, e o príncipe Conrad, e o major Hermann e todos esses selvagens que martiri-zavam e matavam mulheres? Élisabeth estava morta. Por assim dizer, ele acabara de vê-la morrer diante de seus olhos.

Fora essa realidade, nada valia pensamento ou esforço. E, enfraquecido, entorpecido por uma repentina covardia, os olhos fixados no diário em que a pobre mulher anotara as frases do mais cruel suplício que seria possível imaginar, aos poucos ele se sentia deslizar para uma imensa necessidade de obliteração e esquecimento. Élisabeth o chamava. Para que lutar agora? Por que não se juntar a ela?

Alguém bateu em seu ombro. Uma mão agarrou o revólver que ele segurava, e Bernard lhe disse:

ARSÈNE LUPIN E O ESTILHAÇO DE OBUS

– Deixe isso pra lá, Paul. Se julgar que um soldado tem o direito de se matar nas condições atuais, eu o deixarei livre daqui a pouco, uma vez que tiver me ouvido...

Paul não protestou. A tentação da morte o tocara levemente, mas quase sem que o percebesse. E embora ele talvez tivesse sucumbido, em um momento de loucura, ainda estava naquele estado de espírito em que logo recuperamos a consciência.

– Fale – disse ele.

– Não vai ser longo. Três minutos de explicações, no máximo. Preste atenção.

E Bernard começou:

– Vejo, pela letra, que encontrou um diário escrito por Élisabeth. Esse diário confirma mesmo o que você já sabia?

– Sim.

– Élisabeth, quando o escreveu, era mesmo ameaçada de morte, junto com Jérôme e Rosalie?

– Sim.

– E todos os três foram fuzilados no dia em que chegávamos, você e eu, a Corvigny, isto é, na quarta-feira, 16?

– Sim.

– Quer dizer, entre cinco e seis horas da noite e na véspera da quinta-feira em que conseguimos chegar aqui, no Castelo de Ornequin?

– Sim, mas por que essas perguntas?

– Por quê? É o seguinte, Paul, peguei de você e tenho em mãos o estilhaço de obus que você encontrou na parede do pavilhão, no lugar exato em que Élisabeth foi fuzilada. Aqui está. Uma mecha de cabelo estava colada nele.

– E então?

– Então, conversei há pouco com um ajudante de artilharia, de passagem no castelo, e resulta de nossa conversa e do exame que ele fez, que esse estilhaço não provém de um obus atirado por um canhão de setenta e cinco milímetros, mas de um obus atirado por um canhão de cento e cinquenta e cinco milímetros, um Rimailho.

– Não entendo.

– Não entende porque ignora, ou esqueceu, esse fato que meu ajudante me lembrou. Na noite de quarta-feira, 16, em Corvigny, as baterias que abriram fogo e lançaram alguns obuses contra o castelo, no momento em que ocorria a execução, eram todas nossas baterias de setenta e cinco milímetros, pois nossos Rimailhos de cento e cinquenta e cinco milímetros atiraram apenas no dia seguinte, quinta-feira, enquanto marchávamos em direção ao castelo. Portanto, como Élisabeth foi fuzilada e enterrada na noite da quarta-feira, por volta das seis horas, é materialmente impossível que um estilhaço de obus atirado por um Rimailho lhe tenha arrancado mechas de cabelo, já que os Rimailhos só foram disparados na quinta-feira de manhã.

– Então? – murmurou Paul, como voz alterada.

– Então, como duvidar que o estilhaço de obus do Rimailho, apanhado no chão na quinta-feira de manhã, não tenha sido voluntariamente enfiado entre as mechas de cabelo cortadas na véspera à noite?

– Mas você está louco! Com que finalidade alguém teria feito isso?

Bernard deu um sorriso.

– Meu Deus, com a finalidade de fazer crer que Élisabeth fora fuzilada, embora não o tivesse sido.

Paul lançou-se sobre ele e, sacudindo-o, disse:

– Você sabe algo, Bernard! Do contrário, como poderia rir? Mas fale então! E essas marcas de balas na parede do pavilhão? E essa corrente de ferro? Esse terceiro elo?

– Justamente. Muita encenação! Quando ocorre uma execução, vê-se tanto assim a marca das balas? E o corpo de Élisabeth, você o encontrou? Quem lhe prova que, após terem fuzilado Jérôme e sua mulher, não tiveram piedade dela; ou então, quem sabe, uma intervenção…

Paul sentia-se invadir por um pouco de esperança. Condenada pelo major Hermann, talvez Élisabeth tivesse sido salva pelo príncipe Conrad, que poderia ter voltado de Corvigny antes da execução…

Ele balbuciou:

– Talvez… sim, talvez… e então é isso: o major Hermann, sabendo de nossa presença em Corvigny – lembre-se de seu encontro com essa camponesa –, o major Hermann, querendo ao menos que Élisabeth fosse morta

Arsène Lupin e o estilhaço de obus

para nós, e que desistíssemos de procurá-la, o major Hermann simulou essa encenação. Ah! Como saber?

Bernard se aproximou dele e disse em tom grave:

– Não é a esperança que lhe trago, Paul, é a certeza. Eu quis prepará-lo para isso. Agora, ouça. Se interroguei esse ajudante de artilharia, foi para averiguar fatos que eu não ignorava mais. Sim, mais cedo, na própria aldeia de Ornequin onde eu me encontrava, chegou da fronteira um comboio de prisioneiros alemães. Um deles, com quem pude trocar algumas palavras, fazia parte da guarnição que ocupava o castelo. Portanto, ele viu. Ele sabe! Pois bem! Élisabeth não foi fuzilada. O príncipe Conrad impediu a execução.

– O que está dizendo? O que está dizendo? – exclamou Paul, desfalecendo de alegria. – Então, tem certeza? Está viva?

– Sim, viva... Eles a levaram para a Alemanha.

– Mas e desde então...? Porque o major Hermann pode muito bem tê-la alcançado e executado seu plano!

– Não.

– Como sabe disso?

– Por esse soldado prisioneiro. A senhora francesa que ele viu aqui, ele voltou a vê-la hoje de manhã.

– Onde?

– Perto da fronteira, em uma vila nos arredores de Ébrecourt, sob a proteção daquele que a salvou, e que, com certeza, tem como defendê-la contra o major Hermann.

– O que está dizendo? – repetiu Paul, dessa vez com voz abafada, e o rosto contraído.

– Estou dizendo que o príncipe Conrad, que parece levar seu ofício de soldado como um amador, – aliás, passa por um cretino, mesmo junto da família, estabeleceu seu quartel-general em Ébrecourt, e visita Élisabeth todo dia e, consequentemente, qualquer receio...

Mas Bernard se calou, e perguntou, estupefato:

– O que tem? Você está lívido...

Paul agarrou seu cunhado pelos ombros e articulou:

– Élisabeth está perdida. O príncipe Conrad se apaixonou por ela... Lembra-se, já nos disseram isso... e esse diário não passa de um grito de angústia... ele se apaixonou por ela e não abre mão de sua presa, entende? Não vai recuar diante de nada!

– Ah! Paul, não posso crer...

– Diante de nada, eu lhe digo. Não somente é um cretino, mas é enganoso e um miserável. Quando for ler esse diário, entenderá... e chega de palavras, Bernard. O que precisamos agora é agir, sem mesmo perdermos tempo para refletir.

– O que quer fazer?

– Tirar Élisabeth desse homem, libertá-la.

– Impossível.

– Impossível? Estamos a três léguas do lugar onde minha mulher está encarcerada, exposta aos ultrajes desse bandido, e você imagina que vou ficar aqui, de braços cruzados? Nem pensar! Seria preciso não ter sangue nas veias! Mãos à obra, Bernard, e, se hesitar, vou sozinho.

– Você irá sozinho... aonde?

– Lá. Não preciso de ninguém... não preciso de nenhuma ajuda. Um uniforme alemão e basta. Vou aproveitar a noite para passar a fronteira. Matarei os inimigos que for preciso, e amanhã de manhã Élisabeth estará aqui, livre.

Bernard meneou com a cabeça e disse suavemente:

– Meu pobre Paul!

– O quê? O que significa...?

– Significa que eu teria sido o primeiro a aprová-lo, e que teríamos ido juntos socorrer Élisabeth. Os riscos não contam... Infelizmente...

– Infelizmente?

– Bem! É o seguinte, Paul. Estão renunciando a uma ofensiva mais vigorosa deste lado. Os regimentos de reserva e o territorial foram chamados. Quanto a nós, estamos indo embora.

– Indo embora? – balbuciou Paul, chocado.

ARSÈNE LUPIN E O ESTILHAÇO DE OBUS

– Sim, hoje à noite. Esta noite nossa divisão embarca em Corvigny, e estamos indo para não sei onde... Reims talvez, ou Arras. Enfim, para Oeste ou para o Norte. Como pode ver, meu pobre Paul, seu projeto não pode ser realizado. Vamos, seja corajoso. E não fique com esse ar de desespero. Está me cortando o coração... Olhe, Élisabeth não está correndo perigo... saberá se defender...

Paul não respondeu uma única palavra sequer. Lembrava-se daquela abominável frase do príncipe Conrad, relatada no diário de Élisabeth: "É a guerra... é o direito, é a lei da guerra". Sentia pesar nele o formidável peso dessa lei, mas, ao mesmo tempo, sentia que a vivenciava no que ela tem de mais nobre e exaltante: o sacrifício individual de tudo o que a salvação da nação exige.

O direito da guerra? Não, o dever da guerra, e um dever tão imperioso que não o discutimos, e que nem devemos, por mais implacável que seja, deixar palpitar, no cerne de nossa alma, o tremor de uma queixa. Quer Élisabeth estivesse diante da morte ou da desonra, isso não dizia respeito ao sargento Delroze, e não podia desviá-lo por um segundo do caminho que lhe ordenavam seguir. Antes de ser homem, era soldado. Não tinha outro dever senão para com a França, sua pátria dolorosa e bem-amada.

Dobrou cuidadosamente o diário de Élisabeth e saiu, seguido por seu cunhado. Ao anoitecer, deixava o Castelo de Ornequin.

SEGUNDA PARTE

YSER... MISÉRIA

Toul, Bar-le-Duc, Vitry-le-François... As pequenas cidades desfilaram diante do longo comboio que levava Bernard e Paul para o Oeste da França. Outros trens, inúmeros, precediam ou seguiam o deles, carregados de tropas e material. Então, chegaram à periferia de Paris, e depois subiram ao Norte, Beauvais, Amiens, Arras.

Era preciso chegar lá antes dos outros, na fronteira, juntar-se aos heroicos belgas, quanto mais ao Norte possível. Cada légua de terreno percorrida devia ser uma légua subtraída ao invasor durante a longa guerra imóvel que estava se preparando.

Essa subida ao Norte, o subtenente Paul Delroze, sua nova patente lhe fora dada a caminho, cumpriu-a em sonho, por assim dizer, lutando a cada dia, arriscando ser morto a cada instante, levando seus homens com irresistível ímpeto, mas tudo isso como se o fizesse sem perceber, e mediante disparo automático de uma vontade predeterminada. Enquanto Bernard arriscava sua vida rindo, e sustentava com sua lábia e alegria a coragem de seus camaradas, Paul permanecia sombrio e distraído. Cansaços, privações, mau tempo, tudo lhe parecia indiferente.

No entanto, para ele era um prazer profundo, às vezes, ele confessava a Bernard, seguir adiante. Tinha a impressão de se dirigir para um objetivo preciso, o único que o interessava, a libertação de Élisabeth. Quer fosse essa fronteira que ele atacasse e não a outra, a do Leste, era sempre e de qualquer modo o inimigo execrado, contra o qual ele se lançava com todo o seu ódio. Derrotá-lo aqui ou ali, pouco importava. Em todo caso, Élisabeth estaria livre.

– Vamos chegar lá – dizia-lhe Bernard. – Você compreende que Élisabeth saberá dar conta desse canalha. Enquanto isso, vamos flanquear os boches, atravessar rapidamente a Bélgica e conquistar Ébrecourt em um piscar de olhos! Essa perspectiva não o faz rir? Acho que não, sei que nunca ri senão quando acaba com um boche. Ah! Agora, por exemplo, está dando uma risadinha afiada, bem clara. Digo a mim mesmo: "Bum, o tiro foi certeiro…" ou ainda: "Pronto… pegou um na ponta da baioneta". Porque você sabe como manusear a baioneta, quando precisa… Ah, tenente! Como estamos ficando ferozes! Rimos porque matamos! E pensar que temos motivos para rir!

"Roye, Lassigny, Chaulnes… Mais tarde, o canal de La Bassée e o rio Lys… E depois, finalmente. Ypres, Ypres! As duas linhas férreas param aí, prolongadas até o mar. Após os rios franceses, após o Marne, após o Aisne, após o Oise, após o Somme, é um riozinho belga que o sangue desses jovens vai avermelhar. A terrível batalha do Yser está começando."

Bernard, que logo obteve os galões de sargento, e Paul Delroze viveram nesse inferno até os primeiros dias de dezembro. Formaram, com meia dúzia de parisienses, dois alistados voluntários, um reservista, e um belga chamado Laschen, que escapara de Roulers e achara mais prático, para combater o inimigo, juntar-se aos franceses, uma pequena tropa que o fogo parecia respeitar. De todo o esquadrão que Paul comandava, só restavam eles, e quando esse esquadrão foi reconstituído, eles continuaram juntos. Pediam todas as missões perigosas. E toda vez, quando a expedição acabava, encontravam-se sãos e salvos, sem um arranhão, como se mutuamente se dessem sorte.

Durante as duas últimas semanas, o regimento, lançado na extrema ponta da retaguarda, foi amparado por formações belgas e inglesas. Houve ações heroicas. Furiosos ataques com baionetas foram realizados, na lama, na própria água das enchentes, e os alemães caíam aos milhares, dezenas de milhares.

Bernard exultava.

– Você está vendo, Tommy – dizia a um pequeno soldado inglês ao lado do qual ele avançava um dia sob a metralha, e que, aliás, não entendia uma única palavra sequer de francês –, está vendo, Tommy, ninguém admira os belgas mais do que eu, mas eles não me surpreendem, e isso pelo simples motivo de que lutam do nosso jeito, isto é, como leões. Os que me espantam são vocês, os rapazes de Álbion. Isto é outra coisa… vocês ingleses têm sua maneira de executar o serviço… e que serviço! Nada de excitação ou de furor. Tudo acontece no fundo de vocês. Ah, por exemplo, vocês mostram raiva quando recuam e, então, ficam terríveis. Nunca ganham terreno senão quando têm que recuar. Resultado: os boches viram purê.

Foi no entardecer daquele dia, como a terceira companhia atirava nos arredores de Dixmude, que ocorreu um incidente cuja natureza pareceu muito estranha para os dois cunhados. Paul sentiu bruscamente, logo acima da cintura, do lado direito, um choque bem forte. Não teve tempo de se preocupar. Mas, ao voltar para a trincheira, constatou que uma bala havia furado o couro de seu estojo de revólver e batera contra o cano da arma. Ora, considerando a posição que Paul ocupava, teria sido preciso que essa bala fosse atirada contra ele por trás, isto é, por um soldado de sua companhia e de uma companhia de seu regimento. Teria sido um acaso? Uma falha?

Dois dias depois, o mesmo ocorreu com Bernard. A sorte também o protegeu. Uma bala atravessou sua mochila e lhe raspou o ombro.

E quatro dias depois, o quepe de Paul foi perfurado e, mais uma vez, o projétil vinha das linhas francesas.

Assim, não havia dúvida possível. Os cunhados eram visados da maneira mais óbvia, e o traidor, bandido a soldo do inimigo, escondia-se no meio das tropas francesas.

– Não há dúvidas – disse Bernard. – Você primeiro, e então eu, e de novo você. Tem o dedo de Hermann nisso. O major deve estar em Dixmude.

– E talvez o príncipe também – observou Paul.

– Talvez. Em todo caso, um dos agentes deles deve ter se infiltrado entre nós. Como poderemos descobrir? Avisamos o coronel?

– Se quiser, Bernard, mas não vamos falar de nós e de nossa briga particular contra o major. Se por um momento tive a intenção de avisar o coronel, renunciei depois, por não querer que o nome de Élisabeth fosse envolvido em toda essa aventura.

Aliás, não precisava deixar os chefes de sobreaviso. Se não houve mais tentativas contra os dois cunhados, atos de traição se repetiam a cada dia. Baterias francesas localizadas, ataques informados de antemão, tudo provava a organização metódica de um sistema de espionagem muito mais ativo que em qualquer outro lugar. Como não suspeitar da presença do major Hermann, que era obviamente uma das principais engrenagens desse sistema?

– Está aí – repetia Bernard, mostrando as linhas alemãs. – Está aí por que atualmente a partida principal está ocorrendo nesses pântanos, e ele tem muito o que fazer. E também está aí porque nós estamos aqui.

– Mas, como ele poderia saber? – objetava Paul.

E Bernard retrucava:

– Por que não saberia?

Uma tarde, em um barracão que servia de alojamento ao coronel, houve uma reunião dos chefes de batalhão e dos capitães à qual Paul Delroze foi convocado. Nela, ele soube que o general comandante da divisão havia ordenado a tomada de uma pequena casa situada na margem esquerda do canal e que, em tempos normais, era habitada por um canoeiro. Os alemães haviam se fortificado nela. O fogo de suas baterias pesadas, instaladas no alto, do outro lado, defendia esse blocause, que era objeto de disputa havia vários dias. Era preciso tomá-lo.

– Para isso – precisou o coronel –, pedimos às companhias da África cem voluntários, que partem esta noite e vão atacar amanhã de manhã. Nosso papel é apoiá-las imediatamente, e uma vez a investida concluída, repelir os contra-ataques, que não deixarão de ser extremamente violentos, vista a importância da posição. Essa posição, os senhores a conhecem. Está separada de nós por pântanos em que nossos voluntários da África vão penetrar esta noite... até a cintura, por assim dizer. Mas, à direita desse pântano, ao longo do canal, existe um caminho de sirga pelo qual nós poderemos chegar para ajudá-los. Esse caminho, varrido pelas duas artilharias, está livre em grande parte. No entanto, quinhentos metros antes da casa do canoeiro, há um velho farol que até agora era ocupado pelos alemães e que destruímos à tarde com tiros de canhão. Será que o evacuaram totalmente? Corremos o risco de nos deparar com um posto avançado? É o que seria bom saber. Pensei em você, Delroze.

– Eu lhe agradeço, coronel.

– Embora não seja perigosa, a missão é delicada e deve nos conduzir a uma certeza. Parta hoje de noite. Se o velho farol estiver ocupado, volte. Do contrário, junte doze homens robustos, que você ocultará cuidadosamente até nossa chegada. Será um excelente ponto de apoio.

– Muito bem, coronel.

Logo Paul tomou suas disposições, reuniu o pequeno grupo de parisienses e alistados que, com o reservista e o belga Laschen, formava sua equipe habitual, avisou-os que certamente precisaria deles no decorrer da madrugada, e de noite, às nove horas, partiu na companhia de Bernard de Andeville.

O feixe dos projetores inimigos os reteve bastante tempo à beira do canal, atrás de um enorme tronco de salgueiro desarraigado. Então, impenetráveis trevas se acumularam ao redor deles, a tal ponto que nem enxergavam mais a linha de água.

Arrastavam-se mais do que marchavam, por medo dos clarões inesperados. Uma leve brisa passava sobre os campos enlameados e sobre os pântanos, onde se ouvia o farfalhar dos juncos.

– É lúgubre – murmurou Bernard.

– Cale-se.

– Como quiser, subtenente.

Alguns canhões trovoavam de tempo em tempo sem razão, como cães latindo para fazer barulho no meio do grande silêncio inquietante, e logo outros canhões latiam raivosamente, como se, por sua vez, quisessem fazer barulho e mostrar que não estavam dormindo.

E, de novo, a calma. Nada mais se movia no espaço. Parecia que a relva dos pântanos ficava imóvel. No entanto, Bernard e Paul pressentiam a progressão lenta dos voluntários da África que haviam partido ao mesmo tempo que eles, suas longas paradas no meio da água gelada, seus esforços tenazes.

– Cada vez mais lúgubre – gemeu Bernard.

– Como você está impressionável, esta noite! – observou Paul.

– É o rio Yser, Yser, miséria, dizem os boches.

Deitaram-se rapidamente. O inimigo varria o caminho com refletores e sondava também os pântanos. Houve mais duas alertas e finalmente alcançaram sem obstáculos os arredores do velho farol.

Eram onze e meia. Com infinita precaução, deslizaram entre os blocos demolidos e conseguiram verificar que o posto havia sido abandonado. Contudo, sob os degraus desmoronados da entrada, descobriram um alçapão e uma escada que levava a um porão em que brilhavam lampejos de sabres e capacetes. Mas Bernard, que do alto varria a escuridão com uma lâmpada elétrica, disse:

– Nada a temer, estão mortos. Os boches os jogaram lá, após a canhonada desta tarde.

– Sim – disse Paul. – Portanto, precisamos prever o caso de eles virem buscá-los. Fique de vigia do lado do Yser, Bernard.

– E se um desses trastes ainda estiver vivo?

– Vou matá-lo.

– Vasculhe os bolsos deles – disse Bernard, indo embora – e traga os diários de bordo. Sou apaixonado por isso. Não há melhor documento sobre o estado da alma deles… ou melhor, do estômago deles.

Paul desceu. O porão tinha proporções bastante amplas. Meia dúzia de corpos jaziam no chão, todos inertes e já gelados. Distraidamente, seguindo o conselho de Bernard, ele vasculhou os bolsos e folheou os diários. Nada interessante chamou sua atenção. Mas, na jaqueta do sexto soldado que examinou, um rapaz magro que fora atingido em pleno rosto, encontrou uma carteira em nome de Rosenthal, que continha notas de dinheiro francês e belga e um pacote de cartas com carimbos da Espanha, da Holanda e da Suíça. As cartas, todas escritas em alemão, haviam sido endereçadas a um agente alemão que residia na França, cujo nome não aparecia, e transmitidas por ele ao soldado Rosenthal em que Paul as encontrava. Esse soldado devia comunicá-las, junto com uma fotografia, a uma terceira pessoa designada sob o nome de Excelência.

– Serviços de espionagem – disse Paul, percorrendo as cartas. – Informações confidenciais... Estatísticas... Que bando de canalhas!

Mas, ao abrir de novo a carteira, retirou um envelope que rasgou. Nele, havia uma fotografia e a surpresa de Paul foi tamanha ao olhar essa fotografia que soltou um grito.

Representava a mulher de quem vira o retrato no quarto trancado de Ornequin, a mesma mulher, com o lenço de renda arrumado de modo idêntico, e com essa mesma expressão cujo sorriso não escondia a dureza. E, essa mulher, não era mesmo a condessa Hermine de Andeville, a mãe de Élisabeth e Bernard?

A prova carregava o nome de Berlim. Virando-a, Paul avistou algo que aumentou seu espanto. Algumas palavras estavam escritas: "A Stéphane de Andeville, 1902".

Stéphane, era o nome do conde de Andeville!

Assim, a fotografia havia sido enviada de Berlim ao pai de Élisabeth e de Bernard em 1902, isto é, quatro anos *após* a morte da condessa Hermine. De tal modo que estávamos diante de duas soluções: ou a fotografia, tirada antes da morte da condessa Hermine, mencionava a data do ano em que o conde a recebera, ou a condessa Hermine ainda estava viva...

E, à sua revelia, Paul pensava no major Hermann, do qual essa imagem, assim como o retrato do quarto trancado, evocava a lembrança, em sua mente confusa, Hermann! Hermine! E eis que agora ele descobria a imagem de Hermine no cadáver de um espião alemão, à beira desse rio Yser por onde devia rondar o chefe da espionagem, que certamente era o major Hermann!

– Paul! Paul!

Era seu cunhado que o chamava. Paul se ergueu rapidamente, escondeu a fotografia, decidido a não comentar nada, e subiu até o alçapão.

– E aí, Bernard, o que está acontecendo?

– Uma pequena tropa de boches. Primeiramente, pensei que fosse uma patrulha, que fosse a troca de guardas e que iriam permanecer do outro lado. Mas, não. Desatracaram dois barcos e estão atravessando o canal.

– De fato, começo a ouvi-los.

– E que tal atirarmos neles? – propôs Bernard.

– Não, daríamos o alarme. É melhor observá-los. Aliás, é nossa missão.

Mas, naquele momento, ouviu-se um leve apito vindo do caminho de sirga que Bernard e Paul haviam seguido. Alguém respondeu, do barco, por outro apito de mesma natureza. Dois outros sinais foram trocados a intervalos regulares. Um relógio de igreja tocou meia-noite.

– Um encontro – supôs Paul. – Está ficando interessante. Venha. Lá embaixo, avistei um lugar onde penso que podemos nos abrigar contra qualquer surpresa.

Era um cubículo, separado do porão por um bloco de alvenaria em que havia uma brecha pela qual foi fácil eles passarem. Rapidamente, tamparam essa brecha com pedras que haviam caído do teto e das paredes.

Mal haviam acabado, um ruído de passos ecoou acima deles, e ouviram palavras em alemão. A tropa inimiga devia ser bastante numerosa. Bernard inseriu a extremidade de seu fuzil em uma das embocaduras formadas por sua barricada.

– O que está fazendo? – perguntou Paul.

– E se vierem? Estou me preparando. Podemos resistir a um cerco em regra.

– Não faça besteira, Bernard. Vamos escutar. Talvez possamos captar algumas palavras.

ARSÈNE LUPIN E O ESTILHAÇO DE OBUS

– Você, talvez, Paul, mas eu não entendo uma única sílaba de alemão...

Um clarão violento inundou o porão. Um soldado desceu e pendurou uma grande lamparina em um prego da parede. Cerca de doze homens juntaram-se a ele, e os dois cunhados logo foram informados. Esses homens estavam ali para remover os mortos.

Não demorou. Em quinze minutos não havia mais senão um único corpo no porão, o do agente Rosenthal. Do alto, uma voz imperiosa ordenou:

– Permaneçam aqui vocês e aguardem por nós. E você, Karl, desça primeiro.

Alguém apareceu nos degraus superiores. Paul e Bernard ficaram estupefatos ao entrever uma calça vermelha e então um capote azul, e finalmente o uniforme completo de um soldado francês. O indivíduo pulou no chão e gritou:

– Cheguei, Excelência. Agora, é sua vez.

Viram então o belga Laschen, ou melhor, o suposto belga que se fazia chamar Laschen e estava no esquadrão de Paul. Agora, sabiam de onde vinham os três tiros disparados contra eles. O traidor estava ali. Sob a luz, distinguiam nitidamente seu rosto, o rosto de um homem de quarenta anos, de feições gordas e pesadas, os olhos muito vermelhos.

Ele agarrou as barras da escada de maneira a firmá-la. Um oficial desceu prudentemente, envolto em um amplo casaco cinzento com a gola levantada. Reconheceram o major Hermann.

O MAJOR HERMANN

Instantaneamente, e apesar do sobressalto de ódio que o teria levado a um ato de vingança imediato, Paul pressionou o braço de Bernard com a mão para obrigá-lo a ter prudência.

Mas com que raiva a imagem desse demônio o assolava! Aquele que aos seus olhos representava todos os crimes cometidos contra seu pai e sua mulher, esse mesmo se oferecia à bala de seu revólver, e Paul não podia agir! Ademais, as circunstâncias se apresentavam de tal modo que, com certeza, esse homem iria embora dali a poucos minutos, prestes a cometer outros crimes, sem que fosse possível matá-lo.

– Bem na hora, Karl – disse o major em alemão, e ele se dirigia ao falso Laschen –, bem na hora, você é pontual no compromisso. E então, o que há de novo?

– Antes de mais nada, Excelência – respondeu Karl, que parecia tratar o major com essa deferência mesclada de familiaridade que se tem em relação a um superior que é ao mesmo tempo um cúmplice –, antes de mais nada, peço permissão…

Ele tirou o capote azul, vestiu a jaqueta de um dos mortos e, batendo continência:

ARSÈNE LUPIN E O ESTILHAÇO DE OBUS

– Ufa...! Veja bem, Excelência, sou um bom alemão. Nenhuma tarefa me repugna. Mas, neste uniforme, estou sufocando.

– Então, vai desertar?

– Excelência, praticar o ofício desse jeito é muito perigoso, a roupa do camponês francês, tudo bem; o capote do soldado francês, não. Esses homens não têm medo de nada, sou obrigado a segui-los, e corro o risco de ser morto por uma bala alemã.

– Mas e os dois cunhados?

– Três vezes atirei neles pelas costas, e as três vezes falhei. Não há nada que se possa fazer, são sortudos, e vou acabar por ser pego. Portanto, como o senhor diz, estou desertando, e aproveitei o garoto que leva os recados entre mim e Rosenthal para marcar este encontro.

– Rosenthal reenviou seu recado aos meus cuidados no quartel-geral.

– Mas havia também uma fotografia, aquela que o senhor conhece, e junto um pequeno pacote de cartas recebidas de seus agentes da França. Eu não queria, se fosse descoberto, que encontrassem essas provas comigo.

– Rosenthal devia trazê-las pessoalmente para mim. Infelizmente, cometeu uma besteira.

– Qual, Excelência?

– A de se fazer matar por um obus.

– Como assim?

– É seu cadáver que está aos seus pés.

Karl se limitou a dar de ombros e disse:

– O imbecil!

– Sim, ele nunca soube se virar – acrescentou o major, completando a oração fúnebre. – Pegue a carteira dele, Karl. Costumava guardá-la no bolso interno de seu colete de lã.

O espião se abaixou e logo depois disse:

– Não está lá, Excelência.

– É que deve tê-la mudado de lugar. Procure nos outros bolsos.

– Também não está – afirmou Karl, após ter obedecido.

– Como? Isso é demais! Rosenthal nunca se separava de sua carteira. Guardava-a consigo para dormir. Deve tê-la guardado para morrer.

– Pode procurar por si mesmo, Excelência.

– Mas então?

– Então, alguém veio aqui depois desta tarde e pegou a carteira.

– Quem? Franceses?

O espião se levantou devagar, permaneceu calado por um momento e, aproximando-se do major, disse-lhe em voz lenta:

– Franceses, não, Excelência; mas um francês.

– O que quer dizer?

– Excelência, Delroze partiu há pouco para fazer um reconhecimento com seu cunhado Bernard de Andeville. Para que lado? Na hora, não consegui saber. Mas agora sei. Veio para cá. Explorou as ruínas do farol e, vendo os mortos, vasculhou os bolsos deles.

– Isso é muito ruim – resmungou o major. – Tem certeza?

– Absoluta. Devia estar aqui há uma hora no máximo. Talvez até – acrescentou Karl, rindo – ainda esteja aqui, escondido em um buraco qualquer…

Ambos os homens lançaram um olhar ao redor, mas maquinalmente, e sem que esse gesto indicasse de sua parte um temor sério. Então, o major continuou pensativamente:

– No fundo, esse pacote de cartas recebidas por nossos agentes, cartas sem endereços nem nomes, só tem uma importância relativa. Mas a fotografia, isso é mais grave.

– Muito mais, Excelência! E como! Trata-se de uma fotografia tirada em 1902 e que, consequentemente, procuramos há doze anos! Depois de quantos esforços, consegui encontrá-la nos papéis que o conde Stéphane de Andeville deixou em sua casa durante a guerra. E essa fotografia que o senhor queria reaver do conde de Andeville a quem tivera a imprudência de dar, agora está nas mãos de Paul Delroze, genro do sr. de Andeville, marido de Élisabeth de Andeville, e seu inimigo mortal!

– Eh! Meu Deus, sei muito bem! – exclamou o major, visivelmente irritado. – Não precisa me contar tudo isso!

– Excelência, sempre é preciso encarar a verdade. Qual foi sua meta em relação a Paul Delroze? Esconder dele tudo o que pode informá-lo sobre sua verdadeira personalidade e, para tanto, desviar sua atenção, suas buscas, seu ódio para o major Hermann. É isso mesmo, não é? Vossa Excelência chegou até a multiplicar os punhais gravados com as quatro letras, H. E. R. M., e até mesmo a colocar a assinatura "major Hermann" no painel onde estava pendurado o famoso retrato. Em suma, todas as precauções. Desse modo, quando Vossa Excelência achar por bem fazer o major Hermann desaparecer, Paul Delroze acreditará que seu inimigo morreu e não pensara mais no senhor. Ora, o que aconteceu hoje? Aconteceu que, com essa fotografia, ele possui a prova mais certeira da relação que existe entre o major Hermann e esse famoso retrato que ele viu na noite de seu casamento, isto é, entre o presente e o passado.

– Obviamente, mas essa fotografia encontrada em um cadáver qualquer só teria importância para ele se ele conhecesse sua origem, por exemplo, se pudesse ver seu sogro de Andeville.

– Seu sogro está batalhando junto com as tropas inglesas, a três léguas de Paul Delroze.

– Eles sabem disso?

– Não, mas um acaso pode aproximá-los. Bernard e seu pai se escrevem, e Bernard deve ter contado ao pai os eventos que ocorreram no Castelo de Ornequin, ao menos aqueles que Paul e ele puderam reconstituir.

– Eh! O que importa, se ignoram os outros eventos. E é isso que importa. Por meio de Élisabeth, saberiam todos nossos segredos e adivinhariam quem sou. Ora, não vão procurá-la já que acham que morreu.

– Tem mesmo certeza disso, Excelência?

– O que quer dizer?

Os dois cúmplices estavam um contra o outro, olhos nos olhos, o major inquieto e irritado, o espião um pouco irônico.

– Fale – disse o major. – O que há?

– Excelência, há que, mais cedo, consegui dar uma olhada na mala de Delroze. Ah! Não por muito tempo… alguns segundos… mas, mesmo assim, o suficiente para ver duas coisas.

– Depressa.

– Primeiro, as folhas soltas desse manuscrito de que, por precaução, o senhor queimou as páginas mais importantes, mas que, infelizmente, perdeu em parte.

– O diário de sua mulher?

– Sim.

O major soltou um palavrão.

– Que eu seja amaldiçoado! Nesses casos, tem que queimar tudo! Ah! Se eu não tivesse essa curiosidade estúpida...! E depois?

– Depois, Excelência? Ah! Quase nada, um estilhaço de obus, sim, um pequeno estilhaço de obus, que me pareceu mesmo ser o estilhaço que o senhor me mandou fincar na parede do pavilhão, após ter colado nele os cabelos de Élisabeth. O que acha disso, Excelência?

O major bateu o pé com raiva e soltou outra série de palavrões e anátemas sobre a cabeça de Paul Delroze.

– O que acha disso, Excelência? – repetiu o espião.

– Você tem razão – exclamou ele. – Por meio do diário de sua mulher, esse maldito francês pode entrever a verdade, e esse estilhaço de obus em sua posse, é a prova que, para ele, sua mulher talvez ainda esteja viva, e é isso que eu queria evitar. Do contrário, sempre estará atrás de nós.

Sua fúria crescia.

– Ah! Karl, ele está me aborrecendo. Ele e aquele garoto que é seu cunhado, que canalhas! Por Deus, eu acreditava ter-me livrado deles naquela noite em que voltamos ao castelo no quarto que ocupavam e onde vimos seus nomes inscritos na parede. E você entende que não vou parar por aí, agora que sabem que a garota não morreu. Vão procurá-la. Vão achá-la. E como ela sabe todos nossos segredos...! Era preciso dar um fim nela, Karl!

– E o príncipe? – zombou o espião.

– Conrad é um idiota. Toda essa família de francesas vai nos trazer azar, a Conrad em primeiro lugar, que é suficientemente tolo para se apaixonar por essa lambisgoia. Precisava dar um fim nela, imediatamente, Karl, eu lhe dei a ordem, e não esperar a volta do príncipe...

Colocado em plena luz, o major Hermann mostrava a mais assustadora cara de bandido que se pudesse imaginar, assustadora não pela

ARSÈNE LUPIN E O ESTILHAÇO DE OBUS

deformidade dos traços ou por algo especialmente feio, mas pela expressão que era repulsiva e selvagem, e em que Paul ainda encontrava, mas levada ao seu paroxismo, a expressão da condessa Hermine, segundo seu retrato e sua fotografia. Ao evocar o crime falho, o major Hermann parecia sofrer mil mortes, como se o crime tivesse sido sua razão de viver. Os dentes rangiam. Os olhos estavam injetados de sangue.

Com voz distraída, os dedos crispados no ombro de seu cúmplice, ele articulou, dessa vez em francês:

– Karl, parece que não conseguimos atingi-los e que são protegidos de nós por algum milagre. Você, nos últimos dias, falhou em acertá-los por três vezes. No Castelo de Ornequin, matou dois outros no lugar deles. Eu também, não consegui acertá-lo um dia, perto da pequena porta do parque. E foi nesse mesmo parque... perto da mesma capela... você não esqueceu... há dezesseis anos... quando ele ainda era criança, ele, e que você lhe enfiou a faca em plena carne... Pois bem, naquele dia, você começava suas mancadas... O espião se pôs a rir, com riso cínico e insolente.

– O que quer, Excelência? Eu debutava na carreira e não tinha sua maestria. Lá estavam um pai e seu marmanjo que não conhecíamos dez minutos antes, e que não fizeram nada senão incomodar o cáiser. Minha mão tremeu, confesso. Ao passo que o senhor... Ah! O senhor soube dar cabo do pai! Um pequeno golpe de sua mão, ufa! Estava feito!

Dessa vez foi Paul que, lentamente, com precaução, introduziu o cano de seu revólver em uma das brechas. Não podia mais duvidar, agora, após as revelações de Karl, que o major tivesse matado seu pai. Era mesmo ele! E seu cúmplice de hoje, já era seu cúmplice de outrora, o subalterno que tentara matá-lo, a ele, Paul, enquanto seu pai expirava.

Bernard, diante do gesto de Paul, soprou-lhe ao ouvido:

– Está decidido, hein? Vamos matá-lo.

– Espere por meu sinal – murmurou Paul –, mas não atire nele. Atire no espião.

Apesar de tudo, ele pensava no inexplicável mistério dos vínculos que uniam o major Hermann a Bernard de Andeville e à sua irmã Élisabeth, e não admitia que fosse Bernard que cumprisse a obra de justiça. Ele próprio hesitava, como hesitamos diante de um ato cujas consequências não conhecemos inteiramente. Quem era esse bandido? Que personalidade lhe atribuir? Hoje, major Hermann e chefe da espionagem alemã; ontem, companheiro de prazer do príncipe Conrad, todo-poderoso no Castelo de Ornequin, disfarçando-se de camponesa e rodando por meio de Corvigny; outrora, assassino, cúmplice do imperador, castelã de Ornequin... Entre todas essas personalidades, que todas não passavam dos diversos aspectos de uma única e mesma pessoa, qual era a verdadeira?

Ao desespero, Paul olhava o major, como olhara a fotografia, e no quarto trancado, o retrato de Hermine de Andeville. Hermann... os nomes se confundiam nele.

E ele notava a fineza das mãos, brancas e pequenas como mãos de mulher. Os dedos longos eram enfeitados com anéis de pedras preciosas. Os pés também, calçando botas, eram delicados. O rosto, muito pálido, não apresentava qualquer rastro de barba. Mas toda essa aparência efeminada era desmentida pelo som rouco de uma voz estridente, pelo peso dos movimentos e do andar, e por uma espécie de energia realmente bárbara.

O major cobriu o rosto com as duas mãos e refletiu por alguns minutos. Karl o considerava com certa compaixão e parecia se perguntar se seu patrão não experimentava, ao se lembrar dos crimes cometidos, um começo de remorso.

Mas o patrão, saindo de seu torpor, disse-lhe, e apenas o ódio tremia em sua voz mal perceptível:

– Azar o deles, Karl, azar o daqueles que tentam se interpor em nosso caminho. Dei cabo do pai, e fiz bem. Um dia será a vez do filho... Agora, agora, precisamos cuidar da garota.

– Quer que me encarregue disso, Excelência?

– Não, preciso de você aqui, e eu mesmo preciso ficar. Os negócios estão indo muito mal. Mas, no começo de janeiro, irei até lá. No dia 10 de manhã estarei em Ébrecourt. Quarenta e oito horas depois, tudo precisa estar acabado. E juro que tudo vai acabar.

Arsène Lupin e o estilhaço de obus

Calou-se de novo, ao passo que o espião dava uma gargalhada. Paul se abaixara para ficar à altura de seu revólver. Uma hesitação mais demorada teria sido criminosa. Matar o major não era mais se vingar e matar o assassino de seu pai, era prevenir um novo crime e salvar Élisabeth. Era preciso agir, quaisquer que fossem as consequências do ato. Ele se decidiu.

– Está pronto – disse em voz muito baixa a Bernard.

– Sim. Aguardo seu sinal.

Ele mirou friamente, esperando o segundo propício, e ia apertar o gatilho quando Karl disse em alemão:

– Diga, Excelência, o senhor sabe o que se prepara para a casa do canoeiro?

– O quê?

– Simplesmente um ataque. Cem voluntários das companhias da África já estão a caminho pelos pântanos. A investida deve acontecer ao amanhecer. Só lhe resta tempo para alertar o quartel-general e se certificar das precauções que entendem tomar.

O major declarou simplesmente:

– Já foram tomadas.

– O que está dizendo, Excelência?

– Eu lhe digo que já foram tomadas. Fui alertado por outro lado, e como fazemos muita questão da casa do canoeiro, liguei para o comandante do posto para dizer que íamos mandar trezentos homens às cinco da manhã. Os voluntários da África vão cair na armadilha. Nenhum deles vai retornar vivo.

O major deu um pequeno riso de satisfação e levantou a gola de seu casaco enquanto acrescentava:

– Aliás, para maior segurança, vou passar a noite lá… ainda mais que me pergunto se, por acaso, não foi o comandante do posto que teria enviado homens aqui e mandado pegar os papéis de Rosenthal que ele sabia morto.

– Mas…

– Chega de conversa. Cuide de Rosenthal e vamos embora.

– Eu o acompanho, Excelência?

– Inútil. Um dos barcos vai me levar pelo canal. A casa fica a apenas quarenta minutos daqui.

Chamados pelo espião, três soldados desceram, e o cadáver foi erguido até o alçapão superior.

Karl e o major permaneceram imóveis, ao pé da escada, e Karl dirigia para o alçapão o feixe da lanterna que havia desprendido. Bernard murmurou:

– Vamos atirar?

– Não – respondeu Paul.

– Mas…

– Eu o proíbo…

Quando a operação acabou, o major ordenou:

– Ilumine bem e tenha cuidado para que a escada não se mexa. Ele subiu e desapareceu.

– Pronto – gritou. – Apresse-se.

Por sua vez, o espião subiu. Os passos dos dois homens ecoaram acima do porão. Esses passos se afastaram em direção ao canal, e não houve mais qualquer ruído.

– E aí – exclamou Bernard, o que deu em você? A ocasião era única. Os dois bandidos caíam ao mesmo tempo.

– E nós depois – pronunciou Paul. – Havia doze homens lá em cima. Iam acabar conosco.

– Mas Élisabeth seria salva, Paul! Realmente, não o entendo. Como! Esses monstros estavam ao alcance de nossas balas e você os deixa ir embora! O assassino de seu pai, o carrasco de Élisabeth está aqui, e é em nós que você pensa!

– Bernard – disse Paul Delroze –, você não entendeu a últimas palavras que eles trocaram. O inimigo foi prevenido do ataque e de nossos projetos em relação à casa do canoeiro. Daqui a pouco cem voluntários da África que estão rastejando no pântano serão vítimas da emboscada que lhes foi preparada. É primeiramente neles que devemos pensar. São eles que devemos salvar antes de tudo. Não temos o direito de ser mortos, ao passo que ainda devemos cumprir esse dever. E tenho certeza de que você me dá razão.

– Sim – disse Bernard. – Mas mesmo assim a ocasião era boa.

– Encontraremos outra, e logo, talvez – afirmou Paul, que pensava na casa do canoeiro onde o major Hermann devia ir.

– Finalmente, quais são suas intenções?

– Vou alcançar o destacamento dos voluntários. Se o tenente que os lidera estiver de acordo comigo, o ataque não vai acontecer às sete horas, mas imediatamente, e será uma festa.

– E eu?

– Vá até o coronel. Explique-lhe a situação, e diga que a casa do canoeiro será tomada esta manhã e que a seguraremos até a chegada dos reforços.

Deixaram-se sem uma palavra a mais e Paul lançou-se com determinação nos pântanos.

A tarefa que empreendia não encontrou os obstáculos com os quais achava que ia se deparar. Após quarenta minutos de marcha bastante penosa, ouviu murmúrios de vozes, lançou a palavra de ordem e foi levado até o tenente.

As explicações de Paul convenceram imediatamente o oficial: era preciso ou renunciar à empreitada ou precipitar sua execução.

A coluna seguiu adiante.

Às três horas, guiados por um camponês que conhecia uma passagem em que os homens só afundavam até os joelhos, conseguiram chegar aos arredores da casa sem serem vistos. Mas, o alarme sendo dado por uma sentinela, o ataque começou. Esse ataque, um dos mais belos feitos de arma da guerra, é por demais conhecido para que seja necessário detalhá-lo aqui. Foi de extrema violência. O inimigo, que estava de sobreaviso ripostou com igual vigor. Os fios de arame se embaralhavam. As armadilhas abundavam. Um furioso corpo a corpo se iniciou diante da casa, e então na casa, e após os franceses, vitoriosos, terem abatido ou feito prisioneiros os oitenta e três alemães que a defendiam, eles próprios haviam sofrido perdas que reduziam seu quadro pela metade.

Paul fora o primeiro a pular nas trincheiras cuja linha flanqueava a casa à esquerda e se prolongava em meio círculo até o Yser. Tinha uma ideia: antes que o ataque tivesse êxito, queria cortar a retirada aos fugitivos.

Inicialmente rechaçado, alcançou a margem, seguido por três voluntários, entrou na água, seguiu o canal à contracorrente e assim chegou do outro lado da casa onde achou, como esperava, um embarcadouro. Naquele momento, avistou uma silhueta que desaparecia na escuridão.

– Fiquem aqui – disse aos seus homens – e não deixem ninguém passar.

Por sua vez, lançou-se, atravessou a ponte e se pôs a correr.

Um projetor tendo iluminado a margem do rio, ele voltou a avistar a silhueta cinquenta passos à frente. Um minuto depois ele gritava:

– Pare! Ou eu atiro.

E, como o fugitivo continuava, ele atirou, mas de maneira a não atingi-lo.

O homem parou e disparou quatro vezes com seu revólver ao passo que Paul, curvado em dois, jogava-se em suas pernas e o derrubava.

Dominado, o inimigo não opôs nenhuma resistência. Paul o enrolou em seu casaco e segurou-o pela garganta.

Com sua mão livre, jogou-lhe em pleno rosto a luz de sua lanterna. Seu instinto não o enganara: ele segurava o major Hermann.

A CASA DO CANOEIRO

Paul Delroze não pronunciou uma única palavra. Empurrando diante dele seu prisioneiro, de quem havia amarrado os punhos às costas, voltou para a ponte, no meio das trevas iluminadas por breves clarões.

O ataque seguia adiante. No entanto, vários fugitivos tendo procurado escapar, os voluntários que vigiavam a ponte os receberam com tiros de fuzil; os alemães acreditaram estar cercados e essa diversão precipitou a derrota deles.

Quando Paul chegou, o combate havia acabado. Mas um contra-ataque inimigo, apoiado pelos reforços prometidos ao comandante do posto não devia demorar a acontecer e, imediatamente, organizaram a defesa.

A casa do canoeiro, que os alemães haviam poderosamente fortificado e cercado de trincheiras, compunha-se de um térreo e um único andar de três cômodos que agora formavam um único. Uma água-furtada, no entanto, que antes servia de quarto para um criado, e à qual se acessava mediante três degraus de madeira, abria-se como uma alcova no fundo dessa ampla sala. Foi lá que Paul, a quem era reservada a organização do andar, levou seu prisioneiro. Deitou-o no assoalho, amarrou-o com corda e prendeu-o solidamente a uma viga e, enquanto agia, foi tomado por tamanho ímpeto de ódio que o agarrou pela garganta como se fosse estrangulá-lo.

Dominou-se. Para que se apressar? Antes de matar esse homem ou de entregá-lo aos soldados que o fuzilariam, não seria uma profunda alegria se explicar com ele?

Como o tenente entrava, ele lhe disse de modo a ser ouvido por todos e sobretudo pelo major:

– Tenente, recomendo-lhe esse miserável, que não é outro senão o major Hermann, um dos chefes da espionagem alemã. Tenho provas comigo. Se algo me acontecer, não se esqueçam dele. E, se tivermos que recuar...

O tenente sorriu.

– Hipótese inadmissível. Não vamos recuar pelo bom motivo que eu preferiria mandar explodir o casebre. E, consequentemente, o major Hermann explodiria conosco. Portanto, fique tranquilo.

Os dois oficiais se concertaram sobre as medidas de defesa, e rapidamente os soldados puseram mãos à obra.

Antes de mais nada, o embarcadouro foi deslocado, trincheiras cavadas ao longo do canal, e as metralhadores viradas para o novo alvo. No andar de cima, Paul mandou transportar sacos de terra de uma fachada para outra e consolidar, com a ajuda de vigas postas em arcobotantes, as partes de parede que pareciam menos sólidas.

Às cinco e meia, sob a luz dos projetores alemães, vários obuses caíram nos arredores. Um deles atingiu a casa. A artilharia pesada começava a varrer o caminho de sirga.

Foi por esse caminho que, pouco antes do amanhecer, desembocou um destacamento de ciclistas mandado às pressas. Era liderado por Bernard de Andeville.

Ele explicou que duas companhias de um esquadrão de sapadores, precedendo um batalhão completo, se puseram a caminho, mas que, incomodados pelos obuses inimigos, deviam seguir os pântanos, mais abaixo, e protegido pelo talude que sustentava o caminho de sirga. Sua marcha assim retardada, seria preciso esperá-los ao menos durante uma hora.

– Uma hora – disse o tenente – vai ser demorado. Mas é possível. Portanto...

Ao passo que dava novas ordens e distribuía seus postos aos ciclistas, Paul subiu e ia contar a Bernard a captura do major Hermann quando seu cunhado lhe anunciou:

– Sabe, Paul, papai está aqui comigo!

Paul estremeceu.

– Seu pai está aqui. Seu pai veio com você?

– Perfeitamente, e da maneira mais natural do mundo. Imagine que ele já procurava uma ocasião havia um tempo... Ah! Aliás, foi nomeado subtenente intérprete.

Paul não prestava ouvidos. Apenas se dizia:

"O sr. de Andeville está aqui. O sr. de Andeville, o marido da condessa Hermine. É impossível que ele não saiba. Ela morreu ou está viva? Ou então, será que até o fim ele foi enganado por uma intrigante e que até hoje cultiva recordações e mantém seu carinho pela falecida? Não, isso não é crível, já que existe essa fotografia, tirada quatro anos depois, e que lhe fora enviada de Berlim! Portanto, ele sabe e então..."

Paul estava visivelmente abalado. As revelações do espião Karl de repente lhe haviam mostrado o sr. de Andeville sob um aspecto estranho. E agora as circunstâncias traziam o sr. de Andeville perto dele, no exato momento em que o major Hermann acabara de ser capturado!

Paul virou-se para a água-furtada. O major não se mexia, o rosto colado contra a parede.

– Seu pai permaneceu do lado de fora? – disse ao seu cunhado.

– Sim, ele trouxe a bicicleta de um homem que viera conosco e está levemente ferido. Papai está cuidando dele.

– Vá buscá-lo, e se o tenente não vir inconveniente...

Foi interrompido pela explosão de um shrapnel cujas balas crivaram os sacos de terra empilhados diante deles. O dia estava raiando. Via-se uma coluna inimiga surgir da sombra a mil metros no máximo.

– Preparem-se – gritou o tenente, de baixo. – E nenhum tiro sem minha ordem. Ninguém se mostra...!

Foi após quinze minutos e somente durante quatro ou cinco minutos que Paul e o sr. de Andeville puderam trocar algumas palavras, de maneira tão atropelada, aliás, que Paul não teve a oportunidade de se perguntar que atitude ele tomaria diante do pai de Élisabeth. O drama do passado, o papel que o marido da condessa Hermine podia interpretar nesse drama, tudo isso se misturava com a defesa do blocause. E, apesar do afeto que ligava ambos os homens, apertaram-se as mãos de maneira quase distraída.

Paul mandava obstruir uma pequena janela com um colchão. Bernard estava postado do outro lado da sala. O sr. de Andeville disse a Paul:

– Tem certeza de poder resistir, não é?

– Absolutamente, já que é preciso.

– Sim, é preciso. Eu estava ontem na divisão com o general inglês a quem fui destacado como intérprete quando decidiram sobre este ataque. Ao que dizem, a posição é de primeira ordem, e é indispensável que a mantenhamos. Vi então uma ocasião para revê-lo, Paul. Eu sabia que seu regimento estava presente. Assim, pedi para acompanhar o contingente designado para…

Nova interrupção. Um obus esburacou o telhado e abriu uma brecha na fachada oposta ao canal.

– Ninguém foi ferido?

– Ninguém – respondeu alguém.

Logo depois, o sr. de Andeville prosseguia:

– O mais curioso é ter encontrado Bernard com seu coronel esta noite. Pode imaginar com que alegria juntei-me aos ciclistas. Era a única maneira de permanecer um pouco ao lado de meu pequeno Bernard e vir lhe apertar a mão… E eu não tinha notícias de minha pobre Élisabeth, e Bernard me contou…

– Ah! – disse Paul bruscamente. – Bernard lhe contou tudo que aconteceu no castelo?

– Ao menos tudo que eu pude saber, e existem muitas coisas inexplicáveis, sobre as quais, segundo ele, Paul, você tem informações mais precisas. Assim, por que Élisabeth permaneceu em Ornequin?

ARSÈNE LUPIN E O ESTILHAÇO DE OBUS

– Foi ela que quis – retrucou Paul, – e fui avisado de sua decisão bem mais tarde, por carta.

– Sei. Mas, por que não a levou consigo, Paul?

– Ao deixar Ornequin, tomei todas as disposições necessárias para que ela pudesse ir embora.

– Tudo bem. Mas você não deveria ter deixado Ornequin sem ela. É daí que vem todo o mal.

O sr. de Andeville havia falado com certo rigor, e, como Paul permanecia calado, ele insistiu:

– Por que não levou Élisabeth? Bernard me disse que coisas muito graves haviam acontecido, que você fizera alusão a eventos excepcionais. Talvez possa me explicar.

Paul parecia adivinhar no sr. de Andeville uma hostilidade surda, e isso o irritava ainda mais por parte de um homem cuja conduta agora lhe parecia tão desconcertante.

– Acredita – disse-lhe ele – que o momento seja apropriado?

– Sim, sim, podemos ficar separados a qualquer momento…

Paul não o deixou acabar. Virou-se bruscamente para ele e exclamou:

– O senhor tem razão! É uma ideia terrível. Seria terrível que eu não pudesse responder às suas perguntas e que o senhor não pudesse responder às minhas. A sorte de Élisabeth depende talvez das poucas frases que vamos pronunciar. Porque a verdade está entre nós. Uma palavra para trazê-la à luz, e tudo nos apressa. Precisamos falar agora mesmo, não importa o que ocorrer.

Sua emoção surpreendeu o sr. de Andeville que lhe disse:

– Não seria bom chamar Bernard?

– Não! Não! – disse Paul. – Em absoluto! É algo que ele não deve saber, já que se trata…

– Já que se trata? – perguntou o sr. de Andeville, cada vez mais espantado.

Um homem caiu perto deles, atingido por uma bala. Paul se precipitou: baleado na testa, o homem estava morto. E duas balas penetraram ainda por uma brecha larga demais, que Paul mandou obstruir parcialmente.

151

O sr. de Andeville, que o ajudara, retomou a conversa:

– Estava dizendo que Bernard não deve ouvir já que se trata…?

– Já que se trata da mãe dele – respondeu Paul.

– Da mãe dele? Como! Trata-se da mãe dele…? De minha esposa? Não entendo.

Pelas seteiras, avistavam-se três colunas inimigas que avançavam, por cima das planícies inundadas, em estreitos calçadas que convergiam em direção ao canal em frente à casa do canoeiro.

– Quando estiverem a duzentos metros do canal, vamos atirar – disse o tenente que comandava os voluntários e vira inspecionar as obras de defesa. – Mas tomara que seus canhões não arrombem demais o casebre!

– E nossos reforços? – perguntou Paul.

– Chegarão daqui a trinta ou quarenta minutos. Enquanto isso, os setenta e cinco milímetros estão fazendo um bom trabalho.

No espaço os obuses se cruzavam. Alguns caíam no meio das colunas alemãs. Outros nos arredores do blocause.

Paul, correndo por todo lado, incentivava os homens e lhes dava conselhos.

De vez em quando, aproximando-se da água-furtada, ele examinava o major Hermann. Então, voltava ao seu posto.

Nem um único segundo sequer deixava de pensar no dever que lhe incumbia como oficial e combatente, e nem um único segundo também no que precisava dizer ao sr. de Andeville. Mas ambas essas obsessões, ao se confundirem, tiravam-lhe qualquer lucidez, e ele não sabia como se explicar com seu sogro e como desemaranhar a inexplicável situação. Várias vezes, o sr. de Andeville o questionou. Ele não respondeu.

A voz do tenente se fez ouvir.

– Atenção…! Mirar…! Fogo…!

Por quatro vezes a ordem foi repetida.

A coluna inimiga mais próxima, dizimada pelas balas, pareceu hesitar. Mas as outras a alcançaram e ela se reformou.

Dois obuses alemães explodiram sobre a casa. O telhado foi levado de uma só vez, alguns metros da fachada demolidos, e três homens soterrados.

ARSÈNE LUPIN E O ESTILHAÇO DE OBUS

À tormenta sucedeu uma calmaria. Mas Paul tivera tão nitidamente a sensação do perigo que ameaçava a todos que lhe foi impossível se conter por mais tempo. Decidindo-se de repente, apostrofou o sr. de Andeville, e, sem mais procurar preâmbulos, lançou:

– Uma palavra antes de tudo… Eu preciso saber… O senhor tem certeza mesmo que a condessa de Andeville esteja morta?

E logo mais continuou:

– Sim, minha pergunta lhe parece louca… parece-lhe assim porque não sabe nada. Mas, não sou louco, e eu lhe peço para responder como se eu tivesse tido tempo de lhe expor os motivos que a justificam. A condessa Hermine está morta?

O sr. de Andeville se controlou e, aceitando se colocar no estado de espírito que Paul lhe pedia, ele disse:

– Existe qualquer motivo que lhe permitiria supor que minha esposa ainda está viva?

– Motivos muito sérios, eu ousaria dizer motivos irrefutáveis.

O sr. de Andeville deu de ombros e declarou em voz firme:

– Minha mulher morreu nos meus braços. Senti sob meus lábios suas mãos geladas, esse frio da morte que é tão horrível quando se ama. Eu mesmo a vesti, conforme seu desejo, com seu vestido de noiva, e eu estava lá quando pregaram o caixão. E agora?

Paul o escutava, pensando:

"Será que disse a verdade? Sim, e no entanto, como posso admitir…?"

– Agora? – repetiu o sr. de Andeville em tom mais imperioso.

– Agora – respondeu Paul –, outra pergunta… a seguinte: o retrato que estava no *boudoir* da condessa de Andeville era dela mesma?

– Obviamente, seu retrato de pé…

– Representando-a – disse Paul – com um lenço de renda preta em volta dos ombros.

– Sim, um lenço como ela gostava de usar.

– E que era fechado na frente por um camafeu cingido de uma serpente dourada?

153

– Sim, um velho camafeu que me vinha de minha mãe, e que minha mulher nunca deixava de usar.

Um impulso irrefletido sacudiu Paul. As afirmações do sr. de Andeville lhe pareciam confissões, e, tremendo de fúria, ele exclamou:

– O senhor não esqueceu que meu pai foi assassinado, não é? Nós dois já falamos várias vezes sobre isso. Era seu amigo. Pois bem, a mulher que o matou e que vi, cuja imagem estava gravada em minha mente, essa mulher usava um lenço de renda preta em volta dos ombros, e um camafeu cingido de uma serpente dourada. E essa mulher, encontrei seu retrato no quarto de sua esposa… Sim, em nossa noite de núpcias, vi seu retrato… Entende, agora? Entende?

Entre os dois homens, o minuto foi trágico. O sr. de Andeville, as mãos crispadas em seu fuzil, tremia.

"Mas por que está tremendo?", perguntava-se Paul, cujas suspeitas cresciam até se tornar uma verdadeira acusação. "É a revolta ou a raiva por ser desmascarado que o faz tremer assim? E devo considerá-lo como cúmplice de sua mulher? Porque, enfim…"

Sentiu seu braço ser torcido por um violento aperto. O sr. de Andeville balbuciava, lívido:

– Como se atreve! Assim, minha mulher teria assassinado seu pai…! Mas está bêbado! Minha mulher era uma santa diante de Deus e diante dos homens! E você se atreve? Ah! Não sei o que me impede de lhe quebrar a cara.

Paul se soltou com rudeza. Ambos os homens tomados por uma fúria desenfreada pelo barulho do combate e a loucura de sua própria briga, estavam prestes a chegar às vias de fato ao passo que as balas e os obuses assobiam ao seu redor.

Outra parede desmoronou. Paul deu ordens e, ao mesmo tempo, pensava no major Hermann que estava ali em um canto, e diante do qual poderia ter levado o sr. de Andeville como um criminal que é confrontado com seu cúmplice. Mas, no entanto, por que não o fazia?

Lembrando de repente, tirou de seu bolso a fotografia da condessa Hermine encontrada no cadáver do alemão Rosenthal.

– E isso – disse ele, colocando-a diante dos olhos do sr. de Andeville –, sabe o que é? A data está acima: 1902. E o senhor pretende que a condessa Hermine está morta? Hein! Responda: uma fotografia de Berlim, que lhe foi *mandada por sua mulher quatro anos após sua morte!*

O sr. de Andeville vacilou. Parecia que toda sua fúria desaparecia e se transformava em infinito espanto. Paul erguia diante dele a devastadora prova que constituía o pedaço de cartolina. Ouviu-o murmurar:

– Quem roubou isso de mim? Estava nos meus documentos em Paris... Mas também, por que não a rasguei?

E, em voz muito baixa, articulava:

– Ah! Hermine, minha amada Hermine...!

Não era isso a confissão? Mas, então, o que significava uma confissão expressa nesses termos e com essa afirmação de carinho para com uma mulher incriminada de crimes e infâmias?

Do térreo, o tenente gritou:

– Todo mundo nas trincheiras da frente, exceto dez homens. Delroze, fique com os melhores atiradores, e fogo à vontade!

Os voluntários, conduzidos por Bernard, desceram a toda a pressa. Apesar das perdas sofridas, o inimigo se aproximava do canal. Até mesmo, à direita e à esquerda, grupos de pioneiros constantemente renovados, insistiam em reunir os barcos encalhados na margem. Contra a investida iminente, o tenente dos voluntários juntava seus homens na primeira linha, ao passo que os artilheiros da casa tinham por missão, sob a metralha dos obuses, atirar repetidamente. Um por um, cinco desses artilheiros caíram.

Paul e o sr. de Andeville redobravam de esforços, ao mesmo tempo que se concertavam sobre as ordens a dar e os atos a executar. Não havia chance, considerando a grande inferioridade numérica, que pudessem resistir. Mas talvez fosse possível aguentar até a chegada dos reforços, o que garantiria a posse do blocause.

A artilharia francesa, diante da impossibilidade de atirar eficientemente no meio dos combatentes, cessara o fogo, enquanto os canhões alemães ainda mantinham a casa como alvo e obuses explodiam a todo momento.

Mais um homem ficou ferido, que levaram até a água-furtada ao lado do major Hermann, e que morreu logo depois.

Fora, a luta se travava sobre e embaixo da água do canal, nos barcos e em volta dos barcos. Corpo a corpo furioso, tumulto, gritos de ódio e de dor, berros de terror e cantos de vitória... a confusão era tamanha que Paul e o sr. de Andeville mal conseguiam ajustar seu tiro.

Paul disse ao seu sogro:

– Temo que sucumbamos antes de sermos socorridos. Devo então avisá-lo que o tenente tomou suas disposições para explodir a casa. Como está aqui por acaso, sem missão que lhe dê o título e os deveres de um combatente...

– Estou aqui como francês – retrucou o sr. de Andeville. – Ficarei até o último minuto.

– Então, talvez tenhamos o tempo de acabar. Escute-me, senhor. Vou tentar ser breve. Mas se uma palavra, uma única palavra o esclarecer, peço--lhe que me interrompa imediatamente.

Ele entendia que havia entre eles trevas incomensuráveis, e que, cul-pado ou não, cúmplice ou enganado por sua mulher, o sr. de Andeville devia saber coisas que ele, Paul, ignorava, e que essas coisas só podiam ser esclarecidas por uma exposição suficiente dos eventos.

Assim, começou a falar. Falou pausada e calmamente, enquanto o sr. de Andeville escutava em silêncio. E não paravam de atirar, armando seus fuzis, pondo-os no ombro, mirando e recarregando com tranquilidade, como se estivessem se exercitando. Ao seu redor e acima deles, a morte perseguia sua obra implacável.

Mas Paul mal contara sua chegada a Ornequin com Élisabeth, sua en-trada no quarto trancado e seu espanto ao ver o retrato, que um enorme obus explodiu acima deles, aspergindo-os de metralha.

Os quatro voluntários foram atingidos. Paul caiu também, atingido no pescoço, embora não sofresse. Sentiu que todas suas ideias afundavam aos poucos na névoa sem que pudesse retê-las. No entanto, esforçava-se e ainda tinha, por um prodígio de sua vontade, um resto de energia que

ARSÈNE LUPIN E O ESTILHAÇO DE OBUS

lhe permitia certas reflexões e impressões. Assim, viu seu sogro ajoelhado diante dele e conseguiu lhe dizer:

– O diário de Élisabeth... o senhor vai encontrá-lo na minha mala, no acampamento... com algumas páginas escritas por mim... que o farão entender... Mas, primeiro, é preciso... veja, esse oficial alemão que está ali, amarrado... é um espião... fique de olho nele... mate-o... do contrário, em 10 de janeiro... Mas o senhor vai matá-lo, não é?

Paul não conseguia mais articular. Aliás, percebia que o sr. de Andeville não estava ajoelhado para ouvi-lo e cuidar dele, mas que, atingido também, o rosto ensanguentado, dobrava-se em dois e, acabava por se agachar com gemidos cada vez mais surdos.

Na ampla sala houve uma grande calma além da qual crepitavam as detonações de fuzil. Os canhões alemães não atiravam mais. O contra--ataque do inimigo devia prosseguir com êxito, e Paul, incapaz de qualquer movimento, esperava a formidável explosão anunciada pelo tenente.

Várias vezes pronunciou o nome de Élisabeth. Pensava que nenhum perigo doravante ia ameaçá-la, já que o major Hermann ia morrer também. Aliás, seu irmão Bernard saberia muito bem defendê-la. Mas, com o tempo, no entanto, essa espécie de quietude desaparecia, transformava-se em mal-estar, e então em tormento, e deixava lugar a uma sensação de tortura que piorava a cada segundo. Era um pesadelo, uma alucinação doentia que o atormentava? Tudo isso se passava do lado da água-furtada em que ele havia levado o major Hermann e onde jazia o cadáver de um soldado. Que horror! Parecia-lhe que o major havia cortado suas amarras, que se levantava e olhava ao seu redor.

De todas suas forças Paul abriu os olhos, e de todas suas forças exigiu que permanecessem abertos.

Mas essa sombra cada vez mais espessa os vendava, e por meio dessa sombra, ele discernia, como de noite vemos um espetáculo confuso, o major Hermann que retirava seu casaco, debruçava-se sobre o cadáver, tirava--lhe o capote de pano azul, vestia-o, punha na cabeça o quepe do morto e amarrava sua gravata no pescoço, pegava seu fuzil, sua baioneta, seus cartuchos, e que, assim transformado, descia os três degraus de madeira.

Visão terrível! Paul teria querido duvidar e acreditar na aparição de algum fantasma decorrente de sua febre e de seu delírio. Mas tudo lhe atestava a realidade do espetáculo. E, para ele, era o mais infernal dos sofrimentos. O major estava fugindo!

Paul estava fraco demais para encarar a situação do jeito que se apresentava. Será que o major pensava matá-lo ou matar o sr. de Andeville? O major sabia mesmo que estavam ali, e ambos feridos e ao alcance de sua mão? Tantas perguntas que Paul nem fazia. Uma única ideia obcecava sua mente falhando: o major Hermann estava fugindo. Graças ao seu uniforme ia se misturar com os voluntários! Com a ajuda de algum sinal, ia se juntar aos alemães! E estaria livre! E retomaria contra Élisabeth sua obra de perseguição, sua obra de morte!

Ah, se a explosão pudesse ocorrer! Que a casa do canoeiro explodisse, o major estaria perdido...

Em sua inconsciência, Paul ainda contava com essa esperança. No entanto, sua razão vacilava. Seus pensamentos se tornavam cada vez mais confusos. Rapidamente, mergulhou nas trevas em que não se pode mais ver, nem ouvir...

Três semanas depois, o general que chefiava as tropas armadas descia de automóvel diante da escada de um velho castelo da região de Boulogne-sur-Mer[13], transformado em hospital militar.

O oficial encarregado da administração o esperava diante da porta.

– O subtenente Delroze foi avisado de minha visita?

– Sim, general.

– Leve-me até o quarto dele.

Paul Delroze estava levantado, o pescoço enfaixado, mas o rosto tranquilo e sem rastro de cansaço.

Muito comovido pela presença do grande chefe cuja energia e sangue-frio haviam salvado a França, imediatamente bateu continência. Mas o general lhe estendeu a mão e exclamou com voz afetuosa:

---

[13] Cidade litorânea situada à beira do Canal da Mancha, no norte da França. (N.T.)

– Sente-se, tenente Delroze... Eu digo mesmo tenente, já que é sua patente desde ontem. Não, nada de agradecimentos. Caramba! Somos nós que estamos lhe devendo. E então, já está de pé?

– Sim, general. O ferimento não era muito grave.

– Melhor assim. Tenho orgulho de todos meus oficiais. Mas, mesmo assim, não existem dúzias de homens de sua espécie. Seu coronel me entregou um relatório particular sobre você que oferece tamanha sequência de ações incomparáveis que me pergunto se eu não deveria fazer exceção à regra que me impus, e se eu não deveria tornar esse relatório público.

– Não, general, eu lhe peço.

– Tem razão, meu amigo. Está na nobreza do heroísmo ficar anônimo, e é somente a França que, por enquanto, deve ter toda a glória. Portanto, eu me limitarei a citá-lo mais uma vez à ordem do exército, e a lhe entregar a cruz para a qual já havia sido indicado.

– General, não sei como...

– Ademais, meu amigo, se desejar qualquer coisa, insisto energicamente para que me dê a ocasião de lhe ser pessoalmente agradável.

Paul meneou a cabeça, sorrindo. Tanta bondade e atenções tão cordiais o deixavam à vontade.

– E se eu for por demais exigente, general?

– Fale!

– Pois bem, que assim seja, general. Aceito. E eis o que lhe peço. Primeiramente uma licença de convalescência de duas semanas, a partir de sábado 9 de janeiro, isto é, do dia em que deixarei o hospital.

– Não se trata de um favor, mas de um direito.

– Sim, general. Mas essa licença, terei o direito de passá-la onde eu quiser.

– Combinado.

– Ademais, terei comigo uma autorização de circular escrita com sua letra, general, que me dará toda latitude para ir e vir por meio das linhas francesas e de solicitar toda a assistência de que me for útil.

O general olhou Paul um instante e disse:

– O que está me pedindo é muito grave, Delroze.

– Sei, general. Mas o que quero realizar também é grave.

– Pois bem. Está acertado. O que mais?

– General, o sargento Bernard de Andeville, meu cunhado, participava comigo da missão na casa do canoeiro. Ferido como eu, foi transportado nesse mesmo hospital do qual ele provavelmente poderá sair ao mesmo tempo que eu. Eu gostaria que ele tivesse a mesma licença e a autorização de me acompanhar.

– Combinado. O que mais?

– O pai de Bernard, o conde Stéphane de Andeville, subtenente intérprete junto do exército inglês, também foi ferido naquele dia, ao meu lado. Soube que seu ferimento, embora grave, não põe sua vida em perigo, e que foi evacuado para um hospital inglês… ignoro qual. Peço que o faça vir assim que estiver restabelecido, e que o mantenha em seu estado-maior até que eu venha lhe prestar contas da tarefa que estou empreendendo.

– De acordo. É tudo?

– Quase tudo, general. Só me restar lhe agradecer por suas bondades, pedindo-lhe uma lista de vinte prisioneiros franceses, detidos na Alemanha, nos quais o senhor presta um interesse especial. Esses prisioneiros estarão livres daqui a quinze dias no máximo.

– Hem?

Apesar de todo seu sangue-frio, o general parecia um pouco estupefato. Ele repetiu:

– Livres daqui a quinze dias! Vinte prisioneiros!

– Eu me comprometo.

– Que diabos?

– Será feito como estou dizendo.

– Qualquer que seja a patente desses prisioneiros? Qualquer que seja sua situação social?

– Sim, general.

– Por meios regulares, confessáveis?

– Por meios contra os quais nenhuma objeção será possível.

ARSÈNE LUPIN E O ESTILHAÇO DE OBUS

O general olhou Paul mais uma vez, como um chefe que costuma julgar os homens e avaliá-los em seu justo valor. Sabia que este não era um fanfarrão, mas um homem de decisão e de realização, que andava em linha reta e cumpria o que prometia.

Ele respondeu:

– Muito bem, meu amigo. Essa lista lhe será entregue amanhã.

UMA OBRA-PRIMA DA *KULTUR*

Na manhã do domingo, 10 de janeiro, o tenente Delroze e o sargento de Andeville desembarcavam na estação de Corvigny, iam ver o comandante do lugar e, pegando um carro, faziam-se conduzir até o Castelo de Ornequin.

– Confesso – disse Bernard espreguiçando-se na caleche – que eu não pensava que as coisas tomariam esse caminho, quando fui atingido por um estilhaço de shrapnel entre o Yser e a casa do canoeiro. Que fornalha foi aquele momento! Pode crer em mim, Paul, se nossos reforços não tivessem chegado, cinco minutos a mais e já éramos. Foi uma sorte danada!

– Sim – disse Paul –, uma sorte danada! Dei-me conta disso no dia seguinte, quando acordei em uma ambulância francesa.

– O irritante, por exemplo – continuou Bernard –, foi a evasão desse bandido de major Hermann. Assim, você o havia capturado? E o viu se soltar das amarras e fugir? Aquele homem é muito ousado! Pode ter certeza que conseguiu escapar sem dificuldade.

Paul murmurou:

– Não duvido, assim como não duvido que queira pôr em execução suas ameaças contra Élisabeth.

– Ora! Temos quarenta e oito horas, já que deu ao seu cúmplice Karl o dia 10 de janeiro como data de sua chegada, e que deve agir somente dois dias depois.

– E se agir hoje mesmo? – objetou Paul, em voz alterada.

Contudo, apesar de sua angústia, o trajeto lhe pareceu rápido. Aproximava-se finalmente, de maneira real desta vez, da meta da qual cada dia o afastava nos últimos quatro meses. Ornequin era a fronteira, e a poucos passos se encontrava Ébrecourt. Ele não queria pensar nos obstáculos que se opunham a ele antes que chegasse a Ébrecourt, antes que descobrisse o retiro de Élisabeth, e que pudesse salvar sua mulher. Estava vivo. Élisabeth estava viva. Entre ela e ele não existiam obstáculos.

O Castelo de Ornequin, ou melhor, o que sobrava dele, porque até as ruínas do castelo haviam sofrido outro bombardeio em novembro, serviam de acampamento a tropas territoriais, cujas trincheiras de primeira linha seguiam a fronteira.

Batalhava-se pouco desse lado, já que os adversários, por motivos de tática, não tinham muito vantagem a querer avançar. As defesas eram equivalentes, de um lado e outro, e a vigilância era muito ativa.

Tais foram as informações que Paul obteve do tenente territorial com quem almoçou.

– Meu caro camarada – concluiu o oficial, após Paul lhe confiar o motivo de sua empreitada –, estou ao seu inteiro dispor, mas se trata de passar de Ornequin para Ébrecourt, e pode ter certeza de que não conseguirá passar.

– Passarei.

– Pelas vias aéreas, então? – disse o oficial, rindo.

– Não.

– Então, por uma via subterrânea?

– Talvez.

– Não se iluda. Quisemos executar obras de sapa e escavação. Em vão. Estamos aqui em um terreno de velhas rochas no qual é impossível cavar.

Foi a vez de Paul sorrir.

– Meu caro camarada, tenha a bondade de me emprestar, por apenas uma hora, quatro homens sólidos, armados com picaretas e pás, e esta noite estarei em Ébrecourt.

– Ah! Ah! Para cavar na rocha um túnel de dez quilômetros, quatro homens e uma hora!

– Nada mais. Além disso, peço-lhe total segredo, sobre a tentativa e sobre as descobertas bastante curiosas que não pode deixar de produzir. Apenas o general-chefe terá conhecimento do relatório que devo lhe fazer.

– Combinado. Eu mesmo vou escolher os quatro homens. Aonde devo levá-los?

– Para o terraço, perto do torreão.

Esse terraço domina o Liseron de uma altura de quarenta a cinquenta metros, e em decorrência de uma curva do rio, orienta-se exatamente em frente a Corvigny, de quem se avistam ao longe o campanário e as colinas vizinhas. Do torreão só resta sua base enorme, prolongada pelas paredes de fundação, misturadas com rochas naturais, que sustentam o terraço. Um jardim estende até o parapeito seus maciços de loureiros e evônimos.

Foi para lá que Paul se dirigiu. Várias vezes percorreu a esplanada, debruçando-se por cima do rio e examinando, sob o manto de hera, os blocos caídos do torreão.

– E então – disse o tenente que apareceu com seus homens –, eis seu ponto de partida? Quero avisá-lo de que estamos de costas em relação à fronteira.

– Ora! – respondeu Paul no mesmo tom de brincadeira. – Todos os caminhos levam a Berlim.

Indicou um círculo que havia traçado com a ajuda de estacas e, convidando os homens a trabalhar:

– Podem começar, meus amigos.

Atacaram, numa circunferência de cerca de três metros, um solo vegetal em que cavaram, em vinte minutos, um buraco de um metro e meio. Nessa profundeza, encontraram uma camada de pedras cimentadas umas às outras, e o esforço ficou muito mais difícil, já que o cimento era incrivelmente duro e só podia ser desprendido com a ajuda de picaretas introduzidas nas rachaduras. Paul acompanhava o trabalho com inquieta atenção.

– Parem! – gritou após uma hora.

Quis descer sozinho na escavação e, a partir daí, seguiu cavando, porém lentamente, e examinando por assim dizer o efeito de cada golpe que dava.

– Pronto – disse, erguendo-se.

– O quê? – perguntou Bernard.

– O terreno em que estamos é só um andar de amplas construções que antigamente ladeavam o velho torreão, construções que foram demolidas há séculos e sobre as quais esse jardim foi projetado.

– Então?

– Então, ao cavar o terreno, furei o teto de uma das antigas salas. Vejam.

Ele pegou uma pedra, introduziu-a no centro do orifício mais estreito que havia praticado, e a soltou. A pedra desapareceu. Ouviu-se quase imediatamente um ruído surdo.

– Só nos restar alargar a entrada. Enquanto isso, vamos procurar uma escada e luz... quanto mais luz possível.

– Temos tochas de resina – disse o oficial.

– Perfeito.

Paul não estava enganado. Quando a escada foi introduzida e ele pôde descer com o tenente e Bernard, viram uma sala de dimensões muito amplas e cujas abóbadas eram sustentadas por pilares maciços que a dividiam, como uma igreja irregular, em duas naves principais e em laterais mais estreitas.

Mas, imediatamente, Paul chamou a atenção de seus companheiros para o próprio chão das duas naves.

– Olhem, o chão é de concreto... e, vejam, como eu esperava, aqui estão dois trilhos que correm ao longo de um dos vãos entre os pilares...! E ali dois outros trilhos no outro vão!

– Mas enfim, o que isso significa? – exclamaram Bernard e o tenente.

– Significa simplesmente – declarou Paul – que está diante de nós a explicação evidente do grande mistério que circundou a tomada de Corvigny e de seus dois fortes.

– Como?

– Corvigny e seus dois fortes foram demolidos em poucos minutos, não é? De onde vinham esses tiros de canhão, ao passo que Corvigny fica a seis léguas da fronteira, e que nenhum canhão inimigo havia atravessado a fronteira? Vinham daqui, dessa fortaleza subterrânea.

– Impossível!

– Aqui estão os trilhos em que foram manobradas as duas peças gigantes que realizaram o bombardeio.

– Ora! Não se pode bombardear do fundo de uma caverna! Onde estão as aberturas?

– Os trilhos vão nos levar até lá. Ilumine bem, Bernard. Olhem, aqui está uma plataforma montada sobre um eixo giratório. É muito grande, o que acham? E ali está a outra plataforma.

– Mas as aberturas?

– À sua frente, Bernard.

– É uma parede…

– É a parede que, com a rocha da mesma colina, sustenta o terraço acima do Liseron, em frente a Corvigny. E nessa parede duas brechas circulares foram praticadas e depois tampadas. Distingue-se nitidamente a marca ainda visível, quase fresca, dos remanejamentos que foram feitos.

Bernard e o tenente estavam espantados.

– Mas é um trabalho enorme! – pronunciou o oficial.

– Colossal! – respondeu Paul. – Mas não esteja muito surpreso, meu caro camarada. Pelo que sei, foi iniciado há dezesseis ou dezessete anos. Além disso, como eu lhe disse, parte da obra já era feita, já que nos encontramos nas salas inferiores das antigas construções de Ornequin e que bastou encontrá-las e remanejá-la conforme a finalidade que lhes era destinada. Há algo bem mais colossal…

– Que é?

– Que é o túnel que precisaram construir para trazer as duas peças até aqui.

– Um túnel?

ARSÈNE LUPIN E O ESTILHAÇO DE OBUS

– Diabo! Por onde quer que tenham chegado? Seguiremos os trilhos no sentido contrário e vamos chegar lá.

De fato, um pouco para trás, as duas vias férreas se juntavam e eles avistaram o enorme orifício de um túnel de cerca de dois metros e meio de largura e de igual altura. Adentrava-se na terra, em declive bem suave. As paredes eram de tijolos. Nenhuma umidade escorria das paredes e o chão estava totalmente seco.

– A linha de Ébrecourt – disse Paul, rindo. Onze quilômetros protegidos do sol. E foi assim que escamotearam a praça-forte de Corvigny. Primeiramente, alguns milhares de homens passaram, que degolaram a pequena guarnição de Ornequin e os postos da fronteira, e seguiram seu caminho em direção à cidade. Ao mesmo tempo, os dois canhões monstruosos eram trazidos, montados e apontados para lugares previamente marcados. Uma vez a tarefa cumprida, foram levados embora e tamparam os buracos. Tudo isso não durou mais que duas horas.

– Mas, para essas duas horas decisivas – disse Bernard –, o rei da Prússia trabalhou dezessete anos!

– E acontece – concluiu Paul – que na realidade foi para nós que o rei da Prússia trabalhou.

– Que seja abençoado, e vamos!

– Vocês querem que meus homens os acompanhem? – propôs o tenente.

– Obrigado. É preferível que estejamos sozinhos, meu cunhado e eu. No entanto, se o inimigo tiver demolido o túnel, voltaremos a buscar ajuda. Mas isso me surpreenderia. Além de eles terem tomado todas as precauções para que não pudéssemos descobrir sua existência, ele o terá conservado para o caso em que precisasse voltar a usá-lo.

E assim, às três horas da tarde, os dois cunhados entravam no túnel imperial, conforme o chamara Bernard. Estavam bem armados, abastecidos de suprimentos e munições, e decididos a levar a aventura até o fim.

Quase imediatamente, isto é, duzentos metros mais adiante, a luz da lanterna elétrica lhes mostrou os degraus de uma escada que subia à direita.

– Primeira bifurcação – notou Paul. – Segundo meu cálculo, deve haver pelo menos três.

– E essa escada leva...?

– Ao castelo, obviamente. E se me perguntar em que parte do castelo, eu lhe responderei: no quarto do retrato. É incontestavelmente por ali que o major Hermann veio ao castelo na noite do ataque. Seu cúmplice Karl o acompanhava. Vendo nossos nomes inscritos na parede, apunhalaram quem dormia nesse quarto. Eram o soldado Gériflour e seu camarada.

Bernard de Andeville brincou:

– Escute, Paul, de umas horas para cá, você está me surpreendendo. Age com adivinhação e perspicácia! Vá direto ao lugar onde precisamos cavar, contando o que ocorreu como se tivesse o testemunhado, sabendo e prevendo tudo. Na verdade, não sabíamos que tinha tamanhos dons! Será que frequentou Arsène Lupin?

Paul se imobilizou.

– Por que pronuncia esse nome?

– O nome de Lupin?

– Sim.

– Bem, o acaso... será que há alguma relação...?

– Não, não... e no entanto...

Paul se pôs a rir.

– Escute essa história estranha. E será que se trata mesmo de uma história? Sim, obviamente, não é um sonho... Todavia... Acontece que uma manhã, ainda febril, eu estava dormindo no hospital militar onde estávamos, e percebi, com uma surpresa que você vai entender, que havia no meu quarto um oficial que eu não conhecia, um major médico, que estava sentado diante de uma mesa e, tranquilamente, vasculhava minha mala.

"Meio que me levantei e vi que havia espalhado na mesa todos meus documentos, e entre este, o diário de Élisabeth.

"Ao ruído que fiz, ele se virou. Decididamente eu não o conhecia. Tinha um bigode fino, um ar enérgico e um sorriso muito terno. Ele me disse... não, na verdade, não era um sonho... ele me disse:

"– Não se mexa, não fique agitado...

"Dobrou os documentos, guardou-os na mala e se aproximou de mim:

"– Peço-lhe perdão por não ter me apresentado antes, eu o farei daqui a pouco, e perdão também pela pequena tarefa que acabo de realizar sem sua autorização. Aliás, eu esperava que acordasse para lhe prestar contas. Portanto, é o seguinte. Um dos emissários que mantenho atualmente junto da polícia secreta me entregou documentos que dizem respeito à traição de certo major Hermann, chefe da espionagem alemã. Nesses documentos, o senhor é citado várias vezes. É por isso que o acaso, tendo me revelado sua presença aqui, eu quis vê-lo e me entender com o senhor. Portanto, eu vim e me introduzi... por meios que me são pessoais. O senhor estava doente e dormindo, meu tempo é precioso (só tenho alguns minutos), portanto eu não podia hesitar em tomar conhecimento dos seus documentos. E tive razão porque agora sei.

"Eu contemplava com estupefação o estranho personagem. Pegou seu quepe, como se estivesse prestes a sair e me disse:

"– Eu o parabenizo, tenente Delroze, por sua coragem e habilidade. Tudo que fez é admirável e os resultados obtidos são de primeira ordem. Obviamente, faltam-lhe alguns dons preciosos que lhe permitiriam chegar mais rapidamente ao fim. O senhor não entende muito bem as relações entre os eventos, e não tira deles as conclusões que comportam. Assim, surpreendo-me que certos trechos do diário de sua mulher, em que fala de suas desconcertantes descobertas, não tenham despertado sua curiosidade. Por outro lado, se se tivesse perguntado por que os alemães haviam tomado tantas medidas para esvaziar os arredores do castelo, aos poucos, de dedução em dedução, interrogando o passado e o presente, lembrando--se de seu encontro com o imperador da Alemanha, e de muitas outras coisas que se ligam por si só umas com as outras, o senhor teria chegado a pensar que deve ter, entre ambos os lados da fronteira, uma comunicação secreta chegando ao lugar exato de onde se pudesse atirar sobre Corvigny.

"– À primeira vista, esse lugar parece dever ser o terraço, e o senhor terá certeza absoluta disso se encontrar nesse terraço a árvore morta envolta de hera ao lado da qual sua mulher acreditou ouvir ruídos subterrâneos. A partir daí, só lhe restará pôr mão à obra, isto é, passar para o país inimigo e... Mas, vou parar por aí. Um plano de ação preciso demais poderia atrapalhá-lo. Além disso, um homem como o senhor não precisa que lhe mastiguem a tarefa. Boa noite, tenente. Ah! A propósito, seria bom que meu nome não lhe fosse totalmente desconhecido. Deixe-me me apresentar: sou o major médico... Mas, afinal de contas, por que não lhe dizer meu verdadeiro nome? Ele o informará melhor: Arsène Lupin.

"Calou-se, cumprimentou-me com ar amável e saiu sem dizer uma palavra a mais. Eis a história. O que acha, Bernard?"

– Digo que deve ter lidado com um debochado.

– Que seja, mas mesmo assim ninguém conseguiu me dizer quem era aquele major médico e como se introduzira no meu quarto. E confesse que, para um debochado, ele me revelou coisas que são muito úteis agora.

– Mas Arsène Lupin está morto...

– Sim, eu sei, é dado como morto, mas quem sabe, com tal sujeito! Seja como for, vivo ou morto, falso ou verdadeiro, aquele Lupin me prestou um grande serviço.

– Então, qual é sua meta?

– Só tenho uma, libertar Élisabeth.

– Seu plano?

– Não tenho. Tudo vai depender das circunstâncias, mas estou convencido de estar no caminho certo.

De fato, todas as hipóteses se verificavam. Após seis minutos, chegaram a um cruzamento em que se emendava, à direita, outro túnel também equipado com trilhos.

– Segunda bifurcação – disse Paul –, estrada para Corvigny. Foi por lá que os alemães marcharam em direção à cidade para surpreender nossas tropas antes mesmo que estivessem reunidas, e foi por lá que passou a camponesa que o abordou à noite. A saída deve ficar a pouca distância da cidade, talvez em uma fazenda pertencente à suposta camponesa.

– E a terceira bifurcação? – disse Bernard.

– Aqui está – respondeu Paul.

– De novo é uma escada.

– Sim, e não duvido que leve à capela. De fato, como não supor que no dia em que meu pai foi assassinado, o imperador da Alemanha queria examinar as obras encomendadas por ele e executados sob as ordens da mulher que o acompanhava? Essa capela, que na época não era cercada pelos muros do parque, é obviamente uma das saídas da rede clandestina cuja artéria principal estamos seguindo.

Dessas ramificações, Paul avistou mais duas outras que, segundo sua localização e direção, deviam terminar nos arredores da fronteira, completando assim um maravilhoso sistema de espionagem e invasão.

–É admirável – dizia Bernard. – Isso aqui se chama *"kultur"*, se é que entendo do que se trata. Dá para ver que essa gente tem o senso da guerra. Um francês nunca teria a ideia de cavar durante vinte anos um túnel destinado ao possível bombardeio de uma pequena praça-forte. Para tanto, é preciso ter um grau de civilização ao qual não podemos pretender. Ah! Bandidos!

Seu entusiasmo cresceu ainda após ter notado que o túnel era equipado na parte superior de chaminés de aeração. Mas, no final, Paul lhe recomendou ficar calado ou falar em voz baixa.

– Você bem que imagina, se acharam útil manter suas linhas de comunicação, devem ter agido de modo que essa linha não pudesse servir aos franceses. Ébrecourt não fica longe daqui. Talvez haja lá postos de escuta, sentinelas postas no lugar certo. Essa gente não deixa nada ao acaso.

O que dava peso à observação de Paul era a presença, entre os trilhos, dessas placas de ferro fundido que recobrem os fornilhos de mina preparados de antemão e que uma faísca elétrica pode fazer explodir. A primeira carregava o número cinco, a segunda o número quatro, e assim por diante. Eles as evitavam com cuidado, e sua progressão era então freada, porque não ousavam mais acender as lanternas senão por breves momentos.

Por volta das sete horas, ouviram, ou melhor, pareceram ouvir, os rumores confusos que propagam na superfície do solo a vida e o movimento. Sentiram uma grande emoção. A terra alemã se estendia acima deles, e o eco lhes trazia os ruídos provocados pela vida dessa terra.

– Não deixa de ser curioso – observou Paul – que esse túnel não esteja sendo mais vigiado e que possamos ir tão longe sem dificuldade.

– Um mau ponto para eles – disse Bernard. – A "*kultur*" está em falta.

No entanto, sopros mais vivos corriam ao longo das paredes. O ar de fora penetrava em baforadas frescas, e, de repente, avistaram ao longe a sombra de uma luz distante. Não se movia. Tudo parecia calmo ao redor dela, como se se tratasse de um desses sinais fixos postos à beira das vias férreas.

Aproximando-se, deram-se conta de que era a luz de uma lâmpada elétrica, localizada dentro de um barracão erguido na saída do túnel, e que a claridade se projetava sobre grandes falésias brancas e montanhas de areia e cascalhos.

Paul murmurou:

– São pedreiras. Ao colocarem aqui a entrada do túnel, eles podiam prosseguir com as obras em tempo de paz sem chamar atenção. Pode ter certeza que a exploração dessas supostas pedreiras era feita discretamente, dentro de um recinto fechado em que mantinham os operários.

– Que "*kultur*"! – repetiu Bernard.

Sentiu a mão de Paul lhe apertando o braço com violência. Algo havia passado diante da luz, como uma silhueta que se ergue e se abaixa imediatamente.

Com infinita precaução, rastejaram até o barracão e levantaram-se até a metade de modo que seus olhos alcançassem a altura das janelas.

Havia lá meia dúzia de homens, todos deitados, ou para melhor disso, jogados uns sobre os outros, entre garrafas vazias, pratos sujos, papéis engordurados e restos de embutidos e frios.

Eram os guardas do túnel. Estavam bêbados.

– Ainda a "*kultur*" – disse Bernard.

– Temos sorte – retrucou Paul –, e agora entendo a falta de vigilância: hoje é domingo.

Numa mesa se encontrava um aparelho telegráfico. Um telefone estava pendurado na parede e, sob uma placa de vidro espessa, Paul notou um painel com cinco manetas de cobre, as quais correspondiam obviamente mediante fios elétricos com os cinco fornilhos de mina preparados no túnel.

Afastando-se, Bernard e Paul continuaram a seguir os trilhos no meio de um estreito desfiladeiro cavado na rocha, que os levou a um espaço descoberto em que brilhavam inúmeras luzes. Uma aldeia inteira se estendia diante deles, composta de casernas e habitada por soldados de que se viam as idas e vindas. Eles a contornaram. Um ruído de automóvel e os clarões violentos de dois faróis os chamaram, e eles avistaram, após ter passado por um tapume e atravessado uma moita de arbustos, uma grande casa toda iluminada.

O automóvel parou diante de uma escada em que se encontravam lacaios e um posto de soldados. Dois oficiais e uma senhora com casaco de pele desceram do veículo. Ao voltar o carro, a luz dos faróis iluminou um vasto jardim cercado por muros muito altos.

– É mesmo aquilo que o supunha – disse Paul. – Aqui está a contraparte do Castelo de Ornequin. No ponto de partida como no ponto de chegada, um sólido recinto que permite trabalhar longe dos olhares indiscretos. Se a estação fica ao ar livre aqui, em vez de ser subterrânea como lá, ao menos as pedreiras, os canteiros, as casernas, as tropas de guarnição, a casa do estado-maior, o jardim, as dependências, todo esse organismo militar está cercado por muros e certamente vigiado por postos externos. Isso explica que possamos circular dentro tão facilmente.

Naquele momento, um segundo automóvel trouxe três oficiais e juntou-se ao primeiro do lado das dependências.

– Tem festa – comentou Bernard.

Resolveram se aproximar o quanto possível, sendo ajudados pela espessura dos maciços plantados ao longo da alameda que circundava a casa.

Esperaram bastante tempo e, ao ouvirem clamores e gargalhadas vindos do térreo, na parte de trás, concluíram que o salão de festa ficava lá e que os convidados punham-se à mesa. Houve cantorias, ruídos de vozes. Do lado de fora, nenhum movimento. O jardim estava deserto.

– O lugar está tranquilo – disse Paul. – Você vai me dar uma ajuda e ficar escondido.

– Quer subir no parapeito de uma das janelas? Mas e as persianas?

– Não devem ser bem sólidas. A luz filtra por elas.

– Mas, enfim, qual é sua finalidade? Não há motivo para se preocupar com essa casa mais do que com qualquer outra.

– Há sim. Você mesmo me relatou, segundo o que diz um ferido, que o príncipe Conrad se acomodou em uma casa nos arredores de Ébrecourt. Ora, a situação desta no meio de uma espécie de campo fortificado e à beira do túnel me parece ao menos ser uma indicação.

– Sem contar essa festa que tem uma aparência realmente principesca – disse Bernard, rindo. – Você tem razão. Vá escalar.

Atravessaram a alameda. Com a ajuda de Bernard, Paul conseguiu facilmente agarrar a cornija que formava a base do andar e se içar até a sacada de pedra.

– Pronto – disse. – Volte ao seu posto e, em caso de alerta, dê um apito.

Tendo pulado na sacada, ele desprendeu aos poucos uma das persianas, passando os dedos, e então a mão, pela fenda que as separava, e conseguiu destravar o elo da fechadura.

As cortinas fechadas por dentro lhe permitiam agir sem ser visto, mas, mal cruzadas no alto, deixavam um triângulo pelo qual ele poderia ver à condição de subir na sacada.

Foi o que ele fez. Debruçou-se então e olhou.

E o espetáculo que se ofereceu aos seus olhos foi tamanho e o chocou tão horrivelmente que suas pernas começaram a tremer sob seu peso...

O PRÍNCIPE CONRAD SE DIVERTE

Uma mesa, uma mesa que se estendia paralelamente às três janelas da sala. Um incrível amontoamento de garrafas, de jarras e copos, deixando pouco lugar aos pratos de doces e frutas. Bolos festivos sustentados por garrafas de champanhe. Uma cesta com flores apoiada em garrafas de licor.

Vinte convidados, dos quais meia dúzia de mulheres em vestido de baile. Os demais, oficiais ostentando suntuosos trajes de gala e condecorações.

No meio, portanto em frente às janelas, o príncipe Conrad, presidindo o banquete, com uma dama à sua direita e outra à sua esquerda. E foi a vista dessas três personagens, reunidos pelo mais inverossímil desafio da própria lógica das coisas, que, para Paul, foi um suplício incessantemente renovado.

Que uma das mulheres se encontrasse lá, à direita do príncipe imperial, toda aprumada em seu vestido de lã marrom, com lenço de renda preta meio escondendo seus cabelos curtos, isso se explicava. Mas a outra mulher, para a qual o príncipe Conrad se virava com afetação de galanteria tão grosseira, essa mulher que Paul olhava com terror e que ele teria querido estrangular com as duas mãos, o que essa mulher estava fazendo lá? O que Élisabeth fazia no meio de oficiais embriagados e de oficiais mais ou menos equívocos, ao lado do príncipe Conrad, ao lado da monstruosa criatura que o perseguia de seu ódio?

A condessa Hermine de Andeville! Élisabeth de Andeville! A mãe e a filha! Não existia um único argumento plausível que permitisse a Paul dar outro título às duas companheiras do príncipe. E, esse título, um incidente lhe forneceu todo seu valor de terrível realidade, logo depois, quando o príncipe Conrad se levantou, com taça de champanhe na mão, e gritou:

– *Hoch! Hoch! Hoch!* Bebo à nossa amiga vigilante! *Hoch! Hoch! Hoch!* À saúde da condessa Hermine!

As assombrosas palavras foram pronunciadas e Paul as ouviu.

– *Hoch! Hoch! Hoch!* – vociferou o rebanho dos convidados. – À condessa Hermine!

A condessa pegou uma taça, esvaziou-a em um só trago e se pôs a dizer palavras que Paul não pôde entender, ao passo que os demais convidados esforçavam-se para ouvir com um fervor que tornavam mais meritórias as copiosas libações.

E, ela também, Élisabeth, escutava.

Usava um vestido cinza que Paul já conhecia, bem simples, de decote alto, e cujas mangas desciam até os punhos.

Mas, em volta do pescoço, pendia sobre a blusa um maravilhoso colar de quatro fileiras de grandes perolas, e esse colar, Paul não o conhecia.

– A miserável, a miserável! – balbuciou ele.

Ela sorria. Sim, ele viu nos lábios da jovem mulher um sorriso provocado pelas palavras que o príncipe Conrad lhe disse, inclinando-se para ela.

E o príncipe teve um acesso de alegria tão ruidoso que a condessa Hermine, que ainda falava, mandou-o se calar com golpe de leque na mão.

A cena toda era assustadora para Paul e este sofrimento o queimava tanto que não teve outra ideia senão ir embora, parar de ver, abandonar a luta e escorraçar de sua vida, como de sua memória, a abominável esposa.

"É mesmo a filha da condessa Hermine", pensava em desespero.

Estava prestes a ir embora quando um pequeno fato o reteve. Élisabeth levava aos olhos um lencinho amassado que segurava na palma a mão, e enxugava furtivamente a lágrima prestes a correr.

ARSÈNE LUPIN E O ESTILHAÇO DE OBUS

Ao mesmo tempo, ele percebeu que ela estava terrivelmente pálida, não de uma palidez fictícia, que até então ele atribuíra à crueza da luz, mas da própria palidez da morte. Parecia que todo o sangue havia se retirado de seu pobre rosto. E que triste sorriso, no fundo, era aquele que torcia seus lábios em resposta aos gracejos do príncipe!

"Mas, então, o que está fazendo aqui?", perguntou-se Paul. "Será que não tenho o direito de acreditá-la culpada e que seja o remorso que lhe tira lágrimas? O desejo de viver, o medo, as ameaças, tornaram-na covarde e hoje está chorando."

Continuava a injuriá-la, mas, aos poucos, sentia-se tomado por uma grande compaixão para com a mulher que não tivera a força de suportar essas intoleráveis provações.

No entanto, a condessa Hermine encerrava seu discurso. Bebeu mais uma vez, gole após gole, lançando o copo por detrás a cada rodada. Os oficiais e as mulheres a imitavam. Os *hoch* entusiastas se cruzavam, e, em um acesso de embriaguez patriótica, o príncipe se levantou e entoou o hino *Deustschland über Alles*, que os demais convidados cantaram em coro com uma espécie de frenesi.

Élisabeth pusera os cotovelos na mesa e as mãos contra o rosto, como se quisesse se isolar. Mas o príncipe, ainda de pé e berrando, agarrou-lhe os braços, abrindo-os brutalmente.

– Chega de fingimentos, minha linda!

Ela teve um gesto de repulsão que o deixou exasperado.

– O quê! O quê! Está "reclamando", e não é que parece estar choramingando! Ah! A senhora tem cada uma! Mas, diabos! O que estou vendo? O copo da senhora ainda está cheio!

Pegou o copo e, tremendo, aproximou-o dos lábios de Élisabeth.

– À minha saúde, garota! À saúde do senhor e amo! E aí, está se recusando…? Entendo. Não quer mais champanhe. Abaixo o champanhe! É do vinho do Reno que precisa, não é, garota? Lembra-se da canção de seu país: "Nós tivemos vosso Reno alemão. Coube em nosso copo…" O vinho do Reno!

Com um único movimento, os oficiais se levantaram e vociferaram: "*Die Wacht am Rhein*". "Eles não o terão, o Reno alemão, mesmo que peçam em seus gritos, como corvos ávidos…"

– Eles não o terão – continuou o príncipe exasperado –, mas você vai beber dele, garota!

Encheram outra taça. De novo, ele quis obrigar Élisabeth a levá-la aos lábios, e como ela a empurrava, ele lhe falou baixinho, no ouvido, ao passo que o líquido respingava no vestido da jovem mulher.

Todos haviam se calado, na espera do que ia acontecer. Élisabeth, ainda mais pálida, não se mexia. Debruçado sobre ela, o príncipe mostrava um rosto de bruto que, alternativamente, ameaça e suplica, manda e ultraja. Visão nojenta! Paul teria querido dar a vida para que Élisabeth, em um surto de revolta, apunhalasse o insultante. Mas ela deixou cair a cabeça para trás, fechou os olhos, e, desfalecendo, aceitou o cálice e bebeu alguns goles.

O príncipe soltou um grito de triunfo erguendo a taça, e então, gulosamente, pôs seus lábios no mesmo lugar e a esvaziou de um só trago.

– *Hoch! Hoch!* – proferiu. – De pé, camaradas! De pés nas cadeiras e um pé na mesa! De pé os vencedores do mundo! Vamos cantar a força alemã! Vamos cantar o galanteio alemão! "Eles não terão o livre Reno alemão, enquanto corajosos rapazes cortejarão esbeltas moças." Élisabeth, bebi o vinho do Reno em seu copo. Élisabeth, conheço seu pensamento. Pensamento de amor, meus camaradas! Sou o mestre! Ah! Parisiense… Mulherzinha de Paris… É Paris que precisamos tomar. Ah, Paris! Ah, Paris…

Ele titubeava. A taça escapou de suas mãos e se quebrou contra o gargalo de uma garrafa. Ele caiu de joelhos na mesa, em um estrondo de pratos e copos quebrados, agarrou o frasco de licor, e desmoronou no chão, balbuciando:

– Precisamos tomar Paris… Paris e Calais… Foi papai que disse… O Arco de Triunfo… o Café Anglais… O Grand Seize… O Moulin-Rouge…!

O tumulto cessou de repente. A voz imperiosa da condessa Hermine ordenou:

– Vão embora! Que cada um volte para sua casa! Mais rápido que isso, senhores, por favor.

ARSÈNE LUPIN E O ESTILHAÇO DE OBUS

Os oficiais e as damas se esgueiraram rapidamente. Fora, do outro lado da casa, vários apitos ecoaram. Quase imediatamente uns automóveis chegaram das dependências. A partida foi geral.

Entretanto, a condessa fizera um sinal aos criados, e, mostrando o príncipe Conrad:

– Levem-no ao seu quarto.

Em um instante o príncipe foi retirado.

Então, a condessa Hermine se aproximou de Élisabeth.

Não havia cinco minutos que o príncipe desmoronara sob a mesa, e após o barulho da festa, agora reinava um grande silêncio na sala desarrumada em que as duas mulheres estavam sozinhas.

Élisabeth havia voltado a pôr o rosto nas mãos e chorava copiosamente, com soluços que lhe convulsionavam os ombros. A condessa Hermine se sentou ao lado dela e tocou-lhe o braço de leve.

Ambas as mulheres se olharam sem uma só palavra. Estranho olhar, numa e na outra, carregado de igual ódio. Paul não as perdia de vista. Ao observar uma e outra, não podia duvidar que elas já tivessem se visto e que as palavras que iam ser trocadas não fossem sequência da conclusão de explicações anteriores. Mas que explicações? E o que Élisabeth sabia a respeito da condessa Hermine? Será que aceitava como sendo sua mãe essa mulher que olhava com tanta aversão?

Jamais duas pessoas haviam se distinguido por uma fisionomia mais diferente e, sobretudo, uma expressão que indicasse naturezas mais opostas. E, no entanto, quanto era forte o conjunto de provas que as ligavam uma à outra! Não eram mais provas, mas elementos de uma realidade tão viva que Paul nem pensava mais em discuti-los. O abalo do sr. de Andeville diante da fotografia da condessa, fotografia tomada em Berlim alguns anos após a morte simulada da mulher, não mostrava mesmo que o sr. de Andeville era cúmplice dessa morte simulada, cúmplice talvez de muitas outras coisas?

E então Paul voltava à pergunta que levantava o angustiante encontro da mãe com a filha: o que Élisabeth sabia de tudo isso? Que esclarecimentos conseguira obter sobre esse monstruoso conjunto de vergonhas, infâmias, traições e crimes? Será que acusava sua mãe? E, sentindo-se esmagada pelo peso das felonias, será que a tornava responsável por sua própria covardia?

"Sim, sim, obviamente", dizia-se Paul, "mas por que tanto ódio? Há entre elas um ódio que somente a morte poderia acalmar. E o desejo de matar talvez esteja mais violento nos olhos de Élisabeth que nos daquela que veio para matá-la."

Paul experimentava essa impressão de maneira tão aguda que esperava realmente que uma ou outra agisse imediatamente, e procurava um meio de socorrer Élisabeth. Mas aconteceu algo totalmente imprevisto. A condessa Hermine tirou do bolso um desses grandes mapas topográficos de que se servem os automobilistas, desdobrou-o, pôs o dedo sobre um ponto, seguiu o traçado de uma estrada até outro ponto, e, parando lá, pronunciou algumas palavras que pareceram encher Élisabeth de alegria.

Ela agarrou o braço da condessa e começou a falar febrilmente com risos e soluços, enquanto a condessa meneava a cabeça parecendo dizer:

"Está decidido... estamos de acordo... tudo vai se passar como você deseja..."

Paul pensou que Élisabeth ia beijar a mão de sua inimiga, de tanto que ela parecia transbordar de felicidade e de reconhecimento, e perguntava- -se ansiosamente em que nova armadilha a pobre mulher estava caindo, quando a condessa se levantou, andou até a porta e a abriu.

Fez um sinal e voltou.

Alguém entrou, vestido um uniforme.

E Paul entendeu. O homem que a condessa Hermine introduzia era o espião Karl, seu cúmplice, o executante de seus desígnios, aquele que ia encarregar de matar Élisabeth. A hora da jovem mulher havia chegado.

Karl se inclinou. A condessa o apresentava e então, mostrando a estrada e os dois pontos no mapa, explicou-lhe o que se esperava dele.

Ele tirou seu relógio e fez um movimento como para prometer:

"Será feito naquela hora."

Logo, Élisabeth, a convite da condessa, saiu da sala.

Embora Paul não tivesse ouvido uma única palavra de que se dissera, para ele essa cena rápida tomava o mais claro e assustador dos sentidos. A condessa, usando de seus poderes ilimitados, e aproveitando que o príncipe Conrad dormia, propunha a Élisabeth um plano de fuga, certamente de automóvel e para um ponto das áreas vizinhas determinado de antemão. Élisabeth aceitava essa libertação inesperada. E a fuga ia ocorrer sob a direção e a proteção de Karl!

A armadilha era tão bem preparada e a jovem mulher, atordoada pelo sofrimento, precipitou-se nela com tanta boa fé que os dois cúmplices, uma vez sozinhos, olharam-se rindo. Na verdade, a tarefa se executava muito facilmente e não havia nenhum mérito a ser bem-sucedido em tais condições.

Houve então entre eles, antes mesmo de qualquer explicação, uma curta mímica, dois gestos no máximo, mas de infernal cinismo. Os olhos fixados na condessa, o espião Karl entreabriu seu dólmã e tirou até a metade, da bainha que o retinha, um punhal. A condessa fez um sinal de reprovação e entregou ao miserável um pequeno frasco que ele pôs no bolso ao passo que respondia com alçar de ombros.

"Como quiser! Para mim, tanto faz."

E, sentados um ao lado do outro, conversaram animadamente, a condessa dando suas instruções, que Karl aprovava ou discutia.

Paul teve a sensação que, se não dominasse seu espanto, se não controlasse os batimentos desordenados de seu coração, Élisabeth estava perdida. Para salvá-la, precisava ter a mente absolutamente lúcida, e tomar conforme as circunstâncias, sem refletir nem hesitar, resoluções imediatas.

Ora, ele só podia tomar essas resoluções ao acaso e talvez a contrassenso, já que não conhecia realmente os planos do inimigo. Contudo, armou seu revólver.

Supunha então que a jovem mulher, uma vez prestes a partir, voltaria à sala e iria embora com o espião; mas, após um momento, a condessa tocou um sininho e disse algumas palavras ao criado que se apresentou. O criado saiu. Paul ouviu dois apitos, e então o ronco de um automóvel cujo ruído se aproximava.

Karl olhava no corredor pela porta entreaberta. Virou-se para a condessa como se tivesse dito:

"Ela vem… está descendo…"

Paul entendeu então que Élisabeth ia diretamente até o automóvel onde Karl a alcançaria. Nesse caso, era preciso agir sem demora.

Por um segundo, permaneceu indeciso. Será que ia aproveitar o fato de Karl ainda estar ali para irromper na sala e matá-lo a tiros de revólver junto com a condessa Hermine? Era a salvação de Élisabeth, já que somente os dois bandidos queriam atentar contra sua existência.

Mas temeu o fracasso de uma tentativa tão audaciosa e, pulando da sacada, chamou Bernard.

– Élisabeth está saindo de automóvel. Karl está com ela e deve envená- -la. Siga-me… com revólver em mão…

– O que quer fazer?

– Veremos.

Deram a volta da casa, rastejando por meio dos arbustos que bordavam a alameda. Aliás, os arredores estavam desertos.

– Ouça – disse Bernard. – Um automóvel está indo embora.

Paul, de início muito inquieto, protestou:

– Não, não, é o ruído do motor.

De fato, quando puderam avistar a fachada principal, viram diante da escada uma limusine em volta da qual estavam agrupados cerca de doze soldados e criados, e cujos faróis iluminavam a outra parte do jardim, deixando na escuridão o lugar em que Paul e Bernard se encontravam.

Uma mulher desceu os degraus da escada e desapareceu no automóvel.

– Élisabeth – disse. – E agora vem Karl.

O espião parou no último degrau e deu ao soldado que servia de motorista ordens de que Paul só ouviu trechos.

A partida se aproximava. Mais um minuto e, se Paul não se opusesse, o automóvel ia levar o assassino com sua vítima. Minuto horrível, porque Paul Delroze sentia todo o perigo de uma intervenção que nem teria a vantagem de ser eficaz, já que a morte de Karl não impediria a condessa Hermine de prosseguir com seus projetos.

Bernard murmurou:

ARSÈNE LUPIN E O ESTILHAÇO DE OBUS

– Mas você não pretende raptar Élisabeth? Há aí todo um posto de sentinelas.

– Só quero uma coisa: matar Karl.

– E depois?

– Depois? Vão nos prender. Haverá interrogatório, inquérito, escândalo... O príncipe Conrad estará envolvido no caso.

– E seremos fuzilados. Confesso que seu plano...

– Tem outro a propor?

Interrompeu-se. O espião Karl, muito irritado, praguejava contra seu motorista e Paul entendeu essas palavras:

– Espécie de imbecil. Nunca faz nada diferente! Não tem gasolina. Onde acha que vamos encontrar gasolina de noite? Onde tem gasolina? Na dependência? Corra lá, cretino. E minha peliça? Esqueceu também? Rápido! Traga-a. Eu mesmo vou dirigir. Com um aloprado de sua espécie, é demais arriscado...

O soldado se pôs a correr. E, imediatamente, Paul constatou que, para que ele mesmo fosse até a dependência cujas luzes ele avistava, não precisaria se afastar da escuridão que o protegia.

– Venha – disse a Bernard –, tenho uma ideia que você vai entender.

Com seus passos abafados pela relva do gramado, chegaram às dependências reservadas aos estábulos e às garagens de carros, e onde puderam penetrar sem que suas silhuetas fossem vistas de fora. O soldado se encontrava no fundo, em um depósito cuja porta estava aberta. De seu esconderijo, viram que despendurava de um gancho uma enorme peliça de cabra que jogou no ombro, então pegou quatro garrafões de gasolina. Assim carregado, saiu do depósito e passou diante de Paul e Bernard.

O golpe foi rapidamente executado. Antes mesmo que tivesse tempo de soltar um grito, foi derrubado, imobilizado e amordaçado.

– Está feito – disse Paul. – Agora, dê-me seu casaco e seu boné. Eu gostaria de me poupar esse disfarce. Mas quem quer o fim...

– Então – perguntou Bernard – vai arriscar a aventura? E se Karl não reconhecer seu motorista?

183

– Nem vai pensar em olhá-lo.

– Mas se ele lhe dirigir a palavra?

– Não vou responder. Aliás, assim que estivermos fora do recinto, não haverá mais nada a temer dele.

– E eu?

– Você, amarre cuidadosamente seu prisioneiro e tranque-o em algum cubículo. Em seguida, volte aos maciços de plantas, atrás da janela da sacada. Espero encontrar você aí junto com Élisabeth no meio da noite, e então nós três só precisaremos seguir o caminho do túnel. Se, por acaso, você não me vir voltar...

– E então?

– Então, vá embora sozinho, antes do amanhecer.

– Mas...

Paul já se afastava. Estava nessa disposição de espírito em que nem consentimos mais refletir sobre os atos que decidimos cumprir. De resto, os eventos pareciam lhe dar razão. Karl o recebeu com xingamentos, mas sem prestar qualquer atenção nesse comparsa para o qual não tinha suficiente desprezo. O espião pôs sua peliça de cabra, sentou no volante, e manuseou as marchas ao passo que Paul se acomodava ao seu lado.

O carro já começava a se mexer quando uma voz, vinda da escada, ordenou:

– Karl! Karl!

Paul ficou inquieto por um momento. Era a condessa Hermine.

Aproximou-se do espião e disse em voz baixa e em francês:

– Eu lhe aconselho, Karl... Mas seu motorista não entende francês, não é?

– Mal entende alemão. Excelência. É um bruto. Pode falar.

– É o seguinte. Só derrame dez gotas do frasco, do contrário...

– Combinado, Excelência. O que mais?

– Você vai me escrever daqui a oito dias se tudo correr bem. Escreva a nosso endereço de Paris, e não antes, seria inútil.

– Então, Vossa Excelência vai voltar para França?

ARSÈNE LUPIN E O ESTILHAÇO DE OBUS

– Sim. Meu projeto está maduro.

– Ainda o mesmo?

– Sim. O tempo parece favorável. Há dias que está chovendo, e o estado-maior me avisou que ia agir de seu lado. Portanto, estarei lá amanhã à noite e bastará uma ajudinha.

– Ah, sim, uma ajudinha e nada mais! Eu mesmo trabalhei nisso, e está tudo pronto. Mas Vossa Excelência me falou de outro projeto, para completar o primeiro, e confesso que este...

– É preciso – disse ela. – A sorte está virando contra nós. Se eu conseguir, será o fim de nossos reveses.

– E Vossa Excelência obteve o consentimento do imperador?

– Inútil. São empreitadas de que não se fala.

– Esta é perigosa e terrível.

– Pouco importa.

– Vai precisar de mim lá, Excelência?

– Não. Livre-nos da garota. Por enquanto, isso basta. Adeus.

– Adeus, Excelência.

O espião soltou a embreagem e o carro partiu.

A alameda que circundava o gramado central levava a um pavilhão que comandava a abertura da grade do jardim e servia de posto de guarda. De cada lado erguiam-se os altos muros do recinto.

Um oficial saiu do pavilhão. Karl lançou a senha: *"Hohenstaufen"*. A grade foi aberta, e o carro acelerou em uma grande estrada que atravessava primeiramente a pequena cidade de Ébrecourt para depois serpentear no meio de colinas baixas.

Assim, às onze da noite, Paul se encontrava sozinho na campina deserta, com Élisabeth e o espião Karl. Que conseguisse dominar o espião era algo de que ele não duvidava; Élisabeth estaria livre. Então, só lhes restaria voltar, entrar na casa do príncipe Conrad, graças à senha, e encontrar Bernard. Uma vez a empreitada terminada, e completada conforme os desígnios de Paul, o túnel os levaria de volta ao Castelo de Ornequin.

Desse modo, Paul se entregou à alegria que tomava conta dele. Élisabeth estava aí, sob sua proteção. Élisabeth cuja coragem havia certamente enfraquecido sob o peso das provações, mas a quem ele devia sua indulgência já que era infeliz por culpa dele. Ele esquecia, queria esquecer todas as fases ruins do drama, para somente pensar no desfecho próximo, no triunfo, na libertação de sua mulher.

Ele observa atentamente a estrada, para não se perder na volta, e combinava o plano de ataque, fixando-o na primeira parada que seriam obrigados a fazer. Decidido a não matar o espião, ele o atordoaria com um soco e, após tê-lo dominado e amarrado, o jogaria em algum bosque.

Passaram por uma aglomeração importante, em seguida por duas aldeias, e depois por uma cidade em que tiveram de parar e mostrar os documentos de carro.

Naquele momento, a luz dos faróis enfraquecendo, Karl diminuiu a velocidade. Ele resmungou:

– Duplamente asno, nem sabe tomar cuidado dos faróis! Você repôs carbureto?

Paul não respondeu. Karl continuou a resmungar. Então, freou, xingando:

– Nunca vi mais imbecil! Não há como ir para frente… Vamos, mexa-se e acenda…

Paul pulou do assento, ao passo que o carro estacionava à beira da estrada.

Era o momento de agir.

Cuidou primeiramente do farol, enquanto vigiava os movimentos do espião e tinha o cuidado se de manter fora dos feixes de luz. Karl desceu, abriu a porta da limusine, iniciou uma conversa que Paul não ouviu. Então, voltou para a frente do carro.

– E então, idiota, ainda não acabou?

Paul estava de costas para ele, muito atento à sua tarefa e espiando o segundo propício em que o espião, dando dois passos à frente, estaria ao seu alcance. Passou-se um minuto. Ele cerrou os punhos. Previu exatamente o gesto necessário, e ia executá-lo, quando, de repente, foi agarrado por trás, o corpo segurado por dois braços, e derrubado sem poder oferecer qualquer resistência.

ARSÈNE LUPIN E O ESTILHAÇO DE OBUS

– Ah! Diabo! – exclamou o espião segurando-o sob seu joelho. – É por isso que não respondia...? E também você parecia ter um comportamento estranho ao meu lado... mas eu pensei nisso... Foi agora mesmo. A lanterna que o iluminou de perfil. Veja só! Mas quem é esse cara? Um cachorro de um francês, talvez?

Paul se enrijecera e, por um momento, acreditou que fosse possível escapar das garras de Karl. O esforço do adversário se afrouxava, aos poucos ele o dominava, e exclamou:

– Sim, um francês, Paul Delroze, aquele que você quis matar antes, o marido de Élisabeth, de sua vítima... Sim, sou eu, e sei quem você é... o falso belga Laschen, o espião Karl.

Calou-se. O espião, que só afrouxara sua pressão para poder tirar um punhal da cintura, levantava a arma para ele.

– Ah! Paul Delroze... credo! A expedição será frutífera... Os dois, um por um... o marido... a mulher... Ah! Você veio se meter entre minhas garras... Pois bem! Leve isso, rapaz...

Paul viu acima de seu rosto o clarão de uma lâmina que brilhava: fechou os olhos pronunciando o nome de Élisabeth...

Mais um segundo e, de repente, houve três detonações. Atrás do grupo formado pelos dois adversários, alguém atirava.

O espião soltou um palavrão abominável. Sua pressão se afrouxou. A arma caiu e ele desabou de bruços gemendo.

– Ah! Maldita mulher... maldita mulher. Eu deveria tê-la estrangulado no carro... Bem que eu desconfiava que isso fosse acontecer...

Então, ele gaguejou:

– Acertou-me em cheio! Ah! Maldita mulher, como estou sofrendo...!

Calou-se. Algumas convulsões. Um soluço de agonia e foi tudo.

De um só pulo, Paul se levantou. Correu até a mulher que o havia salvado e que ainda segurava o revólver na mão.

– Élisabeth! – disse, louco de felicidade.

Mas se imobilizou, os braços estendido. Na escuridão, a silhueta dessa mulher não lhe parecia ser a de Élisabeth, mas uma silhueta mais alta e mais forte.

187

Ele balbuciou com infinita angústia:

– Élisabeth… É você…? É você mesma…?

E, ao mesmo tempo, tinha a profunda intuição da resposta que ia ouvir.

– Não – disse a mulher. – A sra. Delroze partiu um pouco antes de nós, em outro automóvel, Karl e eu devíamos ir ao seu encontro.

Paul se lembrou desse automóvel de que acreditara ter ouvido o motor quando contornava a casa com Bernard. No entanto, como essas duas partidas haviam ocorrido no máximo a poucos minutos de intervalo, ele não perdeu a coragem e exclamou:

– Então, rápido, vamos depressa. Se formos mais depressa, com certeza vamos alcançá-los…

Mas a mulher objetou imediatamente:

– Alcançá-los? É impossível, os dois automóveis seguem estradas diferentes.

– Não importa, se eles se dirigirem para o mesmo destino. Aonde estão levando a sra. Delroze?

– A um castelo que pertence à condessa Hermine.

– E esse castelo fica…?

– Não sei.

– A senhora não sabe? Mas é terrível. Sabe seu nome ao menos?

– Karl não me disse. Eu ignoro.

A LUTA IMPOSSÍVEL

No imenso desespero em que essas últimas palavras o precipitaram, Paul experimentou, assim como no espetáculo da festa dada pelo príncipe Conrad, a necessidade de uma reação imediata. Com certeza, qualquer esperança estava perdida. Seu plano, que consistia em utilizar a passagem do túnel antes que o alarme fosse dado, seu plano desmoronava. Ao admitir mesmo que conseguisse alcançar Élisabeth e libertá-la, o que parecia cada vez mais inverossímil, a que momento isso ia se produzir? E como, depois, escapar do inimigo e entrar na França?

Não, agora o espaço e o tempo estavam contra ele. Sua derrota era daquelas após as quais só resta se resignar e esperar o golpe de misericórdia.

No entanto, não se lamentou. Entendia que qualquer falha seria irreparável. O impulso que o trouxera até aqui devia perdurar sem trégua e com mais ardor ainda.

Aproximou-se do espião. A mulher estava debruçada sobre o corpo e o examinava à luz de uma das lanternas que ela havia desprendido.

– Está morto, não é? – disse ele.

– Sim, está morto. Duas balas o atingiram nas costas. – Ela murmurou com voz alterada: – É horrível o que fiz. Eu o matei, eu mesma! Não se trata de um assassinato, senhor, não é mesmo? E eu tinha o direito...? Mesmo assim, é horrível... Acabo de matar Karl!

Seu rosto, ainda jovem e bastante bonito, embora muito vulgar, estava decomposto. Seus olhos não pareciam poder se desviar o cadáver.

– Quem é a senhora? – perguntou Paul.

Ela respondeu soluçando:

– Eu era amiga dele... melhor do que isso, ou pior que isso... ele havia jurado que se casaria comigo... Mas as promessas de Karl...! Tão mentiroso, senhor, tão covarde...! Ah, tudo que sei ao seu respeito... eu mesma, aos poucos, de tanto me calar, tornei-me sua cúmplice. É que me dava tanto medo! Eu não o amava mais, mas eu tremia e obedecia... com que ódio, no final...! E como ele sentia esse ódio! Dizia-me com frequência: "Um dia desses você é bem capaz de me degolar." Não, senhor... Bem que eu pensava nisso, mas eu não teria tido coragem. Foi apenas há pouco, quando vi que ele ia esfaqueá-lo... e sobretudo quando ouvi seu nome...

– Meu nome, por quê?

– É o marido da sra. Delroze.

– E daí?

– Daí que a conheço. Não há muito tempo, só de hoje. Foi hoje de manhã que Karl, vindo da Bélgica, passou pela cidade onde moro e me levou até a casa do príncipe Conrad. Tratava-se de entrar ao serviço, como camareira, de uma dama francesa que devíamos levar a um castelo. Entendi o que isso significava. Mais uma vez, eu precisava ser cúmplice, inspirar confiança... E então, vi essa dama francesa... eu a vi chorar... E era tão doce, tão boa, que me partiu o coração. Prometi socorrê-la... eu somente não pensava que fosse dessa maneira, matando Karl...

Levantou-se bruscamente e disse em tom áspero:

– Mas era preciso, senhor. Não podia ser de outra maneira, porque eu sabia demais a respeito dele. Ele ou eu... Foi ele... Melhor assim, não lamento nada... Não havia no mundo alguém tão miserável, e com pessoas de sua espécie, não se deve hesitar. Não lamento nada.

Paul lhe disse:

– Era devotado à condessa Hermine, não é?

Ela estremeceu e baixou a voz para responder.

– Ah! Não vamos falar dela, eu lhe peço. Esta é ainda mais terrível, e ainda está viva! Ah! Se vier a suspeitar de mim qualquer dia!

– Quem é essa mulher?

– Quem sabe? Ela vai e vem, é ela que manda onde quer que esteja... Obedecem-lhe como ao imperador. Todos a temem. É como seu irmão...

– Seu irmão?

– Sim, o major Hermann.

– Hem? Está dizendo que o major Hermann é irmão dela?

– Com certeza, aliás, basta vê-lo. Parece a condessa Hermine em pessoa!

– Mas já os viu juntos?

– Pois bem... Não me lembro... Por que essa pergunta?

O tempo era precioso demais para que Paul insistisse. O que essa mulher podia pensar da condessa Hermine importava pouco.

Ele lhe perguntou:

– Ela está morando mesmo na casa do príncipe?

– Atualmente, sim... O príncipe mora no primeiro andar, na parte de trás; ela, no mesmo andar, na frente.

– Se eu mandar lhe dizer que Karl, vítima de um acidente, enviou seu motorista, eu no caso, para avisá-la, ela me receberá?

– Com certeza.

– Ela conhece o motorista de Karl, aquele de quem tomei o lugar?

– Não. É um soldado que Karl trouxe da Bélgica.

Paul refletiu um instante, então prosseguiu:

– Ajude-me.

Empurraram o cadáver para a vala da estrada, desceram-no ali e o cobriram com galhos secos.

– Estou voltando à casa do príncipe – disse ele. – Quanto à senhora, ande até encontrar um grupo de habitações. Desperte as pessoas e conte o assassinato de Karl por seu motorista e sua fuga. O tempo de avisar a polícia, de interrogá-la, de telefonar à casa do príncipe, é mais do que vou precisar.

Ela se assustou:

– Mas a condessa Hermine...

– Não tema nada desse lado. Admitindo-se até que eu não consiga dominá-la, como poderia suspeitar da senhora, já que o inquérito vai me designar como único culpado? Aliás, não temos outra escolha.

E, sem mais ouvi-la, voltou a ligar o carro, pegou o volante e, apesar das preces assustadas da mulher, partiu.

Partiu com o mesmo ardor e determinação que se se entregasse às exigências de um novo projeto de que tivesse fixado todos os detalhes e sabido com certeza a eficiência.

"Vou ver a condessa", ele se dizia. "E então, quer preocupada com o destino de Karl ela queira que eu a leve até ele, quer me receba em algum cômodo da casa, eu vou obrigá-la por qualquer meio a me revelar o nome do castelo que serve de prisão a Élisabeth. Eu a obrigo a me dar o meio de libertá-la e fazer com que fuja."

Mas como tudo isso era vago! Quantos obstáculos! Quantas impossibilidades! Como supor que as circunstâncias seriam fáceis a ponto de iludir a condessa e de privá-la de qualquer socorro? Uma mulher de seu porte não era daquelas que se deixam enganar por palavras e se submetem a ameaças.

Não importa! Paul não aceitava a dúvida. No final de sua empreitada estava o sucesso, e para alcançá-lo mais rapidamente, ele aumentava a velocidade, lançando seu carro em disparada por meio dos campos e mal diminuindo a velocidade ao atravessar aldeias e cidades.

– "*Hohenstaufen*" – gritou à sentinela plantada diante do posto do recinto.

O oficial de guarda, após tê-lo interrogado, mandou-o ao suboficial do posto que estacionava diante da escada. Só este tinha livre acesso à casa e, por ele, a condessa seria informada.

– Bem – disse Paul –, primeiramente, vou colocar meu carro na dependência.

ARSÈNE LUPIN E O ESTILHAÇO DE OBUS

Uma vez chegado, desligou os faróis, e como se dirigia para a casa, teve a ideia, antes de se apresentar diante do suboficial, de procurar Bernard e de se informar sobre o que seu cunhado pudera descobrir.

Encontrou-o atrás da casa, no meio dos maciços agrupados diante da janela da sacada.

– Então, está sozinho? – perguntou Bernard com ansiedade.

– Sim, o negócio não deu certo. Élisabeth foi levada em um primeiro carro.

– É terrível o que está me dizendo!

– Sim, mas o mal pode ser consertado.

– Como?

– Ainda não sei. Mas conte-me: Como as coisas estão andando? E o motorista?

– Bem guardado. Ninguém vai descobri-lo… ao menos não antes da manhã, quando outros motoristas virão às dependências.

– Bem. Fora isso?

– Uma patrulha no parque, há uma hora. Consegui me esconder.

– E então?

– Então, dei uma corrida até o túnel. Os homens começavam a se mexer. Aliás, há algo que os fez despertar e como!

– O quê?

– A irrupção de certa pessoa que conhecemos, a mulher que encontrei em Corvigny, aquela que se parece tanto com o major Hermann.

– Fazia uma ronda?

– Não, ia embora…

– Sim, sei que deve partir.

– Já partiu.

– Olhe, não dá para crer, sua partida para a França não era imediata.

– Eu a vi partir.

– Mas por onde? Por que estrada?

– Bem, e o túnel? Você acha que esse túnel não serve a mais nada? Ela pegou esse caminho, diante de meus olhos, e em condições eminentemente confortáveis... um pequeno vagão conduzido por um mecânico e acionado eletricamente. Já que o destino de sua viagem, como você diz, era a França, é provável que tenha sido orientado para a linha de Corvigny. Isso ocorreu há duas horas. Ouvi o vagão voltar.

Para Paul, o sumiço da condessa Hermine era um novo golpe. Como, então, achar e libertar Élisabeth? A que fio se segurar nas trevas em que cada um de seus esforços acabava em desastre?

Retesou-se para dar novo ânimo à sua força de vontade e decidiu continuar a empreitada até completo sucesso.

Perguntou a Bernard:

– Não notou mais nada?

– Nada mais.

– Nem idas e vindas?

– Não. Os criados foram se deitar. As luzes estão apagadas.

– Todas as luzes?

– Exceto uma, contudo. Veja, lá, acima de nossas cabeças.

Era no primeiro andar e em uma janela situada acima daquela pela qual Paul assistira à ceia do príncipe Conrad. Ele disse:

– Essa luz foi acesa enquanto eu havia subido na sacada?

– Sim, perto do fim.

Paul murmurou:

– Segundo minhas informações, deve ser o quarto do príncipe Conrad. Ele também estava bêbado e tiveram de carregá-lo até lá.

– Vi sombras, de fato, naquele momento e desde então tudo está imóvel.

– Obviamente, está se recuperando do champanhe. Ah, se pudéssemos ver...! Penetrar nesse quarto!

– É fácil – disse Bernard.

– Por onde?

– Pelo cômodo adjacente, que deve ser o gabinete de toalete e cuja janela deixaram entreaberta, provavelmente para trazer um pouco de ar ao príncipe.

– Mas precisaríamos de uma escada.

– Sei onde tem uma. Está pendurada na parede da dependência. Quer pegá-la?

– Sim, sim – disse Paul, energicamente. – Ande logo.

Em sua mente, uma combinação totalmente nova se formava, vinculada aliás às suas primeiras disposições para o combate, e que agora lhe parecia capaz de levá-lo à sua meta.

Verificou que as aproximações da casa, à direita e à esquerda estavam desertas, e que nenhum soldado do posto se afastava da entrada principal, e então, assim que Bernard voltou, fincou a escada na alameda e a apoiou na parede.

Subiram.

A janela entreaberta era mesmo a do gabinete de toalete. A luz do quarto adjacente o iluminava. Nenhum ruído vinha desse quarto senão um ronco sonoro. Paul esticou a cabeça.

Atravessado na cama, vestido com seu uniforme cujo peitilho estava sujo de manchas, jogado como um boneco, o príncipe Conrad dormia. Dormia tão profundamente que Paul ficou à vontade para examinar o quarto. Um pequeno cômodo servindo de vestíbulo o separava do corredor, de modo que havia entre o quarto e o corredor duas portas de que Paul empurrou os ferrolhos e trancou as fechaduras, dando duas voltas. Assim, estavam sozinhos com o príncipe Conrad, sem que se pudesse ouvir nada de dentro.

– Vamos – disse Paul, uma vez que se distribuíram as tarefas.

E ele aplicou sobre o rosto do príncipe uma toalha enrolada cujas pontas ele tentava lhe enfiar na boca, ao passo que Bernard, com a ajuda de outras tolhas, amarrava-lhe as pernas e os pulsos. Isso foi executado em silêncio. Por parte do príncipe, nenhuma resistência, nenhum grito. Ele abrira os olhos e olhava seus agressores com a aparência de um homem que não entende nada daquilo que lhe está acontecendo, mas que um medo cada vez mais forte invade à medida que toma consciência do perigo.

– Nem um pouco corajoso o herdeiro de Guilherme – zombou Bernard. – Que medo! Vamos, rapaz, vai precisar se recompor. Onde está seu frasco de sais?

Paul havia acabado de lhe introduzir na boca metade da toalha.

– Agora – disse ele – vamos embora.

– O que quer fazer? – perguntou Bernard.

– Levá-lo.

– Aonde?

– Para a França.

– Para a França?

– Ora! Agora que o pegamos, que nos sirva para algo!

– Não vão deixá-lo sair.

– E o túnel?

– Impossível! Está sendo muito vigiado agora.

– É o que veremos.

Pegou seu revólver e o apontou para o príncipe Conrad.

– Escute-me. Está com as ideias muito confusas para entender minhas perguntas. Mas um revólver, dá para compreender sozinho, não é? É uma linguagem muito clara, até mesmo para alguém bêbado e que treme de medo. Pois bem, se não me seguir tranquilamente, se tentar se debater e fazer barulho, se meu camarada e eu estivermos correndo perigo um só instante, será liquidado. O Browning de que sente o cano em sua têmpora lhe fará estourar a cabeça. Estamos de acordo?

O príncipe meneou a cabeça.

– Perfeito – concluiu Paul. – Bernard, desate-lhe as pernas, mas amarre seus braços em volta do corpo… Bem… Vamos.

A descida se efetuou nas melhores condições e eles andaram no meio dos maciços de plantas até o tapume que separava o jardim do vasto recinto reservados às casernas. Lá, passaram-se o príncipe de um lado para outro, como um embrulho, e seguindo o mesmo caminho da chegada, alcançaram as pedreiras.

Além de a noite ser suficientemente clara para que pudessem se orientar, avistavam diante deles um largo feixe de luz que devia subir do corpo de guarda estabelecido na entrada do túnel. De fato, no posto, todas as luzes estavam acesas, e os homens, de pé fora do barracão, bebiam café.

Diante do túnel, um soldado deambulava, o fuzil ao ombro.

– Somos dois – sussurrou Bernard. – Eles são seis, e ao primeiro disparo, vão surgir várias centenas de boches alojados a cinco minutos daqui. A luta seria um tanto desigual, o que acha?

O que agravava a dificuldade até torná-la insuperável era que na realidade não eram dois, porém três, e que seu prisioneiro constituía para eles o mais terrível dos estorvos. Com ele, era impossível correr ou fugir. Precisavam arrumar algum estratagema.

Lenta e prudentemente, de modo que nenhuma pedra rolasse sob seus passos ou sob os passos do príncipe, descreveram, fora do espaço iluminado, um circuito que os levou, após uma hora, à proximidade do túnel, nas encostas rochosas contra as quais se apoiavam seus primeiros contrafortes.

– Fique aqui – disse Paul, e ele falava em voz bem baixa, mas de modo que o príncipe o ouvisse. – Fique aqui e decore minhas instruções. Primeiro, você se encarrega do príncipe... revólver em punho e a mão esquerda sobre seu colarinho. Se ele esbravejar, quebre sua cabeça. Azar o nosso, e azar o dele também. Do meu lado, vou voltar a certa distância do barracão e atrair os cinco homens do posto. Então, ou o homem de guarda lá embaixo junta-se aos seus camaradas, nesse caso você passa com o príncipe; ou, seguindo as ordens, ele não se mexe, nesse caso você atira nele para feri-lo... e você passa.

– Sim, passo, mas os boches correm atrás de mim.

– Obviamente.

– E eles nos alcançam.

– Não vão alcançá-los.

– Tem certeza?

– Certeza.

– Já que você o afirma...

– Portanto, está entendido. E o senhor também – disse Paul ao príncipe –, está entendido, certo? Submissão absoluta, do contrário, qualquer imprudência, qualquer desentendimento podem lhe custar a vida.

Bernard disse ao ouvido de seu cunhado:

– Encontrei uma corda, vou amarrá-la no pescoço dele, e, à primeira desobediência, um pequeno gesto seco o fará voltar à realidade. Somente, Paul, eu lhe aviso que, se lhe der na cabeça se debater, sou incapaz de matá-lo... assim... friamente...

– Fique tranquilo... está demais apavorado para se debater. Vai segui-lo como um cão até a outra extremidade do túnel.

– E então, uma vez lá?

– Uma vez lá, tranque-o nas ruínas de Ornequin, mas sem revelar seu nome a ninguém.

– E você, Paul?

– Não se preocupe comigo.

– No entanto...

O risco é igual para nós dois. A partida que vamos jogar é assustadora, e há chances que a percamos. Mas, se ganharmos, é a salvação de Élisabeth. Portanto, vamos de coração cheio. Até logo, Bernard. Em dez minutos, tudo deve estar resolvido, num sentido ou no outro.

Abraçaram-se longamente e Paul se afastou.

Como Paul anunciara, esse supremo esforço não podia ser bem-sucedido senão com audácia e prontidão, e era preciso executá-lo como se executa uma manobra desesperada.

Mais dez minutos e ia ser o desfecho da aventura. Mais dez minutos e seria vitorioso ou fuzilado.

Todos os atos que executou a partir desse momento foram tão ordenados e metódicos como se ele tivesse tido tempo de preparar cuidadosamente seu desencadeamento e de garantir seu inevitável sucesso, ao passo que, na realidade, tratou-se de uma série de decisões isoladas que ele tomava conforme as mais trágicas circunstâncias.

Por meio de um atalho e mantendo-se nas encostas dos outeiros formados pela exploração da areia, ele alcançou o desfiladeiro que punha em comunicação as pedreiras e o campo reservado à guarnição. No último desses outeiros, o acaso fez com que batesse num bloco de pedra que vacilou.

Tateando, deu-se conta que esse bloco segurava por trás um amontoamento de areia de cascalhos.

– É disso que preciso – disse ele, sem mesmo refletir.

Com pontapé violento, sacudiu a massa que, logo, seguindo a reentrância de uma ravina, precipitou-se no desfiladeiro com o estrondo de um desmoronamento.

Com um salto, Paul pulou entre as pedras, deitou-se de bruços e começou a gritar por socorro, como se fosse vítima de um acidente.

Do lugar em que jazia, não era possível, por causa das sinuosidades do desfiladeiro, ouvi-lo das casernas, mas qualquer chamado devia ecoar até o barracão do túnel, distante de cem metros no máximo. E, de fato, os homens do posto logo acorreram.

Ele não contou menos do que cinco, que se apressaram ao seu redor e o levantaram, ao mesmo tempo que o interrogavam. Com voz mal inteligível, deu ao suboficial respostas incoerentes, ofegantes, que permitiam concluir que era enviado pelo príncipe Conrad à procura da condessa Hermine.

Paul sentia mesmo que seu estratagema não tinha nenhuma chance de ter êxito além de um tempo muito limitado, mas qualquer minuto ganhado tinha preço inestimável, já que Bernard o aproveitaria para agir do seu lado contra o sexto homem de vigia diante o túnel e para fugir com o príncipe Conrad. Talvez até esse homem acabasse por vir também... Ou talvez Bernard se livrasse dele sem precisar usar seu revólver e, consequentemente, sem chamar a atenção.

E Paul, erguendo um pouco a voz, balbuciava explicações confusas que o suboficial se irritava por não entender, quando um tiro estourou acolá, seguido por duas outras detonações.

No momento o suboficial hesitou, sem saber muito bem de onde vinha o ruído. Os homens, afastando-se de Paul, prestaram ouvidos. Nesse momento, ele passou por meio deles e saiu adiante sem que eles se dessem conta, na escuridão, que era ele que se afastava. Então, na primeira curva, pôs-se a correr, e em poucos pulos alcançou o barracão.

Avistou de relance Bernard, a trinta passos à frente, diante do orifício do túnel, lutando com o príncipe Conrad, que tentava fugir. Perto deles, a sentinela se arrastava no chão, gemendo.

Paul teve a visão muito exata do que ia fazer. Ajudar Bernard e tentar com ele o risco de uma evasão seria uma loucura, já que seus adversários os alcançariam fatalmente, e que em todo caso o príncipe Conrad seria libertado. Não, o essencial era deter a chegada dos homens do posto, cujas sombras já apareciam na saída do desfiladeiro, e permitir a Bernard que desse cabo do príncipe.

Meio escondido pelo barracão, apontou seu revolver para eles e gritou:

– Parem!

O suboficial não obedeceu e adentrou a zona iluminada. Paul atirou. O alemão caiu, porém somente ferido, porque ordenou com voz selvagem:

– Para a frente! Vão em cima dele! Para a frente, seu bando de medrosos!

Os homens não se moviam. Paul agarrou um fuzil no feixe de armas deixadas perto do barracão, e, enquanto mirava, pôde, de um olhar lançado para trás, constatar que Bernard havia finalmente dominado o príncipe Conrad e o levava para as profundezas do túnel.

"Agora, só se trata de aguentar durante cinco minutos", pensou Paul, "para que Bernard vá o mais longe possível".

Estava tão calmo naquele momento que poderia ter contado os minutos com o batimento regular de seu pulso.

– Para a frente! Vão em cima dele! Para a frente! – não parava de exclamar o suboficial que, sem dúvida, embora não houvesse reconhecido o príncipe Conrad, discernira a silhueta de dois fugitivos.

De joelho, atirou com seu revólver em Paul, que lhe quebrou o braço com uma bala. Mas o suboficial vociferou mais do que nunca:

– Para a frente! Há dois homens que fugiram pelo túnel. Para a frente! Os reforços estão chegando.

Era meia dúzia de soldados das casernas, que acorreram ao ouvir as detonações. Paul, que conseguira penetrar no barracão, quebrou o vidro de uma claraboia e atirou três vezes. Os soldados se protegeram, mas outros chegaram, receberam as ordens do suboficial e se dispersaram, e Paul viu que escalavam as encostas vizinhas para contorná-lo. Atirou ainda algumas vezes com seu fuzil. Para quê? Qualquer esperança de resistência mais longa desaparecia.

Obstinou-se, no entanto, e manteve seus adversários a distância, atirando sem parar e ganhando assim tempo até os limites do possível. Mas percebeu que a manobra do inimigo tinha por finalidade, após tê-lo contornado, dirigir-se para o túnel e caçar os fugitivos.

Paul resistia. Tinha realmente consciência de cada segundo que passava, de cada um desses segundos inapreciáveis que aumentavam a distância em que Bernard se encontrava.

Três homens se precipitaram no orifício escancarado, e então quatro, e cinco.

Ademais, as balas começavam a chover sobre o barracão.

Paul calculava:

"Bernard deve estar a seiscentos ou setecentos metros. Os três homens que o perseguem estão a cinquenta metros... a setenta e cinco agora. Está tudo bem."

Um grupo unido de alemães vinha em direção ao barracão. Era evidente que não acreditavam que Paul estivesse trancado sozinho nele, de tanto que ele redobrava seus esforços. Dessa vez só lhe restava se render.

"Está na hora", pensou ele. "Bernard está fora da zona de perigo".

Bruscamente, precipitou-se para o quadro que continha as manetas que correspondiam aos fornilhos de mina praticados no túnel, com coronhada estraçalhou o vidro e abaixou a primeira e a segunda das manetas.

A terra pareceu tremer. Um barulho de trovão rolou sob o túnel e se propagou longamente como um eco repicando.

Entre Bernard de Anville e o grupo que procurava alcançá-lo, o caminho estava bloqueado. Bernard podia levar tranquilamente para a França o príncipe Conrad.

Então, Paul saiu do barracão, levantando os braços e gritando com voz alegre:

– Camarada! Camarada!

Dez homens já o cercavam e um oficial que os comandava berrou, louco de raiva:

– Que seja fuzilado...! Agora mesmo... Agora mesmo... Que seja fuzilado...!

A LEI DO VENCEDOR

Mesmo sendo tratado com brutalidade, Paul não opôs qualquer resistência. Enquanto o punham, com violência exasperada, contra uma parede vertical da falésia, ele continuava calculando mentalmente:

"É matematicamente certo que as duas explosões se produziram a distâncias de trezentos a quatrocentos metros. Portanto, posso considerar também como certeiro que Bernard e o príncipe Conrad estavam além desse ponto, e que os homens que os perseguiam estavam aquém. Então, está tudo ótimo."

Docilmente, como uma espécie de irônica complacência, entregava-se aos preparativos de sua execução, e os doze soldados encarregados dela, alinhando-se na viva luz de um projetor elétrico, já só esperavam uma ordem. O suboficial que fora ferido no começo da luta, arrastou-se até ele e disse em tom esganiçado:

– Fuzilado...! Fuzilado...! *"Franzose"* imundo...

Ele respondeu, rindo:

– Não, não, as coisas não estão indo tão depressa.

– Fuzilado – repetiu o outro. – O *herr leutnant* disse.

– E então! O que está esperando o *herr leutnant*?

O tenente fazia uma rápida averiguação na entrada do túnel. Os homens que haviam entrado nele voltaram correndo, meio asfixiados pelos gases da explosão. Quanto ao soldado de vigia de quem Bernard tivera que se livrar, perdia sangue tão abundantemente que tiveram que renunciar a obter dele novas informações.

Foi nesse momento que notícias chegaram das casernas. Acabaram de saber por um estafeta enviado da casa que o príncipe Conrad havia desaparecido, e ordenou aos oficiais que dobrassem os postos e reforçassem a vigilância, principalmente nos arredores do túnel.

Decerto Paul esperara essa diversão, ou qualquer outra semelhante, que suspendesse sua execução. O dia começava a raiar, e ele supunha que, o príncipe Conrad tendo sido deixado totalmente embriagado em seu quarto, um de seus criados devia ter por missão vigiá-lo. Esse criado, encontrando as portas trancadas, havia dado o alarme. Daí as buscas imediatas.

Mas a surpresa de Paul foi que não suspeitassem do sequestro do príncipe por meio do túnel. O soldado de guarda desmaiado não podia falar. Os homens não se deram conta de que, entre dois fugitivos que avistaram de longe, um dos dois arrastava o outro. Em suma, pensaram que o príncipe havia sido assassinado. Seus agressores deviam ter jogado o corpo em algum lugar das pedreiras antes de fugirem. Dois deles conseguiram escapar. O terceiro estava preso. E nem um segundo sequer pensaram numa empreitada cuja audácia, justamente, ultrapassava a imaginação.

De qualquer modo, já não era mais questão de fuzilar Paul sem inquérito preliminar, e sem que os resultados desse inquérito fossem comunicados ao alto escalão.

Foi levado à casa do príncipe onde, após lhe retirar o capote alemão e tê-lo revistado minuciosamente, trancaram-no em um quarto sob a proteção de quatro homens sólidos.

Permaneceu aí cochilando por várias horas, encantado com esse descanso de que muito precisava e, de resto, bem tranquilo, já que Karl estava morto, a condessa Hermine ausente, Élisabeth em segurança, e só lhe restava entregar-se ao curso normal dos eventos.

Por volta das dez horas, recebeu a visita de um general que tentou interrogá-lo, e que, sem receber nenhuma resposta satisfatória, enfureceu--se, mas com certa reserva em que Paul entreviu esse tipo de consideração que se experimenta para com criminosos notáveis.

"Está tudo bem", ele pensou. "Essa visita não passa de uma etapa e me anuncia a visita de um embaixador mais importante, algo como um plenipotenciário."

Segundo as palavras do general, entendeu que continuavam procurando o corpo do príncipe. Aliás, procuravam-no também fora do recinto, já que um novo fato, a descoberta e as revelações do motorista rendido nas dependências por Paul e Bernard, assim como a partida e o regresso do automóvel, sinalizados pelos postos, abriam singularmente o campo das investigações.

Ao meio-dia, serviram a Paul uma refeição substancial. O trato melhorava. Houve cerveja e café.

"Talvez eu seja fuzilado", pensava ele, "mas conforme as regras e não antes que saibam exatamente qual é o misterioso personagem que têm a honra de fuzilar, os motivos de sua empreitada, e os resultados obtidos. Ora, só eu posso dar as informações. Portanto…"

Sentia tão nitidamente a força de sua posição e a necessidade em que o adversário se encontrava de contribuir ao sucesso de seu plano que não ficou surpreso ao ser levado, uma hora depois, a um pequeno salão da casa, na presença de dois personagens agaloados, que mandaram que fosse revistado mais uma vez, e então amarrado com insólito luxo de precauções.

"Deve ser ao menos", ele pensou, "o chanceler do império que se deslocou para me ver… a menos que…"

No fundo de si, dadas as circunstâncias, não podia deixar de prever uma intervenção mais poderosa até que a do chanceler, e quando ouviu, sob as janelas da casa, um automóvel parar, quando constatou a agitação dos dois personagens agaloados, teve a certeza de que seus cálculos recebiam uma retumbante confirmação.

Tudo estava pronto. Antes mesmo que a aparição se produzisse, os dois personagens se aprumaram em uma postura militar, e os soldados, ainda mais rígidos, tomaram a aparência de manequins.

A porta se abriu.

A entrada pareceu uma rajada de vento, num tinido de espada e esporas. Imediatamente, o homem que assim chegava dava uma impressão de febril pressa e partida iminente. O que vinha cumprir, só tinha um número restrito de minutos para fazê-lo.

Um gesto: todos os presentes se retiraram.

O imperador e o oficial francês permaneceram um diante do outro.

E logo o imperador articulou, com voz furiosa:

– Quem é o senhor? O que veio fazer aqui? Onde estão seus cúmplices? Sob as ordens de quem o senhor agiu?

Era difícil reconhecer nele a imagem que ofereciam suas fotografias e os desenhos dos jornais, de tal modo o rosto havia envelhecido, máscara agora devastada, cavada de rugas, borrada por uma tez amarelada.

Paul tremeu de ódio, não tanto de um ódio pessoal provocado pela lembrança de seus próprios sofrimentos, quanto de um ódio feito de horror e desprezo para com o maior criminoso que se pudesse imaginar. E, apesar de sua absoluta vontade de não se afastar das fórmulas usuais e das regras de aparente respeito, ele respondeu:

– Soltem-me!

O imperador estremeceu. Decerto, era a primeira vez que alguém lhe falava desse jeito, e ele exclamou:

– Mas o senhor esquece que basta uma palavra para que seja fuzilado! E se atreve! Exige condições!

Paul ficou calado. O imperador ia e vinha, a mão sobre o cabo da espada que deixava arrastar no tapete. Duas vezes parou e olhou Paul e, como este não se mexia, voltou a andar ainda mais indignado.

E, de repente, apertou o botão de um sino elétrico.

ARSÈNE LUPIN E O ESTILHAÇO DE OBUS

– Soltem-no! – ordenou àqueles que se precipitaram para atender seu chamado.

Liberado de suas amarras, Paul se levantou e corrigiu sua postura como um soldado diante de um superior.

De novo a sala se esvaziou. Então, o imperador se aproximou, e, deixando entre Paul e ele a proteção de uma mesa, perguntou, em tom ainda rude:

– O príncipe Conrad?

Paul respondeu:

– O príncipe Conrad não está morto. Majestade, está em boa saúde.

– Ah! – fez o cáiser, visivelmente aliviado.

E prosseguiu, evitando ainda atacar o fundo do assunto:

– Isso não muda as coisas no que lhe diz respeito: agressão... espionagem... sem contar o assassinato de um de meus melhores servidores...

– O espião Karl, não é, Majestade? Ao matá-lo, não fiz nada senão me defender contra ele.

– Mas o senhor o matou? Portanto, por esse assassinato e pelo resto, o senhor será fuzilado.

– Não, Majestade. A vida do príncipe Conrad depende de minha.

O imperador deu de ombros.

– Se o príncipe Conrad estiver vivo, vamos encontrá-lo.

– Não, Majestade. Não será encontrado.

– Não há esconderijo na Alemanha que possa se subtrair às minhas buscas – afirmou, batendo o punho.

– O príncipe Conrad não está na Alemanha, Majestade.

– Hem? O que está dizendo?

– Digo que o príncipe Conrad não está na Alemanha, Majestade.

– E onde está nesse caso?

– Na França.

– Na França!

– Sim, Majestade, no Castelo de Ornequin, vigiado por meus amigos. Se amanhã à noite, às seis horas, eu não estiver junto deles, o príncipe Conrad será entregue às autoridades militares.

O imperador pareceu sufocado a tal ponto que sua fúria definhou de repente e que ele nem procurou esconder a violência do golpe. Toda a humilhação, todo o ridículo que respingariam sobre ele, sobre sua dinastia e o império, se seu filho fosse prisioneiro, as gargalhadas do mundo inteiro diante dessa notícia, a insolência que daria ao inimigo a posse de tal refém, tudo isso transpareceu em seu olhar inquieto e em seus ombros que se curvaram.

Paul sentiu a vibração da vitória. Segurava esse homem tão fortemente quanto se segura sob o joelho o vencido que pede graça, e o equilíbrio das forças presentes estava tão bem rompido ao seu favor que os próprios olhos do cáiser, levantando-se sobre ele, deram a Paul a impressão de seu triunfo.

O imperador entrevia as fases do drama que se desenrolara no decorrer da noite, a chegada pelo túnel, o sequestro pelo túnel, a explosão das minas provocada para garantir a fuga dos agressores.

E o louco atrevimento da aventura o confundia.

Ele murmurou:

– Quem é o senhor?

Paul se departiu um pouco de sua postura rígida. Tremendo, pôs uma de suas mãos sobre a mesa que os separava, e ele pronunciou gravemente:

– Há dezesseis anos, Majestade, num final de tarde do mês de setembro...

– Hem! O que significa...? – articulou o imperador, surpreso por esse preâmbulo.

– Vossa Majestade me perguntou. Devo responder.

E ele prosseguiu, com a mesma gravidade:

– Há dezesseis anos, num final de tarde do mês de setembro, Vossa Majestade visitou, conduzido por uma pessoa... como posso dizer? uma pessoa encarregada de seu serviço de espionagem, as obras do túnel de Ébrecourt em Corvigny. No exato momento em que saía de uma pequena capela localizada nos bosques de Ornequin, Vossa Majestade se deparou com dois franceses, o pai e o filho... Vossa Majestade se lembra? Chovia...

ARSÈNE LUPIN E O ESTILHAÇO DE OBUS

e esse encontro lhe foi tão desagradável que um movimento de humor lhe escapou. Dez minutos depois, a dama que o acompanhava voltou, e quis levar um desses franceses, o pai, no território alemão, sob o pretexto de um encontro com Vossa Majestade. O francês recusou. A mulher o assassinou sob os olhos de seu filho. Ele se chamava Delroze. Era meu pai.

O cáiser havia escutado com crescente estupor. Pareceu a Paul que a tez de seu rosto ficava ainda mais amarelada. No entanto, ele manteve a compostura sob o olhar de Paul. Para ele, a morte desse sr. Delroze era um desses mínimos incidentes nos quais um imperador não se detém. Será que somente se lembrava?

Recusando-se, portanto, a explicar um crime que certamente não encomendara, mas do qual sua indulgência para com a criminosa o tornava cúmplice, limitou-se, após um silêncio, a deixar cair estas palavras:

– A condessa Hermine é responsável por seus atos.

– E só é responsável perante si própria – comentou Paul –, já que a justiça de seu país não quis que tivesse que prestar contas deste.

O imperador deu de ombros, como um homem que desdenha discutir questões de moral alemã e de política superior. Consultou seu relógio, tocou o sino, avisou que sua partida ocorreria dentro de poucos minutos e, voltando-se para Paul:

– Assim – disse ele –, é para vingar a morte de seu pai que o senhor sequestrou o príncipe Conrad?

– Não, Majestade, isso é uma questão entre a condessa Hermine e eu, mas com o príncipe Conrad tenho outra coisa para resolver. Durante sua estadia no Castelo de Ornequin, o príncipe Conrad assediou uma jovem mulher que morava nesse castelo. Rechaçado por ela, ele a levou como prisioneira, aqui, em sua casa. Essa jovem mulher traz meu nome. Vim buscá-la.

A atitude do imperador evidenciava que ele ignorava tudo dessa história e que as travessuras de seu filho o importunavam singularmente.

– Tem certeza? – disse ele. – Essa dama está aqui?

– Estava aqui ontem à noite, Majestade. Mas a condessa Hermine, tendo resolvido matá-la, confiou minha mulher ao espião Karl com missão de subtrair a pobre às buscas do príncipe Conrad e de envená-la.

– Mentira! Abominável mentira! – exclamou o imperador.

– Eis o frasco que a condessa Hermine entregou ao espião Karl.

– Depois? Depois? – mandou o cáiser com voz irritada.

– Depois, Majestade? Karl estando morto e como não sei o lugar onde se encontrava minha mulher, voltei aqui. O príncipe Conrad dormia. Com um de meus amigos, eu o tirei de seu quarto e despachei para a França pelo túnel.

– O senhor fez isso?

– Fiz, Majestade.

– E, certamente, em troca da liberdade do príncipe Conrad está pedindo a liberdade de sua mulher?

– Sim, Majestade.

– Mas – exclamou o imperador – ignoro onde ela está!

– Está em um castelo que pertence à condessa Hermine. Pense um instante, Majestade… um castelo no qual se chega em algumas horas de carro, portanto situado a cento e cinquenta, duzentos quilômetros, no máximo.

Taciturno, o imperador batia na mesa com o manípulo de sua espada, com pequenos golpes raivosos.

– É só isso que está me pedindo? – disse ele.

– Não, Majestade.

– O que mais?

– A liberdade de vinte prisioneiros franceses cuja lista me foi entregue pelo general comandante do exército francês.

Dessa vez o imperador se levantou de um só salto.

– Está louco! Vinte prisioneiros e todos oficiais, certamente? Chefes de corpos, generais!

– A lista inclui também simples soldados, Majestade.

O imperador não o escutava. Expressava-se por gestos desordenados e interjeições incoerentes. Fulminava Paul com o olhar. A ideia de sofrer a lei desse tenentezinho francês, cativo, e que, no entanto, falava como quem manda, devia lhe parecer terrivelmente desagradável. Em vez de castigar o insolente inimigo, precisava discutir com ele e baixar a cabeça sob a afronta de suas propostas! Mas o que fazer? Nenhuma saída se oferecia. Tinha como adversário um homem que nem a tortura tivesse dobrado.

E Paul prosseguiu:

– Majestade, a liberdade de minha mulher contra a liberdade do príncipe Conrad, o acordo seria verdadeiramente por demais desigual. O que importa à Vossa Majestade que minha mulher esteja cativa ou livre? Não, é justo que a liberação do príncipe Conrad seja objeto de uma troca que a justifique... e vinte prisioneiros francês, não é demais... De resto, é inútil que isso aconteça publicamente. Os prisioneiros voltarão à França um por um, se preferir, como se trocados contra prisioneiros alemães de mesma patente... de modo que...

Quanta ironia nessas palavras conciliadoras destinadas a amenizar o amargor de uma derrota e a dissimular, sob a aparência de uma concessão, o golpe dado ao orgulho imperial! Paul saboreava profundamente esses minutos. Tinha a impressão que esse homem, a quem uma decepção de amor-próprio relativamente tão pequena infligia um tormento tão grande, ademais devia sofrer ao ver abortar seu plano gigantesco e ao se sentir esmagado sob o peso do formidável destino.

"Vamos", pensou Paul, "estou bem vingado, e isso é só o começo de minha vingança".

A capitulação estava próxima. O imperador declarou:

– Eu vou ver... Vou dar ordens.

Paul protestou:

– Seria perigoso esperar, Majestade. A captura do príncipe Conrad poderia ficar conhecida na França...

– Pois bem – disse o imperador –, traga o príncipe Conrad e no mesmo dia sua mulher lhe será devolvida.

Mas Paul foi inflexível. Exigia que lhe fizessem inteiramente confiança.

– Majestade, não penso que as coisas devam se passar assim. Minha mulher se encontra na mais horrível situação que seja, e sua própria existência está em jogo. Peço para ser levado imediatamente junto dela. Esta noite, ela e eu estaremos na França. É indispensável que estejamos lá à noite.

Repetiu essas palavras em tom mais firme, e acrescentou:

– Quanto aos prisioneiros franceses, Majestade, sua entrega será efetuada nas condições que lhe agradar definir. Eis a lista com seu local de carceragem.

Paul pegou um lápis e uma folha de papel. Assim que acabou, o imperador lhe arrancou a lista das mãos, e logo seu rosto se convulsionou. Cada um dos nomes, por assim dizer, fazia-o tremer de impotente raiva. Amassou a folha e reduziu-a a uma bola, como se estivesse decidido a romper qualquer acordo.

Mas, de repente, sem mais resistência, de um movimento brusco, em que havia uma pressa febril de acabar com toda essa exasperante história, por três vezes apertou o sino elétrico.

Um oficial de ordenança entrou rapidamente e bateu continência diante dele.

O imperador refletiu mais um momento.

Então, determinou:

– Leve o tenente Delroze de automóvel ao Castelo de Hildensheim, de onde o trará com sua esposa até os postos avançados de Ébrecourt. Oito dias depois, você o encontrará nesse mesmo ponto de nossas linhas. Ele será acompanhado do príncipe Conrad, e você de vinte prisioneiros franceses cujos nomes já estão inscritos nesta lista. A troca acontecerá de maneira discreta, que você definirá com o tenente Delroze. É isso. Você me deixará a par mediante relatórios pessoais.

Isso foi lançado aos solavancos, em tom autoritário, como uma série de medidas que o imperador tivesse tomado por conta própria, sem sofrer qualquer pressão e pelo simples efeito de sua vontade imperial.

Tendo assim resolvido esse assunto, saiu de cabeça erguida, a espada vitoriosa e a espora sonora.

"Mais uma vitória ao seu crédito. Que cabotino!", pensou Paul, que não pôde deixar de rir, para grande escândalo do oficial de ordenança.

Ouviu o carro do imperador dar a partida.

A conversa não havia durado dez minutos.

Um momento depois, ele próprio ia embora e corria pela estrada de Hildensheim.

O ESPORÃO 132

Que viagem feliz! E com que alegria Paul Delroze a fez! Finalmente, alcançava sua meta, e dessa vez não era uma daquelas empreitadas arriscadas que, com frequência, terminam pela mais cruel das decepções; no final dessa estava o desfecho lógico e a recompensa de seus esforços. Nem a sombra de uma preocupação podia anuviá-lo. Existem vitórias, e a que acabara de obter contra o imperador era dessas, que consequentemente provocam a submissão de todos os obstáculos. Élisabeth se encontrava no Castelo de Hildensheim, e ele se dirigia para esse castelo sem que nada pudesse se opor ao seu impulso.

À claridade do dia, pareceu-lhe reconhecer as paisagens que se escondiam dele nas trevas da noite anterior, tal aldeia, tal aglomeração, tal rio por onde já passara. E ele viu a sucessão dos pequenos bosques. E viu a vala perto da qual lutara com o espião Karl.

Não precisou mais do que uma hora ainda para chegar à colina que dominava a fortaleza feudal de Hildensheim. Largos fossos a precediam, atravessados por uma ponte levadiça. Um zelador desconfiado se apresentou, mas algumas palavras do oficial abriram totalmente as portas.

Dois criados acorreram do castelo, e a uma pergunta de Paul, responderam-lhe que a dama francesa passeava à beira da lagoa.

ARSÈNE LUPIN E O ESTILHAÇO DE OBUS

Pediu o caminho e disse ao oficial:

– Irei sozinho. Iremos embora imediatamente.

Havia chovido. Um pálido sol de inverno, deslizando entre grandes nuvens, iluminava os gramados e maciços de plantas. Paul ladeou estufas, passou por um grupo de rochas artificiais de onde escapava um fraco fio de água que formava, em uma paisagem de pinheiros negros, uma vasta lagoa alegrada por cisnes e patos selvagens.

Na extremidade dessa lagoa, havia um terraço enfeitado com estátuas e bancos de pedra.

Élisabeth estava ali.

Uma emoção indizível tomou conta de Paul. Desde a véspera da guerra, Élisabeth estava perdida para ele. Desde aquele dia, ela sofrera as mais terríveis provações, e as sofrera pelo único motivo que queria parecer aos olhos de seu marido uma mulher irrepreensível, filha de uma mãe irrepreensível.

E eis que ele a encontrava em uma hora em que nenhuma das acusações lançadas contra a condessa Hermine podia ser descartada, e em que a própria Élisabeth, por sua presença na ceia do príncipe Conrad, provocara em Paul tamanha indignação.

Mas como tudo isso já era distante! E como pouco contava! A infâmia do príncipe Conrad, os crimes da condessa Hermine, os laços de parentesco que podiam unir as duas mulheres, todas as lutas que Paul sustentara, todas suas angústias, todas suas revoltas, todos seus ódios... tantos detalhes insignificantes, agora que avistava a vinte passos dele sua pobre bem-amada. Não pensou em mais nada senão nas lágrimas que ela havia derramado e não vislumbrou mais nada senão sua silhueta emagrecida, tremendo sob a brisa invernal.

Aproximou-se. Seu passo rangeu nos cascalhos da alameda, e a jovem mulher se virou.

Ela não fez um único gesto. Ele entendeu, pela expressão de seu olhar, que não o via, na realidade, mas que, para ela, era como um fantasma que surge das brumas do sonho, e que esse fantasma devia flutuar com frequência diante de seus olhos alucinados.

Ela até chegou a lhe sorrir um pouco, porém tão tristemente que Paul juntou as mãos e esteve prestes de se ajoelhar.

– Élisabeth… Élisabeth… – balbuciou ele.

Então ela se levantou, levou a mão ao coração e ficou ainda mais pálida que na noite anterior, entre o príncipe Conrad e a condessa Hermine. A imagem saía das brumas. A realidade se precisava diante dela e em sua mente. Dessa vez ela via Paul!

Ele se precipitou, achando que Élisabeth ia cair. Mas ela fez um esforço sobre si mesma, estendeu as mãos para que ele não avançasse, e o olhou profundamente, como se quisesse penetrar nas próprias trevas de sua alma e saber o que ele pensava.

Paul não se mexeu, todo palpitante de amor.

Ela murmurou:

– Ah! Vejo que você me ama… não cessou de me amar… agora tenho certeza.

No entanto, mantinha os braços estendidos como um obstáculo, e ele mesmo não procurava ir adiante. Toda a vida e toda a felicidade deles estavam na troca de olhares, e, ao passo que seus olhos se misturavam perdidamente, ela prosseguiu:

– Disseram-me que você estava prisioneiro. Então é verdade? Ah! Como supliquei que me levassem até você! Como eu me rebaixei! Tive que me sentar à mesa deles, e rir de suas graças, e usar suas joias, colares de perolas que me impuseram. Tudo isso para vê-lo…! E sempre prometiam… e, finalmente, essa noite me trouxeram aqui… ou então era uma nova armadilha… ou decidiam-se finalmente a me matar… e agora você está aqui… Está aqui… você, meu Paul querido…!

Segurou-lhe o rosto com as duas mãos e, de repente, desesperada:

– Mas você não vai embora de novo? Amanhã somente, não é? Não vão tirá-lo de mim, assim, após alguns minutos? Você vai ficar, não é? Ah, Paul, não tenho mais coragem… Não me deixe mais…

Ficou muito surpresa ao vê-lo sorrir.

– O que você tem, meu Deus? Como parece feliz!

Ele se pôs a rir e, desta vez, puxando-a contra si com autoridade que não admitia qualquer resistência, beijou-lhe os cabelos e a testa, e as faces e os lábios, e dizia:

– Estou rindo porque não há outra coisa a fazer senão rir e beijá-la. Estou rindo porque imaginei muitas histórias absurdas... Sim, imagina, essa ceia de ontem... avistei-a de longe, e pensei que eu fosse morrer de dor... eu a acusei do não sei mais o quê... Como é preciso ser burro!

Ela não entendia sua alegria, e repetiu:

– Como está feliz! Como pode estar tão feliz?

– Não há motivo para que eu não o esteja – disse Paul ainda rindo. – Olhe, pense... Nós nos encontramos após adversidades, perto das quais as que assolaram a família dos Átridas não são nada. Estamos juntos, nada mais pode nos separar, e você não quer que eu esteja feliz?

– Nada mais pode então nos separar? – disse ela, toda ansiosa.

– Obviamente. É tão estranho assim?

– Você vai ficar comigo? Vamos viver aqui?

– Ah! Não, claro... Que ideia é essa! Você vai arrumar suas coisas depressa e vamos embora.

– Para onde?

– Onde? Para a França. Pensando bem, é o único lugar onde ainda nos sentimos à vontade.

E, como ela o observava, estupefata, ele lhe disse:

– Vamos nos apressar. O carro está esperando por nós e prometi a Bernard... sim, seu irmão Bernard, prometi que estaríamos com ele ainda esta noite... Está pronta? Ah, mas por que esse ar apavorado? Precisa de explicações? Mas, minha querida adorada, teremos horas e horas para nos explicarmos. Você virou a cabeça de um príncipe imperial... e então foi fuzilada... e então... e então... Mas enfim! Vou precisar pedir ajuda para que me siga?

De repente, ela entendeu que ele estava falando sério, e lhe disse, sem tirar os olhos dele:

– É verdade? Estamos livres?

MAURICE LEBLANC

– Totalmente livres.

– E voltamos para a França?

– Diretamente.

– Não temos mais nada a temer.

– Nada.

Então, ela se sentiu bruscamente aliviada. Pôs-se a rir também, em um desses acessos de alegrias desenfreados em que nos entregamos a todas as criancices e infantilidades. Por pouco, teria cantado e dançado. E, no entanto, suas lágrimas corriam. E ela balbuciava:

– Livre…! Acabou…! Se sofri…? Mas não… Ah! Você sabia que fui fuzilada? Pois bem, eu lhe juro que não é tão terrível assim… Eu lhe contarei isso e muitas outras coisas… Você também vai me contar… Como conseguiu? Então, você é mais forte que eles? Mais forte que o inefável Conrad, mais forte que o imperador? Meu Deus, como é engraçado! Meu Deus, como é engraçado…!

Ela se interrompeu e, agarrando-lhe o braço com uma violência súbita:

– Vamos embora, meu querido. É uma loucura ficar aqui um segundo a mais. Essa gente é capaz de tudo. São traiçoeiros, criminosos. Vamos embora… Vamos embora…

Eles partiram.

Nenhum incidente atrapalhou a viagem. De noite, chegavam às linhas da frente, diante de Ébrecourt.

O oficial de ordenança, que tinha plenos poderes, mandou acender um refletor, e ele próprio, após ter dado ordens para que se agitasse uma bandeira branca, levou Élisabeth e Paul até o oficial francês que se apresentou.

Este telefonou aos serviços da retaguarda. Um automóvel foi enviado.

Às nove horas, Élisabeth e Paul paravam diante da grade de Ornequin, e Paul mandava chamar Bernard, ao encontro do qual ele foi:

– É você, Bernard? – disse Paul. – Ouça-me e sejamos breves. Estou trazendo Élisabeth. Sim, ela está aqui no carro. Estamos partindo para Corvigny e você vem conosco. Enquanto vou buscar minha mala e você a

ARSÈNE LUPIN E O ESTILHAÇO DE OBUS

sua, dê as ordens necessárias para que o príncipe Conrad seja vigiado de perto. Está bem trancado, não é?

– Sim.

– Então, depressa. Trata-se de alcançar a mulher que você viu ontem à noite no momento em que ela entrava no túnel. Já que está na França, vamos atrás dela.

– Você não acha, Paul, que encontraríamos mais facilmente sua pista se voltássemos ao túnel e procurássemos o lugar em que desemboca nos arredores de Corvigny?

– Seria perda de tempo. Estamos em um momento de luta e precisamos pular etapas.

– Mas, Paul, a luta acabou, já que Élisabeth foi salva.

– A luta não vai acabar enquanto essa mulher estiver viva.

– Mas enfim, quem é?

Paul não respondeu.

Às dez horas, os três desciam em frente à estação de Corvigny. Não havia mais trem. Todo mundo dormia. Sem se abalar, Paul foi até o posto militar, acordou a ajudante de serviço, mandou chamar o chefe da estação, mandou chamar o bilheteiro, e conseguiu, após um minucioso inquérito, estabelecer que, na própria manhã dessa segunda-feira, uma mulher comprara uma passagem para Château-Thierry, apresentando um salvo-conduto em regra no nome de sra. Antonin. Nenhuma outra mulher havia viajado sozinha. Ela usava o uniforme da Cruz Vermelha. Sua descrição, em tamanho e rosto, correspondia àquele da condessa Hermine.

– É ela mesma – afirmou Paul, uma vez acomodado no hotel vizinho, junto com Élisabeth e Bernard, para passar a noite. – É ela mesma. Só podia ir embora de Corvigny por esse meio. E é por lá que amanhã de manhã, terça-feira, no mesmo horário que ela, iremos embora. Espero que ela não tenha tempo de pôr em execução o projeto que a traz à França. De qualquer modo, a ocasião é única para nós. Temos que aproveitá-la.

E como Bernard repetia:

– Mas, enfim, quem é?

Ele respondeu:

– Quem é? Élisabeth vai lhe dizer. Temos uma hora à nossa frente para nos explicarmos sobre certos pontos, e então descansaremos, algo de que nós três estamos precisando.

No dia seguinte, foram embora.

A confiança de Paul era inabalável. Embora não soubesse nada das intenções da condessa Hermine, tinha certeza de estar no caminho certo. De fato, várias vezes tiveram a prova que uma enfermeira da Cruz Vermelha, viajando sozinha e na primeira classe, havia passado na véspera pelas mesmas estações.

Desceram em Château-Thierry perto do entardecer. Paul se informou. Na noite anterior, um automóvel da Cruz Vermelha, que esperava diante da estação, levara a enfermeira. Esse automóvel, de acordo com o exame de sua documentação, estava a serviço de uma das ambulâncias estabelecidas na retaguarda de Soissons, mas ninguém podia precisar o lugar exato dessa ambulância.

A informação bastava a Paul. Soissons ficava mesmo na linha de frente.

– Vamos – disse ele.

A ordem que possuía, assinada pelo general-chefe, dava-lhe todos os poderes necessários para requisitar um automóvel e penetrar na zona de combate. Chegaram a Soissons no momento do jantar.

Os subúrbios, bombardeados e destruídos, estavam desertos. A cidade em si parecia em grande parte abandonada. Mas, à medida que se aproximavam do centro, certa animação se notava nas ruas. Companhias passavam às pressas. Canhões e carretas de munições corriam ao trote de seus cavalos, e no hotel que lhes indicaram na praça principal, em que vários oficiais estavam hospedados, havia agitação, idas e vindas, e uma leve desordem.

Paul e Bernard foram se informar. Responderam-lhes que, havia uns dias, atacavam com sucesso as encostas situadas em frente de Soissons, do outro lado do rio Aisne. Dois dias antes, batalhões de caçadores e de marroquinos haviam investido contra o esporão 132. Na véspera, seguraram as posições conquistas e tomaram as trincheiras da saliência de Crouy.

Ora, durante a noite anterior, no exato momento em que o inimigo contra-atacava violentamente, produziu-se um fato bastante estranho. O Aisne, engrossando em decorrência de fortes chuvas, transbordava e arrastava todas as pontes de Villeneuve e de Soissons.

A cheia do Aisne era normal, mas, por mais forte que fosse, ela não explicava a ruptura das pontes, e essa ruptura, coincidindo com o contra-ataque alemão, e que parecia provocada por meios suspeitos que tentavam esclarecer, havia complicado a situação das tropas francesas ao tornar quase impossível o envio de reforços. O dia todo, as tropas haviam se mantido no esporão, mas com dificuldade e muitas perdas. Naquele momento, traziam pela margem direita do Aisne parte da artilharia.

Paul e Bernard não tiveram um segundo de hesitação. Nisso tudo, reconheciam a mão da condessa Hermine. Ruptura das pontes, ataques alemães, ambos os eventos se produzindo na exata noite precedendo sua chegada, como duvidar que não fossem a consequência de um plano concebido por ela e cuja execução, preparada para a época em que as chuvas engrossavam o Aisne, provava a colaboração da condessa e do estado-maior inimigo?

Aliás, Paul se lembrava as frases que ela trocara com o espião Karl diante da escada da casa do príncipe Conrad:

– Vou para França... Está tudo pronto. O tempo está favorável e o estado-maior me avisou... Portanto, estarei lá amanhã à noite... e bastará uma ajudinha.

A ajudinha, ela a dera. Todas as pontes, previamente sabotadas pelo espião Karl ou por agentes sob suas ordens, haviam desmoronado.

– Obviamente, é ela – disse Bernard. – E então, se é ela, por que parece inquieto? Ao contrário, você deveria se alegrar porque agora temos logicamente certeza de alcançá-la.

– Sim, mas será que a alcançaremos a tempo? Em sua conversa com Karl, ela falou de outra ameaça que me parece muito mais grave e cujos termos eu já lhe trouxe: "A sorte está virando contra nós. Se eu conseguir, será o fim de nossos reveses". E como seu cúmplice lhe perguntava se ela tinha o consentimento do imperador, ela respondeu: "Inútil. São empreitadas de que não se fala". Você entende, Bernard, que não se trata do ataque alemão nem da ruptura das pontes, isso é próprio da guerra e o imperador está informado; não, trata-se de outra coisa que deve coincidir com os eventos e dar-lhes sua significação completa. Essa mulher não pode acreditar que um avanço de um ou dois quilômetros seja um incidente capaz de pôr fim ao que ela chama de reveses. O que, então? O que há? Não sei. E é a razão de minha angústia.

Toda aquela noite e todo o dia da quarta-feira, 13, Paul os empregou em investigações nas ruas da cidade ou nas margens do Aisne. Pusera-se em relação com a autoridade miliar. Oficiais e soldados participavam de suas buscas. Vasculharam várias casas e interrogaram vários moradores.

Bernard se oferecera para acompanhá-lo, mas ele recusou obstinadamente:

– Não. É verdade que essa mulher não o conhece, mas não deve ver sua irmã. Peço, portanto, que fique com Élisabeth, para impedi-la de sair, e que cuide dela sem um segundo de descanso; porque estamos lidando com o inimigo mais terrível que seja.

Assim, os irmãos passaram todas as horas desse dia colados nas vidraças de sua janelas. Paul voltava rapidamente para tomar suas refeições. Estava tremendo de esperança.

– Está aí – ele se dizia. – Deve ter abandonado, junto com quem a acompanhava no carro, seu disfarce de enfermeira, e está a espreita no fundo de algum buraco, como uma aranha atrás de sua teia. Eu a vejo, com telefone na mão, e dando ordens a todo um bando de indivíduos, escondidos como ela, e como ela invisíveis. Mas seu plano, começo a discerni-lo, e tenho uma vantagem sobre ela, é que ela acredita estar em segurança. Ignora a morte de seu cúmplice Karl. Ignora meu encontro com o cáiser. Ignora a libertação de Élisabeth, ignora nossa presença aqui. Está em minhas mãos, a abominável criatura. Está em minhas mãos.

As notícias da batalha, no entanto, não estavam melhorando.

O movimento de recuo continuava na margem esquerda. Em Crouy, a amargura das perdas e a espessura da lama travavam o ímpeto dos marroquinos. Um embarcadouro, construído às pressas, ia à deriva.

Quando Paul reapareceu, por volta das seis da tarde, um pouco de sangue pingava de sua manga. Élisabeth se assustou.

– Não é nada – disse ele, rindo. – Um arranhão que fiz a mim mesmo, não sei onde.

– Mas sua mão, olhe sua mão. Está sangrando!

– Não, não é meu sangue. Não se preocupe. Está tudo bem.

Bernard lhe disse:

– Sabe que o general-chefe está em Soissons desde hoje de manhã?

– Sim, parece... Melhor assim. Eu gostaria de lhe entregar a espiã e seus cúmplices. Seria um belo presente.

Por mais uma hora ele esteve afastado. Então, voltou e fez-se servir o jantar.

– Agora, parece que tem certeza de suas informações – observou Bernard.

– Será que um dia temos certeza? Essa mulher é o diabo em pessoa.

– Mas você conhece seu esconderijo?

–Sim.

– E está esperando o quê?

– Nove horas. Até lá, vou descansar. Acordem-me um pouco antes das nove.

O canhão não parava de trovoar na noite longínqua. Às vezes, um obus caía sobre a cidade com grande estrondo. Tropas passavam em todas as direções. Então, havia silêncios em que todos os ruídos da guerra pareciam suspensos, e eram esses minutos, talvez, que tomavam a mais temível significação.

Paul despertou sozinho.

Disse à sua mulher e a Bernard:

– Vocês sabem que vão fazer parte da expedição. Vai ser duro, Élisabeth, muito duro. Tem certeza que vai aguentar?

– Ah! Paul... Mas você mesmo, como está pálido!

– Sim – disse ele –, um pouco de emoção. Não por causa do que vai acontecer... Mas, até o último momento, e apesar de todas as precauções tomadas, terei medo que o adversário escape...

– Contudo...

– Ah! Sim, uma imprudência, uma má sorte que os alerte e teremos que recomeçar tudo do início... O que está fazendo, Bernard?

– Estou pegando meu revólver.

– Inútil.

– O quê? – disse o jovem homem. – Então, não vai ter luta em sua expedição?

Paul não respondeu. Conforme seu hábito, só se expressava agindo ou após ter agido, Bernard pegou seu revólver.

Soava a última badalada das nove horas quando atravessaram a praça principal, no meio das trevas em que permeava, aqui e ali, um fino feixe de luz que irrompia de uma loja fechada.

Na praça da catedral, cuja sombra gigante sentiram acima deles, uma grupo de soldados estava reunido.

Paul, tendo lançado sobre eles o feixe de uma lanterna elétrica, disse àquele que comandava:

– Nada novo, sargento?

– Nada, tenente. Ninguém entrou na casa e ninguém saiu de lá.

O sargento assobiou de leve. Perto do meio da rua, dois homens saíram da escuridão que os envolvia e se juntaram ao grupo.

– Nenhum ruído na casa?

– Nenhum, sargento.

– Nenhuma luz atrás das persianas?

– Nenhuma, sargento.

Paul, então, pôs-se a caminho e, ao passo que os outros, obedecendo às suas instruções, seguiam-no sem fazer nenhum barulho, ele avançava decidido, como um passante atrasado que volta ao seu domicílio.

Pararam diante de uma casa estreita, de que mal se distinguia o térreo na escuridão da noite. A porta se encontrava no alto de três degraus. Paul bateu nela quatro vezes com pequenas pancadas. Ao mesmo tempo, tirou uma chave do bolso e abriu.

No corredor de entrada, acendeu sua lanterna elétrica, e com seus companheiros ainda observando o mesmo silêncio, ele se dirigiu para um espelho que se erguia a partir do próprio piso do corredor.

Após ter dado quatro pequenas pancadas nesse espelho, empurrou-o, apoiando-se em um dos lados. Escondia o orifício de uma escada que descia no subsolo e cujo vão ele imediatamente iluminou.

Isso devia ser um sinal, o terceiro sinal combinado, porque de baixo, uma voz, uma voz feminina, porém rouca e esganiçada, perguntou:

– É o senhor, padre Walter?

Chegara o momento de agir. Sem responder, Paul desceu a escada em alguns pulos.

Chegou no exato momento em que uma porta maciça se fechava e o acesso ao porão ia ser bloqueado.

Empurrando-a com violência, ele entrou.

A condessa Hermine estava ali, na penumbra, imóvel, hesitante.

E então, de repente, correu para o outro lado do porão, pegou um revólver em uma mesa, virou-se e atirou.

A alavanca estalou. Mas não houve nenhuma detonação.

Três vezes ela recomeçou e três vezes a mesma coisa ocorreu.

– É inútil insistir – zombou Paul. – A arma foi descarregada.

A condessa soltou um grito de raiva, abriu a gaveta da mesa e, pegando outro revólver, atirou quatro vezes seguidas. Nenhuma detonação.

– Não há nada que possa fazer – disse Paul, rindo. – Este também foi descarregado, e igualmente aquele que está na segunda gaveta, e o mesmo com todas as armas da casa.

E, como ela olhava estupefata, sem entender, aterrorizada diante da própria impotência, ele saudou e, apresentando-se, pronunciou simplesmente as duas palavras que significavam tudo:

– Paul Delroze.

HOHENZOLLERN

Sem ter as mesmas dimensões, o porão oferecia o aspecto dessas grandes salas abobadadas que encontramos na Champagne. Paredes limpas, um chão nivelado com caminhos feitos de tijolos, uma atmosfera morna, uma alcova reservada entre dois barris e fechada por uma cortina, cadeiras, móveis, tapetes, tudo isso formava, ao mesmo tempo que uma moradia confortável, protegida dos obuses, a garantia de um refúgio para quem temesse visitas indiscretas.

Paul se lembrou das ruínas do velho farol à beira do Yser e do túnel de Ornequin a Ébrecourt. Assim, a luta prosseguia debaixo da terra. Guerra de trincheiras e guerra de porões, guerra de espionagem e guerra de astúcia, eram sempre os mesmos procedimentos traiçoeiros, vergonhosos, equívocos, criminosos.

Paul havia apagado sua lanterna de modo que agora a sala era vagamente iluminada por uma lamparina a óleo suspensa na abóbada, cuja luz, confinada por um abajur opaco, desenhava um círculo branco no meio do qual ambos se encontravam sozinhos.

Élisabeth e Bernard permaneciam atrás, na sombra.

O sargento e seus homens não haviam aparecido. Mas ouvia-se o ruído de sua presença ao pé da escada.

ARSÈNE LUPIN E O ESTILHAÇO DE OBUS

A condessa não se movia. Estava vestida como na noite da ceia na casa do príncipe Conrad. Seu rosto, em que não se via mais medo ou estupefação, mostrava mais o esforço da reflexão, como se ela quisesse calcular todas as consequências da situação que lhe era revelada. Paul Delroze? Qual era a finalidade de sua agressão? Sem dúvida, e, obviamente, era esse pensamento que fazia com que a expressão da condessa Hermine se relaxasse pouco a pouco, sem dúvida ele procurava libertar sua mulher.

Ela sorriu. Élisabeth prisioneira na Alemanha, que moeda de troca para ela, para ela, que caíra numa armadilha, mas que ainda podia comandar os eventos!

A um sinal, Bernard deu um passo adiante e Paul disse à condessa:

– Meu cunhado. O major Hermann, quando estava amarrado na casa do canoeiro, talvez o tenha visto, assim como me vira talvez. Mas, em todo caso, a condessa Hermine, sejamos mais precisos, a condessa de Andeville, não conhece, ou ao menos esqueceu seu filho, Bernard de Andeville.

Agora, ela parecia totalmente tranquila, e mantinha o ar de quem luta com armas iguais ou até mais poderosas. Portanto, não se abalou na presença de Bernard e disse em tom desprendido:

– Bernard de Andeville se parece muito com sua irmã Élisabeth, que as circunstâncias me permitiram não perder de vista. Três dias atrás, ceamos, ela e eu, com o príncipe Conrad. O príncipe Conrad tem grande afeição por Élisabeth e é justo, porque ela é encantadora, e tão amável! Gosto muito dela, de verdade!

Paul e Bernard tiveram o mesmo gesto, que os teria jogado em cima da condessa se não tivessem conseguido conter o ódio. Paul afastou seu cunhado de quem sentia a exasperação e, respondendo ao desafio da adversária, em tom também alegre:

– Sim, eu sei... eu estava lá... assisti até à partida dela.

– Realmente?

– Realmente. Seu amigo Karl me ofereceu um lugar em seu automóvel.

– Em seu automóvel?

– Perfeitamente, e nós todos fomos embora para seu Castelo de Hildensheim... uma bela moradia que eu teria tido prazer em conhecer mais detalhadamente... Mas a estadia é perigosa, fatal com frequência... de modo que...

A condessa o olhava com crescente preocupação. O que ele queria dizer? Como sabia essas coisas?

Quis assustá-lo por sua vez, para ver claro no jogo de seu inimigo, e pronunciou em tom áspero:

– De fato, com frequência a estadia é fatal! Respira-se lá um ar que não é bom para todos.

– Um ar envenenado...

– Justamente.

– E a senhora teme por Élisabeth?

– Sinceramente, sim. A saúde dessa pobre menina já está comprometida, e só ficarei tranquila...

– Quando ela estiver morta, não é?

Ela deixou passar alguns segundos e então retrucou muito nitidamente, de modo que Paul entendesse bem o significado de suas palavras:

– Sim, quando estiver morta... o que não deve demorar muito... se já não aconteceu.

Houve um silêncio bastante longo. Mais uma vez, diante dessa mulher, Paul sentia a mesma necessidade de assassinato, a mesma necessidade de saciar seu ódio. Era preciso que isso ocorresse. Seu dever era matar e era um crime não obedecer.

Élisabeth permanecia na sombra, de pé, três passos atrás.

Sem uma palavra, Paul virou-se para seu lado, levantou o braço, apertou o botão de sua lanterna e dirigiu o feixe para a jovem mulher, cujo rosto permaneceu, assim, em plena luz.

Jamais Paul, ao fazer esse gesto, teria pensado que o efeito pudesse ser tão violento sobre a condessa Hermine. Uma mulher como ela não podia se enganar, crer-se o joguete de uma alucinação ou vítima de uma semelhança. Não. Ela admitiu imediatamente que Paul libertara sua mulher, e que Élisabeth estava diante dela. Mas como tal acontecimento era possível? Élisabeth, que, três dias antes, fora deixada nas mãos de Karl... Élisabeth, que, agora,

ARSÈNE LUPIN E O ESTILHAÇO DE OBUS

devia estar morta ou prisioneira em uma fortaleza alemã cuja aproximação era interditada por mais de dois milhões de soldados... Élisabeth estava ali? Em menos de três dias havia escapado de Karl, fugido do Castelo de Hildensheim, atravessado as linhas de dois milhões de alemães?

A condessa Hermine, o rosto decomposto, sentou-se diante daquela mesa que lhe servia de proteção, e raivosamente encostou as faces contra seus punhos crispados. Entendia a situação. Não se tratava mais de zombar ou provocar. Tratava-se de uma negociação a fazer. Na terrível partida que jogava, de repente qualquer chance de vitória lhe faltava. Ela devia experimentar a lei do vencedor, e o vencedor era Paul Delroze!

Ela balbuciou:

– Onde quer chegar? Qual é sua finalidade? É me matar?

Ele deu de ombros.

– Não somos daqueles que assassinam. Está aqui para ser julgada. A pena que terá de sofrer lhe será aplicada após um debate legal, em que poderá se defender.

Ela estremeceu e protestou:

– Vocês não têm o direito de me julgar, não são juízes.

O medo, esse sentimento que ela parecia ignorar até então, o medo crescia nela.

Em voz baixa, repetiu:

– Vocês não são juízes... protesto... Vocês não têm o direito.

Naquele momento, houve do lado da escada certo tumulto. Uma voz gritou: "Continência!"

Quase imediatamente, a porta, que havia permanecido entreaberta, foi empurrada e deu passagem a três oficiais cobertos por grandes casacos.

Paul foi rapidamente a seu encontro e ofereceu-lhes cadeiras para se sentarem na parte em que a luz não penetrava.

Um quarto oficial surgiu. Recebido por Paul, ele se sentou mais longe, afastado dos outros.

Élisabeth e Bernard permaneciam lado a lado.

Paul retomou seu lugar na frente, na lateral da mesa, e de pé. Então, disse em tom grave:

– Não somos juízes, de fato, e não queremos tomar um direito que não nos pertence. Os que a julgarão estão aqui. Quanto a mim, eu acuso.

A palavra foi articulada de maneira áspera e cortante, com energia extrema.

E imediatamente, sem hesitação, como se tivesse bem estabelecido de antemão todos os pontos da acusação que ia pronunciar em um tom em que não queria mostrar ódio ou cólera, ele começou:

– A senhora nasceu no Castelo de Hildensheim, de que seu avô era administrador e que foi dado ao seu pai após a guerra de 1870. Chama-se realmente Hermine, Hermine de Hohenzollern. Esse nome de Hohenzollern era a glória de seu pai, embora ele não tivesse o direito de usá-lo, mas a consideração extraordinária que o velho imperador havia para com ele impediu que jamais fosse contestado. Fez a campanha de 1870 como coronel, e nela se destacou por sua incrível crueldade e rapacidade. Todas as riquezas que enfeitam seu Castelo de Hildensheim provêm da França e, como cúmulo da insolência, em cada objeto está uma nota que estabelece o lugar de origem e o nome do proprietário de quem foi roubado. Ademais, no vestíbulo, uma placa de mármore carrega em letras douradas o nome de todos os vilarejos franceses incendiados por ordem de Sua Excelência, o coronel conde de Hohenzollern. O cáiser veio com frequência a esse castelo. Todas as vezes que passa diante da placa, faz uma saudação.

A condessa escutava distraidamente. Essa história devia parecer de importância medíocre. Esperava que tratassem dela própria.

Paul continuou:

– A senhora herdou de seu pai dois sentimentos que dominam sua vida inteira, um amor descomedido por essa dinastia dos Hohenzollern, à qual o acaso de um capricho imperial, ou melhor, real, parece ter vinculado seu pai, e esse ódio feroz, selvagem contra essa França que ele lamentava não ter feito sofrer o suficiente. O amor da dinastia, a senhora o concentrou inteiramente, logo que se tornou mulher, naquele que a representa atualmente, e de tal maneira que, após ter tido a inverossímil esperança de subir ao trono, a senhora lhe perdoou tudo, até seu casamento, até sua ingratidão, para se dedicar a ele de corpo e alma. Casada por ele a um príncipe austríaco que morreu não se sabe como, e então a um príncipe russo que morreu também não se sabe como, em todo lugar a senhora trabalhou apenas para a grandeza de seu ídolo. No momento em que a guerra entre a Inglaterra e o Transvaal foi declarada, a senhora estava no Transvaal. No momento da Guerra Russo-Japonesa, estava no Japão. Estava em todo lugar, em Viena quando o príncipe Rodolfo foi assassinado; em Belgrado quando o rei Alexandre e a rainha Draga foram assassinados. Mas não insistirei mais sobre seu papel... diplomático. Tenho pressa de chegar à sua obra predileta, a que persegue há vinte anos contra a França.

Uma expressão maldosa, quase feliz, contraiu o rosto da condessa Hermine. Sim, verdadeiramente, era sua obra predileta. Empregara nela todas suas forças e toda sua perversa inteligência.

– Da mesma forma – retificou Paul –, não insistirei na gigantesca tarefa de preparação e espionagem que a senhora dirigiu. Até em uma aldeia do Norte, no alto de um campanário, encontrei um de seus cúmplices armado de um punhal com suas iniciais. Tudo que foi feito, foi a senhora que o concebeu, organizou e executou. As provas que coletei, as cartas de seus correspondentes assim como suas próprias cartas, já estão nas mãos do tribunal. Mas o que quero especialmente esclarecer, é a parte de seu esforço que diz respeito ao Castelo de Ornequin. Aliás, não será demorado. Alguns fatos ligados por crimes. E só.

Mais um silêncio. A condessa prestava atenção com uma espécie de ansiosa curiosidade. Paul articulou:

– Foi em 1894 que a senhora propôs ao imperador a perfuração de um túnel de Ébrecourt a Corvigny. Após os estudos feitos pelos engenheiros, reconheceu-se que essa obra "colossal" não era possível e só poderia ser eficiente com a condição de dispor do Castelo de Ornequin. O proprietário desse castelo estava justamente com graves problemas de saúde. Esperou-se. Como ele não se apressava a morrer, a senhora veio a Corvigny. Oito dias depois, ele morria. Primeiro crime.

– Está mentindo! Está mentido! – gritou a condessa. – Não tem nenhuma prova. Eu o desafio a apresentar provas.

Paul continuou sem responder:

– O castelo foi posto à venda e, coisa inexplicável, sem a menor publicidade, às escondidas, por assim dizer. Ora, aconteceu o seguinte, o agente de negócios a quem a senhora dera suas instruções manobrou tão desastradamente que o castelo foi arrematado pelo conde de Andeville, que veio morar nele no ano seguinte, com sua mulher e seus dois filhos.

"Daí fúria, desespero e, por fim, a resolução de começar mesmo assim, e de praticar as primeiras sondagens no lugar em que se encontrava uma pequena capela, localizada, na época, fora do parque. O imperador veio várias vezes de Ébrecourt. Um dia, ao sair dessa capela, deu de encontro comigo e com meu pai, e nós o reconhecemos. Dez minutos depois, a senhora abordava meu pai. Fui ferido. Meu pai morreu. Segundo crime."

– Está mentido! – proferiu de novo a condessa. – Tudo isso não passa de mentiras! Não há uma única prova!

– Um mês depois – continuou Paul, ainda muito calmo –, a condessa de Andeville, obrigada por sua saúde a deixar Ornequin, foi para o Sul da França, onde acabou por falecer nos braços de seu marido, e a morte de sua mulher inspirou ao sr. de Andeville tamanha repulsão por Ornequin que ele decidiu nunca mais voltar lá.

"Imediatamente seu plano é executado. Estando o castelo livre, é preciso se instalar nele. Como? Comprando o caseiro, Jérôme, e sua mulher. Sim, comprando-os, e foi assim que fui enganado, eu que confiava nos seus rostos francos e em seus modos que mostravam uma boa índole. Assim, a senhora os compra. Esses dois miseráveis, que na realidade têm como desculpa não serem alsacianos, como o pretendem, mas de origem estrangeira, e que não preveem as consequências de sua traição, esses dois miseráveis aceitam o pacto. A partir daí, a senhora está em sua casa, e livre para vir a Ornequin quando lhe agrada. Por ordem sua, Jérôme chega até a manter secreta a morte da condessa Hermine, da verdadeira condessa. E como a senhora se chama também condessa Hermine, e como ninguém conhecia a sra. de Andeville, que vivia afastada de todos, tudo corre muito bem.

"Aliás, a senhora acumula precauções. Uma ou outra me confunde, tanto quanto a cumplicidade do caseiro e de sua mulher. O retrato da

Arsène Lupin e o estilhaço de obus

condessa de Andeville estava no *boudoir* que antes ela ocupava. A senhora manda fazer de um retrato si mesma, do mesmo tamanho, que se adapta à própria moldura em que o nome da condessa está inscrito. E esse retrato a representa sob o mesmo aspecto que ela, vestida, penteada da mesma maneira. Em suma, está se tornando o que procurou parecer desde o início, e quando ainda era viva a sra. de Andeville, de quem começa a copiar a vestimenta; a senhora está se tornando a condessa de Andeville, ao menos em suas estadias em Ornequin.

"Um único perigo, a possível volta, imprevista, do sr. de Andeville. Para impedi-la com certeza, um único remédio, o crime.

"A senhora então dá um jeito de conhecer o sr. de Andeville, o que lhe permite vigiá-lo e corresponder-se com ele. Somente ocorre alguma coisa com que não havia contado, é que um sentimento, verdadeiramente inesperado em uma mulher como a senhora, aos poucos a afeiçoa àquele que havia escolhido como vítima. Juntei ao relatório uma fotografia sua, enviada de Berlim ao sr. de Andeville. Naquela época, a senhora esperava levá-lo a se casar, mas ele vê claro o seu jogo, esquiva-se e rompe."

A condessa havia franzido as sobrancelhas. Sua boca se torceu. Sentia-se toda a humilhação que ela sofrera e todo o rancor que guardava por causa disso. Ao mesmo tempo, ela experimentava não exatamente vergonha, mas uma crescente surpresa ao ver sua vida assim divulgada em seus mínimos detalhes, e seu passado de crimes surgir das trevas em que ela o achava enterrado.

– Quando a guerra foi declarada – prosseguiu Paul –, sua obra estava concluída. Posicionada na casa de Ébrecourt, na entrada do túnel, estava pronta. Meu casamento com Élisabeth de Andeville, minha chegada repentina ao Castelo de Ornequin, meu desespero diante do retrato daquela que matara meu pai, tudo isso, que lhe foi anunciado por Jérôme, deixou-a um tanto surpresa, e a senhora precisou improvisar uma tocaia na qual por pouco não foi minha vez de ser assassinado. Mas a mobilização a livrou de mim. Podia agir. Três semanas depois, Corvigny era bombardeada, Ornequin invadido, Élisabeth feita prisioneira do príncipe Conrad.

"A senhora viveu lá horas inexprimíveis. Para a senhora, é a vingança, mas é também, e graças à senhora, a grande vitória, o grande sonho realizado, ou quase, a apoteose dos Hohenzollern. Mais dois dias e Paris é tomada. Mais dois meses e a Europa é derrotada. Que embriaguez! Sei as palavras que a senhora pronunciou nessa época, e li cartas escritas pela senhora que testemunham uma verdadeira loucura, loucura de orgulho, loucura bárbara, loucura do impossível e do sobre-humano.

"E então, de repente, o despertar brutal. A Batalha do Marne! Ah! De novo, li cartas escritas pela senhora. À primeira vista, uma mulher com sua inteligência devia prever, e a senhora previu, que era o desmoronamento das esperanças e das certezas. Escreveu isso ao imperador. Sim, escreveu! Tenho a cópia da carta! No entanto, era preciso se defender. As tropas francesas se aproximavam. Por meu cunhado Bernard, a senhora soube de minha presença em Corvigny. Élisabeth seria libertada? Élisabeth, que conhece todos seus segredos... Não, ela ia morrer. A senhora manda executá-la. Tudo está pronto. Se ela é salva, graças ao príncipe Conrad, e se, em vez de sua morte, a senhora precisa se contentar com um simulacro de execução destinado a pôr fim às minhas buscas, ao menos ela é levada como escrava. Ademais, duas vítimas a consolam, Jérôme e Rosalie. Seus cúmplices, repletos de remorsos e comovidos pelas torturas de Élisabeth, tentam fugir com ela. A senhora teme os testemunhos deles; são fuzilados. Terceiro e quarto crimes. E, no dia seguinte, ocorrem mais dois, os dois soldados que a senhora manda assassinar, confundindo-os com Bernard e eu. Quinto e sexto crimes."

Assim, todo o drama se reconstituía em seus trágicos episódios, e segundo a ordem dos acontecimentos e dos crimes. E era um espetáculo repleto de horror o dessa mulher, culpada de tanta felonia, e que o destino emparedava no fundo daquele porão, diante de seus mortais inimigos. Como, no entanto, era possível que ela não parecesse ter perdido toda esperança? Porque era assim, e Bernard o notou.

– Observe-a – disse ao se aproximar de Paul. – Por duas vezes ela consultou seu relógio. Parece esperar por um milagre, ou melhor ainda, um

socorro direto, inevitável, que deve vir em alguma hora marcada. Veja...
Seus olhos estão procurando... Ela está escutando...

– Mande entrar todos os soldados que estão ao pé da escada – respondeu
Paul. – Não há motivo para que não ouçam o que me resta a dizer.

E, virando-se para a condessa, ele pronunciou, com voz que se animava
aos poucos:

– Aproximamo-nos do desfecho. Toda essa parte da luta, a senhora a
conduziu sob a aparência do major Hermann, o que lhe era mais cômodo
para seguir as tropas e cumprir seu papel de espiã-chefe. Hermann, Hermine... O major Hermann, que, quando necessário, fingia ser seu irmão,
era a senhora, condessa Hermine. E foi a senhora de que surpreendi a
conversar com o falso Laschen, ou melhor, com o espião Karl, nas ruínas
do farol à beira do rio Yser. E foi a senhora que consegui prender e amarrar
na água-furtada da casa do canoeiro.

"Ah, que bela oportunidade a senhora perdeu naquele dia! Seus três
inimigos feridos, ao alcance de sua mão... e fugiu sem vê-los, sem matá-los!
E não sabia mais nada a nosso respeito, ao passo que nós conhecíamos
seus projetos. Domingo, 10 de janeiro, encontro em Ébrecourt, encontro
sinistro que marcara com Karl, anunciando-lhe sua implacável vontade de
suprimir Élisabeth. E nesse domingo, eu estava pontualmente no encontro. Assisti à ceia do príncipe Conrad! Eu estava lá, após a ceia, quando a
senhora entregou a Karl o frasco de veneno! Eu estava lá, no assento do
automóvel, quando deu a Karl suas ultimas instruções! Eu estava em todo
lugar. E na mesma noite, Karl morria. E na noite seguinte, eu sequestrava
o príncipe Conrad. E no dia seguinte, isto é, anteontem, em posse de tal
refém, obrigando assim o imperador a negociar comigo, eu lhe ditei minhas
condições, sendo a primeira delas a libertação imediata de Élisabeth. E o
imperador cedeu. E aqui estamos!"

Uma palavra, entre todas essas palavras, em que cada uma mostrava à
condessa Hermine com que implacável energia ela havia sido caçada, uma
palavra a abalou, como a mais terrível das catástrofes.

Ela balbuciou:

MAURICE LEBLANC

– Morto? Está dizendo que Karl morreu?

– Morto por sua amante no exato momento em que tentava me matar! – exclamou Paul, que o ódio voltava a exaltar. – Morto como um bicho raivoso! Sim, o espião Karl está morto, e até em sua morte foi o traidor que sempre fora a vida toda. Pediu-me provas? Foi no bolso de Karl que as encontrei. Foi no seu caderno que li a história de seus crimes, e a cópia de suas cartas, e até algumas de suas cartas. Ele previa que um dia ou outro, uma vez sua obra executada, a senhora o sacrificaria pela sua segurança, e ele se vingava de antemão... Vingava-se como o caseiro Jérôme e sua mulher Rosalie, prestes a serem executados por ordem sua, vingaram-se ao revelar a Élisabeth seu misterioso papel no Castelo de Ornequin. Eis os seus cúmplices! A senhora os mata, mas eles são sua perdição. Já não sou mais eu que a estou acusando. São eles. Suas cartas, seus testemunhos já estão nas mãos de seus juízes. O que a senhora pode responder?

Paul estava quase junto a ela. O canto da mesa mal os separava um do outro, e ele a ameaçava com toda a sua fúria e toda a sua execração.

Ela recuou até a parede, sob um cabide do qual pendiam roupas, jalecos, todo um conjunto de roupas de que devia se servir para se disfarçar. Embora cercada, presa na armadilha, confundida por tantas provas, desmascarada e impotente, ela mantinha uma atitude de desafio e provocação. A partida não parecia perdida para ela. Ainda tinha trunfos na manga. E então disse:

– Não tenho nada a responder. O senhor está falando de uma mulher que cometeu crimes. E não sou essa mulher. Não se trata de provar que a condessa Hermine é uma espiã e uma criminosa. Trata-se de provar que eu seja a condessa Hermine. Ora, quem pode provar?

– Eu!

Afastado dos três oficiais que Paul havia indicado à função de juízes, havia um quarto, que entrara ao mesmo tempo e escutara, no mesmo silêncio e na mesma imobilidade.

Ele avançou.

A luz da lâmpada iluminou seu rosto.

A condessa murmurou:

– Stéphane de Andeville... Stéphane...

De fato, era o pai de Élisabeth e de Bernard. Estava muito pálido, enfraquecido pelos ferimentos que sofrera e dos quais começava apenas a se restabelecer.

Beijou seus filhos. Bernard lhe disse com emoção:

– Ah, aqui está, pai!

– Sim – disse ele –, fui avisado pelo general-chefe, e vim a chamado de Paul. Seu marido é um homem de fibra, Élisabeth. Mais cedo, já nos encontramos nas ruas de Soissons, e ele me deixou a par. E agora, estou me dando conta de tudo o que ele fez... para esmagar essa cascavel.

Pusera-se em frente à condessa, e sentia-se toda a importância das palavras que ia dizer. Por um momento, ela baixou a cabeça diante dele. Mas seus olhos voltaram a ser provocantes. E ela articulou:

– Você também veio para me acusar? O que tem a dizer contra mim, de sua parte? Mentiras, não é? Infâmias?

Ele esperou que um longo silêncio tivesse coberto essas palavras, então, lentamente, pronunciou:

– Primeiramente, vim como testemunha que traz, sobre sua identidade, a atestação que acabou de exigir. Apresentou-se outrora sob um nome que não era seu, e sob o qual procurou travar entre nós relações mais estreitas, revelou-me sua verdadeira personalidade, esperando assim me deslumbrar com seus títulos e suas alianças. Portanto, tenho o direito e o dever de declarar, diante de Deus e diante dos homens, que você é mesmo a condessa Hermine de Hohenzollern. Os pergaminhos que me mostrou são autênticos. E foi justamente porque era a condessa de Hohenzollern que cortei relações, as quais aliás, eu não sabia por quê, eram-me penosas e desagradáveis. Eis meu papel como testemunha.

– Papel infame! – exclamou ela, enfurecida. – Papel de mentira, como eu bem disse. Não há provas!

– Não há provas? – disse o conde de Andeville, que se aproximou dela vibrando de fúria. – E essa fotografia, mandada de Berlim por você, e assinada por você? Essa fotografia em que teve o despudor de se vestir como minha mulher? Sim, você! Você fez isso. Acreditou que, ao tentar aproximar sua imagem da imagem de minha pobre bem-amada, despertaria em mim sentimentos que lhe seriam favoráveis. E não sentiu que era a pior das injúrias, para mim, e o pior ultraje para a morta! E você se atreveu, após o que havia acontecido...!

Assim como Paul Delroze um instante antes, o conde estava de pé junto a ela, ameaçador e cheio de ódio. Ela murmurou, com uma espécie de incômodo:

– Bem, e por que não?

Ele cerrou os punhos e continuou:

– De fato, por que não? Naquela época eu ignorava quem você era, eu não sabia nada do drama... do antigo drama... Foi hoje somente que juntei os fatos, e, se a rechacei antes com uma repulsão instintiva, é com execração sem igual que agora eu a acuso... agora que sei... sim, que sei, e com toda a certeza. Já quando minha pobre mulher estava morrendo, várias vezes, em seu quarto de agonia, o médico me dizia: "É um mal estranho. Bronquite, pneumonia certamente, mas, contudo, há coisas que não entendo... sintomas... por que não dizê-lo? Sintomas de envenenamento". Eu protestava então. A hipótese era impossível. Envenenada, minha mulher! E por quem? Por você, condessa Hermine, por você! Hoje eu afirmo. Pela senhora! Eu juro pela minha eterna salvação. Provas? Mas é sua própria vida, é tudo aquilo o que a acusa.

"Vejam, há um ponto que Paul Delroze não elucidou totalmente. Ele não entendeu por que, quando você assassinou o pai dele, por que usava roupas semelhantes às de minha mulher. Por quê? Mas pelo abominável motivo de que, nessa época, a morte de minha mulher já havia sido decidida, e que você já queria criar na mente daqueles que poderiam surpreendê-la uma confusão entre a condessa de Andeville e você. A prova é irrecusável. Minha mulher a incomodava: você a matou. Adivinhara que, uma vez minha mulher morta, eu não voltaria a Ornequin e matou minha mulher...! Paul Delroze, você anunciou seis crimes. Eis o sétimo, o assassinato da condessa de Andeville!"

Arsène Lupin e o estilhaço de obus

O conde levantara os dois punhos e os segurava perante o rosto da condessa Hermine. Tremia de raiva e parecia prestes a bater nela.

Ela, no entanto, permanecia impassível. Contra essa nova acusação, não teve uma palavra de revolta. Parecia que tudo agora lhe era indiferente, tanto essa acusação imprevista como as outras que pesavam contra ela. Todos os perigos se afastavam dela. O que ela havia a responder não a obcecava mais. Seu pensamento estava em outro lugar. Ela ouvia algo que não eram essas palavras. Via algo outro que esse espetáculo, e, como o notara Bernard, parecia estar mais preocupada com o que acontecia fora do que com a situação, ainda assim tão assustadora, em que se encontrava.

Mas por quê? O que esperava?

Uma terceira vez, consultou seu relógio. Um minuto passou. Outro minuto ainda.

E então, em algum lugar do porão, na parte superior, houve um ruído, uma espécie de ativação.

A condessa se levantou. E, com toda sua atenção, ela escutou, com expressão tão ardente que ninguém perturbou o enorme silêncio. Instintivamente, Paul Delroze e o sr. de Andeville haviam recuado até a mesa. A condessa Hermine escutava... Ela escutava...

E, de repente, acima dela, na espessura das abóbadas, uma campainha vibrou. Alguns segundos somente. Quatro toques iguais... e foi tudo.

DUAS EXECUÇÕES

Mais ainda talvez que pela inexplicável vibração dessa campainha, a virada foi produzida pelo sobressalto de triunfo que sacudiu a condessa Hermine. Ela soltou um grito selvagem e então gargalhou. Seu rosto se transformou. Não havia mais preocupação, nem essa tensão em que se sente o pensamento que procura e se assusta, mas insolência, certeza, desprezo, e um orgulho desmedido.

– Imbecis! – zombou ela… – Imbecis…! Então, vocês acreditaram? Não, como os franceses são ingênuos…! Vocês acreditaram que iam me pegar assim, em uma ratoeira? Eu! Eu…!

As palavras não conseguiam mais sair de sua boca, de tão numerosas e apressadas que estavam. Ela se enrijeceu, fechou os olhos um instante em um grande esforço de vontade e, esticando o braço direito e empurrando uma poltrona, desvelou uma pequena placa de mogno sobre a qual havia uma maneta de cobre que ela pegou tateando, os olhos ainda dirigidos para Paul, para o conde de Andeville, seu filho e os três oficiais.

Exclamou, com voz seca e cortante:

– O que tenho a temer de vocês agora? A condessa Hermine de Hohenzollern? Querem saber se sou eu? Sim, sou eu mesma. Não nego… eu o proclamo até... Todos meus atos que chamam estupidamente de crimes, sim, eu os cumpri... era meu dever para com meu imperador... Espiã? Em absoluto... alemã, simplesmente. E o que uma alemã faz para sua pátria é justamente feito.

"Ademais... chega de palavras tolas e conversas sobre o passado. Apenas o presente e o futuro importam. E, do presente como do futuro, voltei a ser a dona. Sim, sim, graças a vocês, retomo a direção dos acontecimentos, e vamos rir. Querem saber algo? Tudo que acaba de se produzir aqui de uns dias para cá, fui eu que o preparei. As pontes que o rio arrastou, foi por ordem minha que foram sabotadas nas bases... Por quê? Pelo pobre resultado de vê-los recuar? Decerto, precisávamos disso em primeiro lugar, precisávamos anunciar uma vitória... Vitória ou não, será anunciada, e terá seu efeito, respondo disso. Mas o que eu queria, era melhor. E consegui."

Parou, e então prosseguiu em tom abafado, o busto debruçado em direção àqueles que a escutavam:

– A retirada, a desordem de suas tropas, a necessidade de se opor ao avanço e de trazer reforços, era evidentemente a obrigação de seu general-chefe de vir aqui e de se concertar com seus generais. Há meses que estou o espreitando. Impossível chegar perto dele. Impossível executar meu plano. Então o que fazer? Mas simplesmente, fazê-lo vir até mim, já que eu não podia ir até ele... fazê-lo vir e atraí-lo em um lugar de minha escolha, em que eu teria tomado todas minhas disposições. Ora, ele veio. Minhas disposições foram tomadas. Só me resta querer... só me resta querer! Está aqui, em um dos quartos da pequena casa em que se aloja toda vez que vem a Soissons. Sei que está na casa. Eu esperava o sinal que um de meus agentes devia me dar. Esse sinal, vocês o ouviram. Portanto, não é, não há nenhuma dúvida. Aquele que eu espreitava está trabalhando agora mesmo com seus generais na casa que eu conheço e que mandei minar. Ao seu lado está um comandante do exército, um dos melhores, e um comandante de corpo de exército, também um dos melhores. São três, não estou falando dos comparsas, e, esses três, só tenho um gesto a fazer, levantar essa maneta, para que voem pelos ares com a casa que os abriga. E esse gesto, devo fazê-lo?

Na sala, houve um breve estalo. Bernard de Andeville estava armando seu revólver.

– Mas precisamos matar essa miserável – gritou ele.

Paul jogou-se em sua frente, exclamando:

– Cale-se! Não se mexa!

A condessa se pôs a rir de novo, e com que malvada alegria soava essa risada!

– Você tem razão, Paul Delroze. Você entende a situação. Por mais célere que seja esse jovem tolo a atirar em mim, eu ainda terei o tempo de levantar a maneta. E é isso que não pode acontecer, não é? É isso que esses senhores e você querem evitar a qualquer preço… *até ao preço de minha liberdade*, não é? Porque, infelizmente, esse é o ponto ao que chegamos! Todo meu belo plano desmorona já que estou em suas mãos. Mas eu sozinha valho tanto quanto seus três grandes generais, hem? E tenho mesmo o direito de poupá-los para me salvar… então, estamos de acordo? A vida deles contra a minha! E imediatamente…! Paul Delroze, você tem um minuto para consultar esses senhores. Se, daqui a um minuto, falando em seu nome e no deles, você não me der sua palavra que me consideram como livre, e que toda proteção me será concedida para passar na Suíça, então… então "a porta se abrirá", como se diz em *Chapeuzinho vermelho*. Ah, peguei todos vocês! E como é cômico! Apresse-se, amigo Delroze. Sua palavra… sim, isso me basta. Diabo! A palavra de um oficial francês…! Ah! Ah! Ah!

Seu riso, um riso nervoso e desdenhoso, prolongou-se no grande silêncio. E, aos poucos, chegou a ressoar de maneira menos segura, como essas palavras que não provocam o efeito previsto. Por si só, pareceu se deslocar, interrompeu-se e parou de repente.

E ela estava estupefata: Paul Delroze não havia se mexido, e nenhum dos oficiais, nenhum dos soldados que estavam na sala, se mexera.

Ela os ameaçou com o punho.

– Exijo que se apressem…! Vocês têm um minuto, senhores franceses. Um minuto, nada mais…

Ninguém se mexeu.

Ela contava em voz baixa, e, de dez em dez, proclamava os segundos já corridos.

No quadragésimo, calou-se, o rosto inquieto. Entre os presentes, a mesma imobilidade.

Ela soltou um grito de furor.

– Mas, vocês estão loucos! Não entenderam? Ou talvez não acreditem em mim? Sim, adivinhei, eles não acreditam em mim! Não imaginam que seja possível, que eu tenha alcançado tamanho resultado! Um milagre, não é? Não, trata-se de vontade, simplesmente, e de perseverança. Ademais, seus soldados não estavam lá? Meu Deus, sim, seus próprios soldados trabalharam para mim quando puseram linhas telefônicas entre o correio e a casa reservada ao quartel-general! Meus agentes só tiveram que se conectar nelas e a coisa estava feita: o fornilho de mina cavado sob a casa estava conectado com este porão! Acreditam em mim agora?

Sua voz se quebrava, ofegante, rouca. Sua inquietação, cada vez mais precisa, devastava suas feições. Por que esses homens não se mexiam? Por que não executavam nenhuma de suas ordens? Teriam eles tomado a inadmissível resolução de tudo aceitar para não agraciá-la?

– Vamos, o quê? – murmurou ela. – Vocês estão me compreendendo, certo...? Ou então, é uma loucura! Vamos, reflitam... Seus generais? O efeito que sua morte causaria...? A formidável impressão que essa morte daria à nossa potência...? E que desespero...! A retirada de suas tropas...! O alto comando desorganizado...! Vamos, vamos!

Parecia que procurava convencê-los... mais do que isso, que suplicava que se pusessem no ponto de vista dela, que admitissem as consequências que ela havia atribuído ao seu ato. Para que seu plano tivesse êxito, era preciso que eles consentissem a agir no sentido da lógica. Do contrário... do contrário...

Bruscamente, revoltou-se contra si mesma e contra essa espécie de humilhante suplicação à qual se abaixava. E, retomando sua postura ameaçadora, gritou:

– Azar o deles! Azar o deles! São vocês que os condenam. Então, é isso que querem? Estamos de acordo? Ademais, acham que me pegaram, talvez? Ora essa! Mesmo que teimem, a condessa Hermine ainda não disse sua última palavra! Vocês não conhecem a condessa Hermine... ela nunca se rende... a condessa Hermine... a condessa Hermine...

Ela estava abominável de se ver. Uma espécie de demência a possuía. Convulsionada, torcida de raiva, horrível, parecendo vinte anos mais velha, ela evocava a imagem de um demônio queimando nas chamas do inferno. Ela xingava. Blasfemava. Lançava imprecações. Ria até à ideia da catástrofe que seu gesto ia provocar. E gaguejava:

– Azar o deles! São vocês... são vocês os carrascos... Ah! Que loucura! Então, é isso que exigem? Mas são loucos...! Seus generais! Seus chefes! Não, mas perderam a cabeça! Eis que sacrificam de coração alegre seus grandes generais! Seus grandes chefes! E isso, sem motivo, por estúpida teimosia. Pois bem! Azar o deles! Azar o deles! Vocês é que quiseram! Vocês é que quiseram. Considero-os responsáveis. Bastava uma palavra. E essa palavra...

Ela teve uma última hesitação. Com rosto feroz e inflexível, espiou esses homens obstinados que pareciam obedecer a uma ordem implacável.

Nenhum deles se mexeu.

Então, pareceu que, posta diante de uma decisão fatal, ela estivesse tomada por tamanha ebulição de malvada volúpia que parecia esquecer o horror de sua situação. Ela pronunciou simplesmente:

– Que a vontade de Deus seja feita, e que meu imperador seja vitorioso!

Os olhos fixos, o busto rígido, com o dedo levantou a maneta.

Foi imediato, por meio das abóbadas, por meio do espaço, o barulho da explosão distante penetrou até o porão. O chão pareceu tremer como se o choque se tivesse propagado nas entranhas da terra.

Então, o silêncio.

A condessa Hermine ainda escutou alguns segundos. Seu rosto irradiava de alegria. Ela repetiu:

– Para que meu imperador seja vitorioso!

E, de repente, trazendo seu braço contra ela, fez um violento esforço para trás, entre as roupas e os jalecos contra os quais suas costas se apoiavam, deu a impressão de afundar na parede, e desapareceu.

Ouviu-se o barulho de uma porta pesada que se fecha e, quase instantaneamente, no meio do porão, uma detonação.

Bernard havia atirado no meio das roupas. E já se lançava em direção à porta escondida quando Paul o agarrou e imobilizou. Bernard se debateu para se soltar.

– Mas está escapando...! E você deixa acontecer? Mas como! Você bem que se lembra do túnel de Ébrecourt e do sistema de fios elétricos...? É a mesma coisa! E agora ela está fugindo!

Ele não entendia nada da conduta de Paul. E sua irmã estava indignada como ele. Tratava-se da imunda criatura que matara sua mãe, tomara o nome e o lugar de sua mãe e a deixavam escapar!

Élisabeth gritou:

– Paul, Paul, é preciso persegui-la... é preciso esmagá-la... Paul, será que esqueceu o que ela fez?

Ela, por sua vez, não havia esquecido. Lembrava-se do Castelo de Ornequin, e da casa do príncipe Conrad, e da noite em que tivera que esvaziar uma taça de champanhe, e do acordo que lhe impuseram, e de todas as vergonhas e de todas as torturas...

Mas Paul não prestava atenção no irmão ou na irmã, e nem os oficiais e soldados. Todos observavam a mesma regra de impassibilidade. Nenhum acontecimento podia abalá-los.

Passaram-se dois ou três minutos durante os quais foram trocadas umas palavras em voz baixa, sem que contudo ninguém saísse de seu lugar. Desfalecente e extremamente emocionada, Élisabeth chorava. Bernard, que os soluços de sua irmã horripilavam, tinha a impressão de um desses pesadelos em que assistimos aos mais horríveis espetáculos sem ter força ou poder de reagir.

E então aconteceu algo que todos, exceto ele e Élisabeth, pareceram achar natural. Ouviu-se um rangido do lado das roupas. A porta invisível girou sobre suas dobradiças. As roupas se agitaram e abriram passagem a uma forma humana que foi jogada no chão como um pacote.

Bernard de Andeville soltou uma exclamação de alegria. Élisabeth olhava e ria por meio das lágrimas.

Era a condessa Hermine, amarrada e amordaçada.

Atrás dela, três policiais militares entraram.

– Aqui está o objeto – brincava um deles com voz grossa e afável. – Ah! É que estávamos começando a ficar preocupados, tenente, e nos perguntávamos se o senhor havia acertado e se era mesmo a saída por onde ela ia escapar. Mas, caramba, tenente, a malandra nos deu trabalho. Que fúria! Mordia como um bicho fedorento. E como berrava! Ah! A cachorra…!

E, dirigindo-se para seus camaradas nos quais suas palavras provocavam uma viva hilaridade:

– Camaradas, só faltava esse animal para nossa caça desta tarde. Mas, verdade, é uma bela peça, e o tenente Delroze encontrou mesmo sua pista. Assim, o quadro está completo agora. Todo um bando de boches num só dia! Eh! Tenente, o que está fazendo? Cuidado! A fera tem dentes!

Paul se debruçara sobre a espiã. Afrouxou sua mordaça, que parecia fazê-la sofrer. Imediatamente, ela tentou gritar, mas eram sílabas abafadas, incoerentes, em que, contudo, Paul discerniu algumas palavras contra as quais protestou.

– Não – disse ele –, nem isso, nem essa satisfação. O golpe deu errado… e é o mais terrível castigo, não é…? Morrer sem ter feito o mal que queria fazer. E que mal!

Levantou-se e se aproximou do grupo de oficiais.

Os três conversavam, sua missão de juízes tendo terminado, e um deles disse a Paul:

– Bela jogada, Paul. Todos meus parabéns.

– Eu lhe agradeço, general. Eu poderia ter evitado essa tentativa de evasão, mas quis acumular o maior número de provas possível contra essa mulher, e não só para acusá-la dos crimes que cometeu, mas para mostrá-la aos senhores em plena ação e em pleno crime.

Arsène Lupin e o estilhaço de obus

O general observou:

– Eh! É que ela não faz as coisas pela metade, a danada! Sem você, Delroze, a casa explodia com todos meus colaboradores, e comigo, ainda mais! Mas, diga-me, essa explosão que ouvimos...?

– Uma construção inútil, general, construção já demolida pelos obuses, aliás, e cujo comando local queria se livrar. Só precisamos desviar o fio elétrico que sai daqui.

– Assim, todo o bando foi preso?

– Sim, general, graças a um dos cúmplices, que tive a sorte de poder apanhar mais cedo, e que me forneceu as indicações necessárias para penetrar aqui, após ter me revelado com detalhes o plano da condessa Hermine e o nome de todos seus cúmplices. Esta noite, às dez horas, este devia, se o senhor estivesse trabalhando em sua casa, avisar a condessa mediante essa campainha. O sinal ocorreu, mas por ordem minha e dado por um de nossos soldados.

– Parabéns, e mais uma vez obrigado, Delroze.

O general avançou no círculo de luz. Era alto e forte. Um espesso bigode branco lhe cobria o lábio.

Houve entre os participantes um movimento de surpresa. Bernard de Andeville e sua irmã se aproximaram. Os soldados bateram continência. Haviam reconhecido o general-chefe. O comandante do exército e o comandante do corpo de exército o acompanhavam.

Diante deles, os policiais militares haviam empurrado a espiã contra a parede. Soltaram-lhe as pernas, mas tiveram que segurá-la, porque suas pernas cambaleavam.

E, mais ainda que o pavor, era um indizível estupor que seu rosto expressava. De seus olhos arregalados, ela contemplava fixamente aquele que quisera matar, aquele que acreditava morto, e que vivia, e que ia pronunciar contra ela a inevitável sentença de morte.

Paul repetiu:

– Morrer sem ter conseguido fazer o mal que queria fazer, é isso que é terrível, não é?

O general-chefe vivia! O terrível e formidável complô havia abortado! Ele vivia, e todos os seus colaboradores viviam também, e todos os inimigos da espiã viviam igualmente, Paul Delroze, Stéphane de Andeville, Bernard, Élisabeth... aqueles que ela perseguira com seu incansável ódio estavam aí! Ela ia morrer com essa visão, atroz para ela, de seus inimigos felizes e reunidos.

E, sobretudo, ia morrer com essa ideia que tudo estava perdido. Seu grande sonho desmoronava.

Com a condessa Hermine desaparecia a própria alma dos Hohenzollern. E tudo isso se via em seus olhos apreensivos, em que passavam lampejos de demência.

O general disse a um de seus companheiros:

– Já deu as ordens? O bando vai ser fuzilado?

– Sim, general, esta noite mesmo.

– Pois bem, que comecem por esta mulher. E agora, aqui mesmo.

A espiã estremeceu. Sob o esforço de um ricto, conseguiu deslocar a mordaça e ouviram que ela implorava seu perdão em um fluxo de palavras e gemidos.

– Vamos embora – disse o general-chefe.

Sentiu que duas mãos ardendo pressionavam as suas. Élisabeth, inclinada para ele, suplicava-o, chorando.

Paul apresentou sua mulher. O general disse em voz doce:

– Vejo que tem piedade, senhora, apesar de tudo que lhe foi feito. Não devemos ter piedade, senhora. Sim, obviamente, é piedade que temos por aqueles que vão morrer. Mas não podemos sentir piedade por estes, nem por aqueles dessa raça. Puseram-se fora da humanidade e é algo que nunca deveremos esquecer. Quando for mãe, senhora, ensinará aos seus filhos um sentimento que a França ignorava que será uma salvação no futuro: o ódio dos bárbaros.

Segurou-lhe o braço com gesto amigável e a levou em direção à porta.

– Permita que eu a conduza. Você vem, Delroze? Deve precisar descansar após um dia como este.

Saíram.

A espiã berrou:

– Graça! Graça!

Já os soldados se alinhavam na parede oposta.

O conde, Paul e Bernard permaneceram um instante. Ela havia matado a mulher do conde de Andeville. Matara a mãe de Bernard e o pai de Paul. Havia torturado Élisabeth. E, embora a alma deles estivesse abalada, eles sentiam essa grande calma que dá o sentimento de justiça. Nenhum ódio os agitava. Nenhuma ideia de vingança palpitava neles.

Para segurá-la, os policiais militares haviam amarrado a espiã a um prego pela cintura. Afastaram-se.

Paul lhe disse:

– Um dos soldados que está aí é padre. Se precisar de sua assistência…

Mas ela não entendia. Não ouvia. Apenas via o que estava acontecendo e o que ia acontecer, e balbuciava interminavelmente:

– Graça…! Graça…! Graça…!

Foram embora, todos os três. Quando chegaram ao alto da escada, uma ordem chegou até eles:

– Apontar…!

Para não ouvir, Paul fechou rapidamente atrás dele a porta do vestíbulo e a porta da rua. Fora, o ar estava fresco, um bom ar puro que se respira enchendo os pulmões. As tropas circulavam cantando. Souberam que o combate havia terminado e que nossas posições estavam definitivamente garantidas. Nesse quesito também, a condessa havia fracassado.

Alguns dias depois, no Castelo de Ornequin, o subtenente Bernard de Andeville, seguido por doze homens, entrava em uma espécie de casamata, saudável e bem aquecida, que servia de prisão ao príncipe Conrad.

Na mesa estavam garrafas e os vestígios de uma abundante refeição.

Ao lado, na cama, o príncipe dormia. Bernard bateu em seu ombro.

– Tenha coragem, alteza.

O prisioneiro se ergueu, apavorado.

– Hem! O quê! O que está dizendo?

– Tenha coragem, alteza. Chegou a hora.

Ele balbuciou, pálido como um defunto:

– Coragem...? Coragem...? Não entendo... Meu Deus! Meu Deus! Como é possível...!

Bernard retrucou:

– Tudo é sempre possível, e o que deve acontecer sempre acontece, sobretudo as catástrofes.

E ele propôs:

– Um copo de rum para se refazer, alteza...? Um cigarro...?

– Meu Deus! Meu Deus! – repetia o príncipe, que tremia como uma folha.

Aceitou maquinalmente o cigarro que Bernard lhe apresentava. Mas este lhe caiu da boca nas primeiras tragadas.

– Meu Deus...! Meu Deus...! – não parava de balbuciar.

Seu desespero redobrou quando avistou os doze homens que esperavam, segurando fuzis. Ele teve esse olhar louco do condenado que, na luz pálida do amanhecer, adivinha a silhueta da guilhotina. Tiveram de carregá-lo até o terraço, diante de uma parede.

– Sente-se, alteza – disse-lhe Bernard.

Aliás, o infeliz estava incapaz de ficar de pé. Desabou em uma pedra.

Os doze soldados tomaram posição em frente dele. Ele baixou a cabeça para não vê-los e todo seu corpo estava agitado como o corpo de uma marionete de que se puxam as cordas. Um momento se passou. Bernard lhe perguntou em tom de boa amizade:

– Vossa alteza prefere de frente ou de costas?

E como o príncipe, aniquilado, não respondia, ele exclamou:

– E aí, como Vossa alteza parece um pouco doente? Olha, é preciso ter cuidado. O tempo não lhe falta. O tenente Paul Delroze não estará aqui antes de dez minutos. Quer absolutamente assistir... como dizer... assistir a essa pequena cerimonia. E realmente, ele vai achar que sua alteza está adoentado. Vossa alteza está verde.

Ainda com muito interesse, como se quisesse distraí-lo, ele disse:

– O que eu bem poderia lhe contar? A morte de sua amiga a condessa Hermine? Ah! Ah! Parece-me que isso está chamando sua atenção! Pois bem, sim, imagine que essa digna pessoa foi executada outro dia em Soissons. E, realmente, não parecia em melhor saúde que Vossa alteza. Tiveram que segurá-la. E como gritava! E como pedia graça! Nenhuma compostura, em suma! Nenhuma dignidade! Mas vejo que está pensando em outra coisa. Diabo! Como diverti-lo? Ah! Uma ideia...

Tirou de seu bolso um opúsculo.

– Olhe, alteza, vou lhe ler algo, simplesmente. Decerto, uma Bíblia seria mais de circunstância, mas não tenho. Ademais, trata-se, sobretudo, de lhe trazer um momento de devaneio, não é? E não conheço nada melhor para um bom alemão, orgulhoso de seu país e das façanhas de seu exército, não conheço nada mais reconfortante que este livrinho. Vamos saboreá-lo juntos, sua alteza gostaria? Título: *Os crimes alemães segundo testemunhos alemães*. Trata-se de cadernos de viagem escritos por seus compatriotas, portanto documentos irrefutáveis diante dos quais a ciência alemã se inclina com respeito. Vou abrir e ler ao acaso:

Os moradores fugiram da aldeia. Foi horrível. Tem sangue grudado em todas as casas, e, quanto aos rostos dos mortos, são horríveis. Enterramos todos imediatamente, eram sessenta. Entre eles, muitas idosas e idosos, e uma mulher grávida e três crianças que estavam agarradas umas às outras e morreram assim. Todos os sobreviventes foram expulsos e vi quatro meninos levando em duas varas um berço com criança de cinco a seis meses. Tudo está sendo saqueado; e vi também uma mãe com seus dois filhos; e um deles tinha uma grande ferida na cabeça e um olho furado.

– É curioso tudo isso, não é, alteza? – e prosseguiu:

Vinte e seis de agosto. A admirável aldeia de Gué-d'Hossus (nas Ardennes) foi incendiada, embora inocente, ao que me parece. Dizem-me que um ciclista caiu de sua máquina e que, em sua queda, seu fuzil disparou sozinho; então, atiramos em sua direção. A partir daí, simplesmente jogamos os moradores homens nas chamas.

– E mais adiante:

25 de agosto (na Bélgica). Entre os moradores da cidade, fuzilamos trezentos. Os que sobreviveram à salva de tiros foram requisitados como coveiros. Havia de ver as mulheres naquele momento...

E a leitura prosseguiu, cortada por judiciosas reflexões que Bernard emitia em tom plácido, como se tivesse comentado um texto de história. E o príncipe Conrad parecia prestes a desmaiar.

Quando Paul chegou ao Castelo de Ornequin e que, após descer do automóvel, foi ao terraço, a visão do príncipe, a encenação dos doze soldados, tudo lhe indicou a pequena comédia um tanto macabra à qual Bernard havia se dedicado. Protestou, em tom de censura: "Ah! Bernard..."

O jovem homem exclamou, fingindo um ar inocente:

– Ah! Aqui está, Paul? Rápido! Sua alteza e eu o esperávamos. Finalmente vamos concluir esse assunto!

Foi se posicionar diante de seus homens a dez passos do príncipe.

– Vossa alteza, está preparado? Ah! Decididamente, prefere de frente... Perfeito! Aliás, é bem mais simpático de frente. Ah! Por exemplo, as pernas menos frouxas, por favor! Um pouco de ânimo...! E o sorriso, não é? Cuidado... estou contando... Um, dois... Mas sorria, caramba...!

Havia abaixado a cabeça e segurava contra o peito uma pequena máquina fotográfica. Quase imediatamente, o clique se produziu. Ele exclamou:

– Pronto! Já está! Alteza, não sei como lhe agradecer. Vossa alteza mostrou tanta complacência, tanta paciência! Talvez o sorriso tenha sido um pouco forçado, a boca mantém o ricto de quem foi condenado à morte, e o olhar é de cadáver. Fora isso, a expressão é encantadora. Receba todos meus agradecimentos.

ARSÈNE LUPIN E O ESTILHAÇO DE OBUS

Paul não pôde deixar de rir. O príncipe Conrad não achou muita graça na brincadeira. No entanto, sentia que o perigo sumira, e tentava se empertigar como um senhor que suporta todos os reveses com desdenhosa dignidade. Paul Delroze lhe disse:

– Vossa alteza está livre. Um dos oficiais de ordenança do imperador e eu temos um encontro marcado às três horas na própria linha de frente. Ele traz vinte prisioneiros franceses e vou entregá-lo nas mãos dele. Queira ter a amabilidade de entrar nesse automóvel.

Visivelmente, o príncipe Conrad não entendia uma única palavra do que Paul dizia. O encontro na linha de frente, os vinte prisioneiros sobretudo, tantas frases confusas que não entravam em seu cérebro.

Mas, como se acomodara no automóvel e que o carro contornava lentamente o gramado, ele teve uma visão que acabou de desconsertá-lo: Élisabeth de Andeville, de pé na grama, inclinava-se sorrindo.

Alucinação, obviamente. Esfregou os olhos com ar atordoado, e seu gesto indicava tão nitidamente seu pensamento que Bernard lhe disse:

– Não está enganado, alteza. É mesmo Élisabeth de Andeville. Pois, sim, Paul Delroze e eu, julgamos que era preferível buscá-la na Alemanha. Então, tomamos seu Baedeker[14]. Pedimos um encontro ao imperador. E foi ele que quis, com sua boa vontade habitual… Ah! Por exemplo, alteza, espere que seu papai lhe dê um puxão de orelha. Sua Majestade está furiosa contra Vossa alteza. O quê! Um escândalo…! Uma conduta desvairada! Que bronca Vossa alteza vai levar!

A troca ocorreu na hora marcada.

Os vinte prisioneiros franceses foram devolvidos.

Paul Delroze chamou à parte o oficial de ordenança.

– Senhor – disse-lhe ele –, queira por favor informar o imperador que a condessa Hermine de Hohenzollern tentou assassinar, em Soissons, o general-chefe. Detida por mim e julgada, foi fuzilada por ordem do general-chefe. Estou em posse de certos de seus documentos e sobretudo de cartas íntimas às quais, não duvido, o imperador deve pessoalmente dar a

---

[14] Referência aos guias de viagem criados pelo editor alemão Karl Baedeker no século XIX. (N.T.)

maior importância. Essas cartas lhe serão enviadas no dia em que o Castelo de Ornequin receberá de volta todos seus móveis e todas suas coleções. Saudações, senhor.

Estava tudo terminado. Em toda a linha, Paul vencia a batalha. Libertara Élisabeth e vingara seu pai. Havia atingido a chefia do serviço de espionagem alemão e cumprido, ao exigir a liberdade de vinte oficiais franceses, todas as promessas que fizera ao general-chefe.

Podia conceber sua obra com legítimo orgulho.

Quando regressou, Bernard lhe disse:

– Então, eu o choquei mais cedo?

– Mais que chocou – disse Paul, rindo –, deixou-me indignado.

– Indignado, realmente…! Indignado… Assim, eis um jovem cafajeste que tenta pegar sua mulher, e que fica quite com alguns dias de cadeia! Eis um dos chefes desses bandidos que assassinam e pilham, e que vai voltar à sua casa e retomar suas pilhagens e seus assassinatos! Olhe, isso é absurdo. Pense um pouco que todos esses bandidos que quiseram a guerra, príncipes, imperadores, mulheres de príncipes e imperadores, não conhecem nada da guerra senão suas trágicas grandezas e belezas, e nunca nada das angústias que torturam as pessoas comuns. Sofrem moralmente no terror do castigo que os espera, mas não fisicamente na própria carne e na carne de sua carne. Os outros morrem. Eles continuam a viver. E, quando tenho a ocasião única de ter um deles em minhas mãos, quando eu poderia me vingar dele e de seus cúmplices, executá-lo friamente como eles executam nossas irmãs e mulheres, você acha extraordinário que eu lhe faça conhecer durante dez minutos o arrepio da morte! Não, isso significa que conforme a boa justiça humana e a lógica eu deveria tê-lo castigado com um mínimo de suplício que ele não teria esquecido. Ter-lhe cortado uma orelha, por exemplo, ou a ponta do nariz.

– Você tem mil vezes razão – disse Paul.

– Está vendo, eu deveria ter-lhe cortado a ponta do nariz! Você concorda comigo! Lamento mesmo! E eu, imbecil que sou, contentei-me com uma miserável lição de que ele nem se lembrará amanhã. Como sou tolo!

Enfim, o que me consola é que tirei uma fotografia que constitui o mais inestimável dos documentos... a cara de um Hohenzollern perante a morte. Não, mas você viu aquela cara!

O carro atravessava a aldeia de Ornequin. Estava deserta. Os bárbaros haviam incendiado todas as casas e levado todos os moradores, como se leva diante de si um rebanho de escravos.

No entanto, avistaram sentado no meio dos escombros um homem vestindo farrapos, um idoso. Fitou-os estupidamente com olhos de louco.

Ao seu lado, uma criança estendeu os braços, pobres bracinhos que não tinham mais mãos...